お悦さん
大江戸女医なぞとき譚

和田はつ子

幻冬舎時代小説文庫

お悦さん　大江戸女医なぞとき譚

目次

第一話　喧嘩顚末

一

　時折小雪がちらつく江戸の師走は、とにかく慌ただしい。商家の番頭や手代は掛取りに走り、長屋では男たちが宵越しの銭を持つのは野暮の骨頂と粋がって、大事な正月用の金で呑んでしまい、かみさんとの夫婦喧嘩の声が絶えない。

　また、そんな男たちの懐を当てにしている、日銭商売の店もここぞとばかりに客の呼び込みに必死である。

　そのなかでも、ひときわ賑わっている浅草は鳥越橋《とりごえばし》南の天王町《てんのうちょう》にある蕎麦屋では、七人ほどの若い男たちが一触即発の形相で睨み合っていた。

「これで話は決まった」

　後ろに三人を従えているひげ面の大男新川祐三郎《しんかわゆうざぶろう》が大きく頷いて、ぐいと佐伯賢《さえきけん》作《さく》たちに顎をしゃくった。

「冷血漢、野中真吾《のなかしんご》を討つべし」

新川は大声を上げて、賢作たちを血走った酔眼で見据えた。

「討つべし、討つべし」

威勢よく同調した新川の後ろの三人もしたたか酔いが廻っている。

――これはいけない――

新川たち一派の酒癖の悪さを知っている賢作は右隣りに座っている久里兵馬《くりひょうま》の顔を見た。久里は常と変わらない涼しい表情でいる。もっとも、左隣りの杉浦恭之介《すぎうらきょうのすけ》はさっきからびくびくと身体を震わせていて、とうとう、

「討つべし」

小さく呟いた。

「これで七人中、五人が〝野中討つべし〟だ」

勝ち誇ったように告げた新川に、

「跡継ぎは剣術の腕の優劣にて決めるのが常套であろう」

久里はさらりと言い切った。

この場の若い男たちはいずれも刀を腰に帯びている。新川が討つべしと言って譲らない野中真吾は、賢作が通う内村道場の師範代を務めていて、その性格は無口で孤高という表現がふさわしかった。

「直新影流《じきしんかげりゅう》山村派の我が内村道場といえども、これからは商い同様に人寄せが必要だ。今後を思うのなら、是非とも我らの夏木《なつき》新八《しんぱち》殿に師範となってもらいたい」

夏木新八は野中真吾と共に道場の師範代を務めており、道場の龍虎と謳《うた》われるほど二人の実力は伯仲していた。しかし、夏木は野中とは正反対の気質の陽性で、何くれと後輩たちのめんどうを見るので人望がある。

「それに、たかが道場の跡目争いではないか」

さらに久里は冷ややかに言い放つ。

「たかがと申したな」

新川がいきり立って久里の胸倉を摑《つか》んだのと、

「やいやい、多勢に無勢とはいくらお侍でも見逃せねえぜ」

居合わせていた屋根職人の一人が、赤い顔を思い切り憤らせて立ち上がったのとはほとんど同時だった。

「助太刀してやるから安心しな」

「おうよ」

「喧嘩だ」

手の関節を鳴らす音が響いて、一緒に呑んでいた屋根職人の仲間たちも立ち上がった。

「なにおうっ」

新川の顔も真っ赤に染まった。

摑んだ久里の胸倉を離すと、職人たちの方へと突き進んで行く。

「鬼さん、こちら、手の鳴る方へ――」

職人たちは揶揄《やゆ》しながら往来へと出た。

新川たち四人はまんまと蕎麦屋の外へと誘い出された。

――これからどうなる？――

賢作と久里、そして新川派につきながらまだ賢作たちと一緒にいる杉浦の三人はことの成り行きを見守っている。

「どっちも四人、ちょうどいいや」

そう一人が豪語した職人たちの動きは機敏で、次々に拳が繰り出され、新川たちはぽかぽかと顔面を殴りつけられている。なおも、

「喧嘩ってえのはよ、こういうもんさ、やり方を教えてやるっ」

職人が叫んだ時、きゃーあああと往来を行く人たちの間で悲鳴が上がった。

新川のとりわけ大きな身体が仰向けに殴り倒され、駕籠《かご》舁きの先棒を撥ね飛ばし、均衡を失った町駕籠が横倒しになったのである。立ち去ろうとしない人々は駕籠に駆け寄るでもなく、まるで芝居の続きのように喧嘩の様子を遠巻きに見ている。

「許さんぞ」

やっとの思いで立ち上がった新川が腰の刀に手を掛けた。

――もっと大変なことになった――

賢作はどうにかして仲裁したかったが、道場で三番手の技量の持ち主である新川に刀を抜かせたら、もう止める手立てはなかった。

――殺生は嫌だ――

賢作が息を詰めたままでいると、突然、

「お役人よぉ、お役人だわぁ」

甲高い女の声がした。

——そうだ、これだ——

「役人だぞぉ、役人だぁ」

倣った賢作はこれ以上はない大声を響かせた。

「何っ？　役人だとぉ？」

「逃げろ、逃げるんだ」

職人たちと新川たちは脱兎《だっと》のごとく走り出してその場を去った。

「早く中の人を助けないと——」

往来に先ほど甲高い声を出した女が立っている。大年増で、とりたてて美形ということもなかったが、大きくて力強い目が印象的であった。

女は横倒しの駕籠に駆け寄ると、垂れをめくり上げて、

「ツリ紐を握って離さなかったとは、さすがおっかさん。もう、大丈夫、大丈夫だからね」

打って変わった優しい声を掛けたかと思うと、

「ぼやぼやしないでっ」

駕籠と一緒に転んだ駕籠舁き二人を叱りつけた。

「へっ、へい」

気圧《けお》された駕籠舁きたちは跳ね上がるように立ち上がり、

「気をつけて外へ出してあげて。くれぐれもお腹を押したりしないように」

女に命じられるまま、宝物を運び出すかのように、大きく腹をせり出させた臨月の妊婦を駕籠から抱え出した。一人が頭の方を、もう一人が下半身を持って支えている。

しかし、ぐったりしている妊婦は半死半生に見えた。

二

佐伯賢作が身重の女に目を離せないでいると、

「あそこまでお願い」

女は賢作たちが居る方向を指さし、先に立って歩き出して、蕎麦屋の暖簾《のれん》を潜る。

「お邪魔します。ご主人はおられますか？　わたしは浅草は阿部川町《あべかわちょう》の付添人世話所清悦庵《せいえつあん》の主、悦と申します。近くを通りかかり、縁あってお腹《なか》に子を宿している方のお世話をすることになりました。どうか、この場をお貸しください。母子《おやこ》の命に関わるのです」

挨拶をして丁寧に頭を下げると、

「そこまで言われちゃ、まあ、嫌とは言えねえさ、客もいなくなっちまったことだし」

蕎麦屋の主は渋々頷いた。

「ありがとうございます」

お悦は厨《くりや》へと退《ひ》いた主の後ろ姿に頭を下げたまま、ちらと賢作たちの方へ迫力のある大きな目を向けた。

「座敷の座布団を集めて布団代わりにしてちょうだい。大事なおっかさんを寝かせる所をさっさと作るのよ」

「あ、はいっ」

怯えた声で応えたのは杉浦恭之介だったが、草履《ぞうり》を脱ぎ捨てるのと同時に座敷へと上がったのは久里兵馬で、

――この威勢のいい女は産婆だったのか――

合点した賢作が、

「こういう時は湯を沸かすのでは？」

思わず口走ると、

「まずは湯よりも横になる所」

お悦は声を荒らげた。

ほどなく、駕籠舁きたちが気を失いかけている身重の女を運んできて、座布団を並べた上にその身を横たえた。

「それじゃ、あっしたちはこれで」

この場を去ろうとする駕籠舁きに、

「待ちなさい、あんたは手当てが要る」

お悦は左足から血を流している方を呼び止めた。

「こんなの、大したことねえですから」

駕籠舁きは一刻も早く、目の前の恐ろしげな相手から逃げ出したい様子である。

「駄目。縁台が壊れて竹が割れて刺さった傷は急所こそ逸れているけど、放っておいては血は止まらない。そのうち血が失くなって歩けなくなる」

お悦の言葉に、

「飛脚と駕籠舁きは足が命。権太《ごんた》、大変じゃねえか。たしかに酷い血だ」

相棒がため息をついて、出て行こうとするもう一人の駕籠舁きを引き戻し、

「権太をよろしくお願いします。俺で手伝えることがあるんなら――」

お悦の前に頭を垂れた。

「それなら手伝ってもらいましょうか」

そう言いざま、お悦は権太とその相棒の首から手拭いを取り上げた。

広げた二本の手拭いにお悦の糸切り歯が当たり、びりびりという音が続いて、止血用の押し木綿と大腿部の傷口を覆う包帯が出来上がる。

「動かないようにちょいと肩を押さえておいてちょうだいね」

お悦はなぜか賢作の方を見た。

賢作はいささかむっとした。

今でこそ佐伯賢作は道場通いの剣客気取りだが、生家は医家であり、次男の賢作も後継ぎの兄同様、亡き父から医術を伝授されてきている。

――こちらは名乗ってなどいないというのに、なにゆえ、こんな女に悟られるん

だ？　俺だって、あんたを知ってるんだぜ――

佐伯家の遠縁である典薬頭今大路親信《てんやくのかみいまおおじちかのぶ》から、阿部川町の付添人世話所清悦庵で働いてみないかという書状が届いたのは昨日のことであった。

その何日か前には、兄の恢作《かいさく》から、何年も仕入れている生薬がこのところ高騰しているゆえ、先の見込みが立たない賢作への仕送りを、今年いっぱいで打ち切るとの文も届いている。

自分が道場の跡継ぎ候補でないばかりか、四番手、五番手でさえないことを知っている賢作は、もはや兵糧攻めに遭っても致し方ないと、当座は清悦庵勤めで糊口《ここう》を凌《しの》ぐ覚悟をしかけていたところであった。

――けれど、お悦さん、いくらあんたが清悦庵の主でも産婆にすぎない。俺は医者なんだよ――

賢作は清悦庵の頭《かしら》になる気でいた。

――ま、あんたがでかい面しててられるのも、俺が清悦庵に乗り込んで名乗るまでのことだからな。知らぬが仏だよ――

賢作は権太の両肩を押さえてうっすらと笑い、お悦は押し木綿を被せた傷口の上に、幾重にも包帯を巻き付けていく。その懸命な表情は怒っているようにも見えた。

「さあ、これでよし。なまじな縫合よりも早く傷が治るわ」

お悦は額の汗を手の甲で拭った。

「歩いてみて」

「へい」

言われた通りに立ち上がった権太は、包帯が巻かれた左足を曲げ伸ばしして、

「きつからず緩からずいい按配《あんばい》だ」

ほっと息をつき、待っていた相棒と一緒に、深々と頭を垂れて立ち去った。

——まあ、これほど素早く巧みに止血ができるとは、産婆にしては外科にも通じていてなかなかだ——

賢作にとって、法眼《ほうげん》だった亡父や兄から聞かされている産婆とは、妊婦の分娩の見極めもつかずに狼狽《うろた》える、手伝いの小女に毛の生えた程度の未熟者たちであった。

女にとって出産は大仕事である。命を落とす者も少なくない。そのため、大店や大身の旗本等の富裕層では、産婆だけに頼って出産する庶民とは異なり医者の立ち会いを命綱とした。産科専門の医者が呼ばれることもあったが、その家の主治医が

頼まれることも多々あった。

何代も続いた医家の名門であったりする主治医たちは、本道（内科）の医者であり、産婆などとは段違いの学識を誇り、多種の薬の調合に長けている。それゆえ、曽祖父、祖父の代からの長く、安心できるつきあいでもあり、是非とも子や孫の出産には立ち会ってほしいと、富裕層たちから乞われるのである。

——止血よりもお産の方がよほど技が要る——

いささか、不安になってきた賢作は、戸口近くで震えている小僧に目を留めた。

「身重の女の店の者か？」

小僧はこくりと頷くと、

「てまえは茅町にある高砂屋《たかさご》の者で名は佐吉《さきち》、駕籠の中にいたのは、跡取りのおりんお嬢様です。お嬢様がどうしても観音様まで安産のお詣りをしたいとおっしゃってきかないんで、旦那様や父親の大旦那様、大番頭さんに内緒でお供してきたんです。行くといえばきっと止められたでしょう。でも、まさか帰り道でこんな災難に遭うとは——ああ、どうしよう、どうしたらいいか——」

両手で顔を覆った。

「とにかく、すぐに高砂屋に報せろ」

——老舗の菓子屋高砂屋なら、こんな時のためによい主治医がいるはずだ——

「そ、そうでした」

混乱から立ち直った佐吉は蕎麦屋を走って出て行った。

お悦はおりんの足元に座っている。

「ああっ、痛っ、痛い、お腹が——」

おりんの呻き声が聞こえてくると、杉浦恭之介は両手で両耳を塞いで身を屈めつつ、そろそろと裏口から出て行った。

「は、張り裂けるっ——」

おりんは掠れ声で苦しみを訴え、

「病は気からと言うけれど、この手の痛みこそ気の持ちようなのよ。駕籠から転がり落ちないようにと、ツリ紐を力一杯握ったせいで、今は全身が強ばっているので痛みを強く感じるの。先ほど産道を調べてみたけれど、まだほとんど開いていないわ。お産は始まったばかりで、そこまでの痛みはないはずよ。ゆったりとその時を待ちましょう」

お悦は冷静に説明したが、

「う、うーん、生まれそう――」

おりんはいきみ始めた。

三

――早すぎる――

賢作は危惧した。出産に際して、産道が開ききる前にいきみ続けると、子宮口がむくんで狭まり、分娩までに時がかかって、胎児の心拍低下や仮死等、死産になりやすい。

「うーん、うーん、ううっ」

横倒しになった駕籠に乗っていて産気づいた高砂屋の跡取り娘おりんは、賢作の懸念をよそにいきみ続けている。

――いいのか、これで？　だから無知な産婆は仕様がない――

賢作の喉元から、〝いきむな、これ以上いきむと赤子が死ぬぞ〟という言葉が出

かかった時、

「ご主人、すみませんが、包丁を貸してください」

お悦は厨に向かって大声を出した。

怪訝な顔をしている店主から包丁を受け取ったお悦は、おりんが巻いている腹帯を切り、

「ねんねんころりよ、おころりよ、ぼうやはよい子だ、ねんねしな――」

よく知られている子守歌を口ずさんだ。柔らかで優しい声音であった。

「一緒に歌いましょうよ」

お悦が誘うとおりんは痛みで声など出ないと言わんばかりに眉を寄せた。

「まずは、少しずつ、初めは〝ねんねん〟までていいわ、わたしについて歌ってみてね」

お悦の誘いでおりんはねんねんと呟き、

「できるじゃないの。次は〝ころりよ、おころりよ〟――」

いつしか、〝ぼうやはよい子だ、ねんねしな――〟までを歌っていた。

「この歌、〝眠って、眠って、とにかく赤子は眠るのが一番――〟っていう歌詞な

んでしょうけど、お乳を沢山飲んでおっかさんの胸で沢山眠って、元気で大きく育つんですよ、っていう意味も含まれてると思うのよね。赤子への思いやりで溢れているとってもいい歌。もう一度、通して歌ってみましょうね」

お悦とおりんは何回も繰り返し歌い、賢作がふと気がついてみると、おりんはもういきんでなどいなかった。

――よかった――

賢作はひとまず安心した。

「何だか、わたしまで眠くなっちゃって――」

おりんは眠そうな声を出した。

「それなら、どうぞお休みなさい」

お悦は自分の羽織を脱いでおりんに着せかけると、その左肩をとんとんと叩いて寝かしつけた。

やがて夕暮れ時となり、戸口に人の気配がする。

三人の男たちがなだれ込むように入ってきた。中背の一人は若く、やや気弱そうだが整った面長の顔をしている。高価な大島紬を着たもう一人の方は小柄ながら貫禄があり、町人髷《まげ》に白いものが混じっていた。最後の一人は坊主頭の赤ら顔ででっぷりと太り、薬籠を大事そうに抱えている。

賢作と久里兵馬の腰の刀を目に留めた貫禄のある小柄な男が、

「佐吉が報せてきたので婿の俊吉《しゅんきち》と一緒にかけつけました。おりんの父親の高砂屋喜平《きへい》です」

そそくさと名乗った後、

「主治医の遠藤陶益《えんどうとうえき》先生にお報せしたところ、ここの前で先生とばったり――。先生、お急ぎいただいてありがとうございました」

坊主頭の前で深く頭を垂れた。

「駕籠を急がせたのだ。七つの祝いも祝言もこの目で見届けた、ほかならぬ高砂屋さんの娘御のことであるから、何をおいても飛んできた」

陶益が恩着せがましくやや声を張り上げた。

薬の知識と処方に長けた遠藤家は関ヶ原以前から続く家柄の医家として知られ、当代の遠藤陶益は、大店だけではなく、大身の旗本の主治医であり、時には大名家からも声が掛かるという著名さではある。

「ここからはわしが引き継ごう」

陶益はおりんの足元に立つと、

「わしが参ったからには、大丈夫、赤子のせいで母親を死なせたりはしない」

すでに薬籠から胸元に移して忍ばせてあった鉗子《かんし》を取り出した。

——それは——

陶益が手にしている物を、賢作はどこかで見たことがあるような気がした。鷲の嘴《くちばし》のような形が黒い幻影のように賢作の心に不吉感を抱かせる。とはいえ、どこで見たのかまでは思い出せない。

「邪魔だっ、そこをどけっ」

陶益はちっと舌打ちをしたが、お悦は離れず、

「今、この方がお持ちのものをお使いになれば、赤子を殺してしまうだけではなく、まだお産の道が開いていない、産婦の大事な身体にも傷をつけてしまいます」

強い目でおりんの夫俊吉と父喜平の方を見た。

「ほんとうですか？」

俊吉は動揺の余り真っ青になり、眉間に皺を刻んだ喜平は、

「臨月の妊婦が階段から転んだり、腹をどこかに酷く打ちつけたりした場合、命があっただけでよしとするものだ。おりんさえ生きていれば、赤子はまたできる。それには遠藤先生にお助けいただかなければ――」

打ちのめされている婿を慰める物言いをした。

「馬に蹴られたり、駕籠が横倒しになった場合、たいていはその弾みで腹の子はいけなくなるものだ。死んだ赤子が腹の中に留まるのはよろしくない。腹の中で臍《へそ》の緒が千切れ、大出血するなど、いずれ母親の命を奪う元凶になりかねない。お気持ちは察するに余りあるが、小の虫を殺して、大の虫を助ける、あるいは七歳前までは神のうちとも申しますゆえ、赤子の命は諦めていただきます」

陶益は俊吉と喜平の顔を等分に見た。

この時、おりんが目覚めた。すでに外は夜の帳《とばり》がどっしりと下りている。

「おりんっ」

俊吉が駆け寄る。

「わたしは大丈夫、それからこの子も」

おりんはそっと羽織の上から腹部を撫でた。

「動くのか？」

俊吉は、何度も妻の腹に触れて確かめた我が子の動きを思い出して目を潤ませた。

「ちっとも動かないわ。でもわたしにはこの子が生まれたがってるのがわかるの」

「動かないのはよくない兆候だ」

陶益が話に割って入ると、お悦はおりんの腹部に触れて、

「生まれる時が近づくと、産道に向かって下がってくるので、お腹の子の動きは止まるものです。順調に子の頭が下がってきています。とかく妊婦が転んだり、お腹を打ち付けたりすると、お腹の子が驚いて身体の位置を変えてしまい、その偏りが難産につながるのですが、この子は頭を産道に向けています。母親のお腹の真ん中に居て、逆子でも横向きでもありません。強い子です。そしてこれはすこぶる健やかなお産の前兆です」

診たてを告げた後、

「痛みがそろそろ始まっているのでは？」

とおりんに訊いた。

「そうかもしれないけど、今はさっきの歌を歌いたくてならないの」

「それならまた一緒に歌いましょうか」

お悦とおりんは再び子守歌で声を合わせた。

手持ち無沙汰のあまり、鉗子を握っている図が何とも間が抜けていると気がつい
た陶益は、

「この場に際して、妊婦が少しもいきまぬのは何とも不安だ。わしが内診をいたそ
う」

両手の太い指を大蛸のような顔の前で広げてみせた。

羽織をかけられた下腹部に指を差し入れて内診を試みようとする主治医陶益に、

「嫌っ」

おりんは激しく首を横に振った。

すると陶益はこほんと一つ空咳をして、

「いつもこれでしてね、初産の時は誰しも恥ずかしがって内診を嫌がるものです」

内診と聞いて、自分のことのように顔を赤らめている俊吉に訴えた。

「内診はこの女《ひと》にしてもらいたい」

おりんの言葉に、

「やれやれ、なるほど、お産に限ってはどんな名医でも男は嫌われ者だ」

陶益は大仰にため息をついた。

「そうじゃあないわ、その手や指を見ていると不安になるからよ」

おりんは肉厚で指が花林糖のように太い陶益の両手から目を逸らせた。

「お願い、よろしく」

おりんが頼むと、

「今さっき、三度目の内診を済ませたところです」

お悦はさらりと応えて微笑んだ。

——ええっ？　いつの間に？——

賢作は信じられなかった。

——そういえば井戸端を行き来はしていたな。あれは手を清めるためだったのか。だが、それほどまだ痛まず、お産を前にしている産婦は、この商家の娘のようにとかく神経質で、興奮しやすく、悟られずに内診などできはしないものだ——

「そんなはずはない、おりんは少しもいきんでなどおらぬではないか」

渋面で言い切る陶益に、

「お産はいきみ続けることが大事だというのも、いきみで痛みが紛れるというのも正しくありません。産道が開ききるまでなるべく寛いで、いざとなった時、うんといきんでもらいます」

またしてもお悦は反論した。

「まさか、おまえ、産婆の分際でわしの助けが要らぬと申すのではなかろうな？」

陶益は凄みのある目をお悦に向けた。

お悦が無言でいると、

「まあ、産婆は産婆の縄張りがあろうから大目に見よう。その代わり、このわしに盾突けるほどのものかどうか、おまえの内診の腕を見てやろう、さあ――」

両腕を組んで顎をしゃくった。

「わかりました」

お悦が井戸端へ出ている間に、賢作はそおっと陶益の斜め後ろに座った。そこからなら羽織の下のお悦の指の動きが見て取れる。

――俺も是非見てみたい――

戻ってきたお悦は右手の五本の指を広げた状態で、中指だけをおりんの産道に沈めた。

ほっそりしたお悦の右手は、中指以外の指も曲がっていない。内診の折、産道を探る中指以外の他の指を曲げてしまうと、中指の指先が短くなって探りにくくなる。まるで、お悦の右手の指は、五本が一本になったかのようにしなやかに動いた。

「わたしの指がわかりますか？」

お悦の問いに、

「いいえ」

おりんが答えると、

「では、これはいかがでしょう？」

微細な動きではあったが、お悦の探る指に人差し指が加わった。

「ええ、わかりました」

「そろそろですけれど、もう少しです。あの歌をまた一緒に歌いましょうか」

「そうしたい」

内診を終えたお悦とおりんは再び子守歌を歌い始め、今度は俊吉の歌声も加わった。

「あれだけの目に遭ったというのに、おりんの気持ちが殊《こと》の外《ほか》、穏やかなので安心しました。やれ、わたしも歌うとしますか」

ねんねんと歌詞を呟いた喜平に、

「お産は心でするものではなく、身体で産み出すものだ、こんな風では案じられる」

陶益は胸元に戻した鉗子に、繰り返し触れながら苦言を口にした。

喜平はさすが年季を積んだ商人らしく、

「もしかしたら、娘だけではなく、生きている初孫も見られるかもしれないと思うと、今は歌わずにはいられません。人というのは欲が深くていけませんね。何より先生がここにいらしてくださるので安心なんですよ。どんなにお礼をしても足りないほどです」

上手に相手を受け流した。

何回目かの子守歌の途中、ぼうやはよい子だという箇所でおりんが絶句した。額から夥《おびただ》しい脂汗が滲み出ている。

「相当痛むのね」

お悦の言葉におりんは大きく頷いた。

「それじゃあ、ねっ、ねっ、ねっ、んっ、んっ、んっと歌詞通りに短くお腹で息をしていきましょう」

　それからしばらくの間、ねっ、ねっ、ねっ、んっ、んっ、んっ、おっ、おっ、おっ、こっ、こっ、こっ、ろっ、ろっ、ろっ、りっ、りっ、りっの息づかいが熱唱と化した。おりんとお悦だけではなく、俊吉や喜平、賢作や久里兵馬までもが、知らずと息づかいを倣ったからである。

　さすがに陶益だけは腕組みをしたまま、苦々しさの極みであるという表情を崩さなかった。

　この間にもお悦の右手は白い生きもののように、よくしなって産道を確かめ続けている。右手の揃えられた四本の指がすっぽりと産道に呑み込まれたところで、

「いよいよです、さあ、思いきりいきんでください」

　お悦の指示が下った。

「うっ、うーん、ううっ、うーん」

　大きくいきむおりんの手を俊吉はしっかりと握りしめている。

これが何度か繰り返されて、突然、おぎゃーっと、何物にも代え難い希望の一声が谺《こだま》した。

電光石火のごとく、産道に差し入れられたお悦の両手が、血と羊水にまみれた赤子を抱き上げている。

外の闇がうっすらと白みはじめている。

「可愛いぼうやです。子守歌の通りになりました」

この言葉におりん、俊吉夫婦が喜んだだけではなく、跡継ぎができた喜平も目を潤ませて、

「ありがたい」

夢中でお悦に手を合わせた。

「湯は沸かしてある？」

お悦は賢作にではなく、その後ろに立っていた久里に話しかけた。

「もちろん、用意はしたのですが――」

そう告げて、久里はばたりと倒れた。

「初めてお産に遭遇したせいでしょう」

お悦は俊吉が脱いだ羽織にくるまれている赤子をおりんに抱かせると、

「こっちの治療もしないといけないわね」

賢作の方を見た。

賢作が倒れている久里の胸元を寛げ、お悦は持ち合わせている失神に効く薬を取り出した。木でできた小さな茶筒のような物の蓋には小さな穴が開いていて、久里の顔へと一振りすると、あたりに胡椒の匂いが立ちこめ、はっ、くしょーんというくしゃみと共に目が開いた。

はっ、くしょーん、はっ、くしょんとさらに、くしゃみがたて続くと、久里は賢作が見たことのない困惑した表情になり、両手で口を押さえたまま、

「悪いがこれで――」

逃げるように戸口から出て行った。

四

翌々日、お悦は関口水道町にある、とある屋敷内の薬草園へと向かった。柳橋か

ら舟に乗り、付近では江戸川の名で通っている神田川を遡《さかのぼ》り、一休橋の別称がある関口橋で舟を下りた。薬草園の中にある小さな東屋《あずまや》では、長いつきあいのある典薬頭今大路親信が待っていた。ここは今大路家の別邸なのであった。

東屋から見える庭には冷たく晴れた冬の青い空を背に、南天が真っ赤な実をつけている。

南天は音が「難転」即ち「難を転ずる」に通ずることから、縁起の良い木とされ、鬼門または裏鬼門に植えると良いなどという俗信がある。

常緑の葉に含まれる青酸は猛毒ではあるが、ごくごく僅かなので、危険性は殆《ほとん》どなく、食品の防腐に役立つ。このため、彩りも兼ねて弁当などに入れる。

——冬の庭の紅一点が花ではなく、南天の実であるとは——

一方、実には強い鎮咳作用があり、多量に摂取すると知覚や運動神経の麻痺を引き起こすため、素人が安易に試すのは危険であった。

——お悦には、病という難を転じて癒す南天がよく似合う——

親信は待ち人のお悦と南天を重ねていた。

「お待たせいたしました」

お悦が座敷に入って頭を垂れた。

顔を上げると大きな目の威風堂々としたまなざしが、並みいる医家の頂点に君臨している典薬頭をしても気後れを感じさせる。

――お悦はあの頃と少しも変わらない――

親信の方は面長で二段鼻、涼しく純粋な感じを与える黒目がちの目は昔と変わらなかったが、寄る年波には勝てず、時折、目がかすむこともあって、このところ、夜の読み書きを控えている。

「今、庭の南天を見ていて、あなたと過ごした昔のことを思い出していたところだ。出会った頃のことを――」

「恥ずかしゅうございます」

お悦は目を伏せた。

「あなたの目の不動明王は今もますます盛んに生きている」

――変わらぬ若さはお悦の心に宿っている不動明王ゆえだ――

不動明王とは五大明王の中でも中心的な明王で、大火焔《かえん》の中に座し、剣と縄を持っている。大日如来が悪魔、煩悩の調伏のために、怒りの相を表したものとされている。

「そのお話は苦手でございます」

お悦は困惑していた。

「いや、何度思い出しても、初めてあなたの目に不動明王を見た時のことは忘れられない。あれは雨上がりの日だった――」

「そうでしたね」

お悦が思い出したこの時、ほんの一瞬、めらっと炎が上がって、その目に不動明王が宿った。

忘れもしないその時、往来を駆け回って、鬼ごっこをしていた子どもの一人が侍とぶつかった。その子が転んで、侍の着物に泥が跳ねかかってしまった。

〝無礼者〟と侍は怒り、刀を抜いて子どもを斬りつけた。

「あの時、あなたは、〝着物の汚れは洗えば落ちましょう。それなのに何と無体なことをなさるのです。命を何と心得る？　まして相手は子どもではありませんか〟と猛然と抗議して一歩も退かなかった。そして、あなたの目は不動明王さながらに激しい怒りを湛えていた。あまりに凄まじい目力に恐れをなした侍が、二分金一枚をあなたに投げて寄越し、〝これで文句なかろう〟と言って、野次馬たちを掻き分けて立ち去ろうとした。すると、あなたは〝そんな詫びの仕方がありますか？〟となおも言い募った。わたしにはあなたの全身から真っ赤な焔が燃え上がったように見えた。斬られた子どもが〝痛いよう、痛いよう、かあちゃん――〟と消え入りそうな声で呟いて訴えなければ、侍とて面目もあり、それから先はどうなっていたか――。あなたは若い娘でありながら、不動明王を味方につけた目力だけで、刀を手にしていた侍に斬りかかろうとしたのだから」

　その時の緊迫感を思い出した親信はふうと大きなため息をついた。

「今にして思えば、わたしの命が今ここにあるのも、あの場にあなた様がおいでになったからです」

　お悦は改めて謝意を伝えるべく微笑んだ。

「〝お医者を、誰か、お医者を呼んでください〟とあなたは叫び、わたしが名乗り出て、当時医術の修業のために寄宿していた、若林泰仙《わかばやしたいせん》先生のところへ子どもを運んだ。だが残念ながら――」

「可哀想に――、今でも悔しい」

お悦はまた、ちらりと火焔を目に宿して、両膝に置いた両手を拳に固めた。

「あの時、わたしに技量が少しでもあれば、死なせはしなかった――」

医術を身につける前の若かりし頃のことであるというのにお悦は唇を噛んだ。

「だから、一昨日も浅草の蕎麦屋で一仕事したというわけですね」

親信は突然、話を転じた。

「喧嘩騒ぎで横倒しになった駕籠の中に臨月の妊婦がいたのです。わたしは通りかかってお産を助けただけのことです。もう、あなた様のお耳に入っていたとは驚きました」

「遠藤陶益は医術よりも世渡りに長けている。腕の未熟な産婆の出しゃばりは言語道断であるという愚痴とも文句ともつかない話をしに、昨日、わたしの屋敷まで出向いてきた。急場のお産は難産になることが多いゆえ、産婆は医者が居合わせていれば、必ずその指図に従うようにとの決まりを、今後は厳しく守らせるようにと繰り返し言っていた。いったいあなたは遠藤にどう対したのです？」

「正しい取り上げ術について話しただけで、非礼はなかったつもりですが――」

典薬頭である親信に迷惑がかかったのではないかと、一瞬、お悦は滅多に見せることのない、不安そうな面持ちになった。

「いいのです、もとより咎《とが》めるつもりはありません。ただし、遠藤の埒《らち》もない愚論を聞かされたわたしの身にもなって、一つ頼まれてほしいことがあります」

歳月と共に親信が変わったのは外見だけではなく、典薬頭としての器量を身につけたことだった。これにはさまざまな場での駆け引きが含まれる。

「何でございましょう?」

お悦は親信の頼みならどんなことでも引き受けたいという気持ちをやっとのことで抑えて、わざと乾いた声を出した。お悦とて清悦庵の主である以上、どんなに謝礼を積まれても、遠い国許にいる大名家のお産や治療は引き受けかねる。お悦は、ある時から日々の仕事優先で堅実に生きてきていた。

「あなたには喜んでもらえるのではないかと思います」

そう聞かされると、

――どうやら、これは往診の依頼ではないようだわ――

お悦は皆目見当がつかなくなった。お悦は、親信が権威や金に弱い遠藤陶益のような医者とは真逆であることを熟知している。

「たしか、清悦庵には男手がありませんでしたね」

まずは念を押してお悦が頷くのを見ると、

「実は一人、有望な若い医者を弟子にとってもらいたい」

親信は切り出した。

五

「お医者はあの遠藤陶益様でなくともわたしどもの上に立つとされています。わたしの弟子などになってくださるはずもございません。ご冗談はお止めください」

体《てい》よく躱《かわ》してお悦は笑い出したが、

「冗談ではない、ならばいっそ、あなたの上に立ってもらおうか？」

親信の表情は真剣であった。

「それだけは御免被《こうむ》ります。海の者とも山の者ともつかぬ御仁に清悦庵は任せられません」

笑みを消したお悦はきっぱりと言い切った。

「弟子ならばよいであろうが――。実は当人が清悦庵で働きたいと言っているのです。きっとあなたから学ぶことが沢山あろう」

「まるでそのお方がわたしを知っているようなお口ぶりですね」

　お悦はふと思いついて言っただけだったのだが、

「あなたが浅草の蕎麦屋で、菓子屋高砂屋の娘のお産に立ち会った時、何と当人も居合わせていたという。思い当たるであろうが？」

「そういえば――」

　お悦は三人居た若者たちの顔をおぼろげに思い出していた。

「でも、医者の様子はしておらず、刀を差しておいででした」

「佐伯賢作という名だ。赤子の分娩、湯浴みまで見届け、あなたの産婆としての腕前に魅入られ感心していたという」

「おや、お医者にしてはお珍しい」

　お悦は思わず口を滑らせた。医者と名のつく者たちは総じて、産婆の腕前の良し悪しなどに無頓着なものだと思い込んでいたからであった。

「だから頼む、この通り」

あろうことか、親信が頭を下げた。

「そんなことをされては困ります。いえ、そんな風になされても、すぐに、はいとは答えられません。佐伯様ともう一度会って、思い違いをしていないかどうか、確かめてみないと」

お悦は出産をはじめ、時や手間のかかる治療は一切苦にならなかったが、人と人との間の結局は中傷にしか行きつかない、無意味なごたごたは真っ平御免だった。

「それでは、そのうち佐伯を清悦庵に差し向けよう」

親信のやや苦く変わった表情が、お悦の懸念が図星だと物語っていた。

この日はこれで話は一区切りとなり、七輪が運ばれてきて、ももんじ鍋でもてなされた。薬食いとも言われる獣肉料理は師走の風物の一つである。

「昔からあなたは好きであったろう？」

親信が猪肉の煮える匂いに目を細めると、

「あなた様こそ、ももんじなら何でもお好きでしたでしょう？」

二人はしばし、昔々、このように隠れて落ち合うのではなく、市中のももんじ屋で猪、鹿、鴨、牛、豚等のさまざまな獣肉を賞味したことをなつかしく思い出して時を過ごした。

月が替わり、新年を迎えた。

病と病人に待ったなしで、お悦や清悦庵の他の付添人たちは、大晦日も元日も返上して働き続けた。他の月にも増して多忙の日々をこなして、やっと一息ついたのは、事納めを迎える如月《きさらぎ》に入ってからであった。

事納めとは年神の棚を取り外し、正月の行事を終えることであった。この日、お悦に珍しく往診がなく、厨で里芋や蒟蒻《こんにゃく》、小豆《あずき》等を煮て、おこと汁を拵《こしら》えていると、

「邪魔をする」

北町奉行所定町廻り同心である細貝一太郎《ほそがいいちたろう》が勝手口を開けた。

ちょうど昼時でもあり、「中へどうぞ」とお悦は細貝を招き入れた。

細貝一太郎は年齢《とし》の頃は四十近く、姓に反してがっちりと太目であり、口さがない奉行所の仲間うちではふとがいと呼ばれている。

垂れ目で狸のような顔に見え、のんびりと悠揚迫らぬ印象を相手に与える。

「今日は事納めの日なので、おこと汁を拵えたんですよ」

お悦はおこと汁の他に朝炊いたご飯、切り干しと油揚げの煮つけと、鯔《ぼら》の浜焼きを詰めた重箱を細貝の前に広げた。

お悦は料理好きなのだが、何しろ忙しく、正月でなくとも重箱を使う。厨に立つ時を惜しんで、朝一番で煮付けたり、炒めたり、焼いたりといった料理を作り上げ、普段使いの重箱に詰めておいて、自身と付添人たちの胃袋を充たしているのだった。

「治療のためのそばがきは後でお出しします」

「それは有り難い、救われる」

細貝はふとがいと渾名《あだな》された見た目とは裏腹に足腰が弱く、お役目が重く感じられて心労が溜まった時など風邪を引きやすい。その前兆は便秘、下痢の繰り返しで、見廻りがお役目とはいうものの、大した用事もないのに、しばしば訪れる細貝の狙いが雪隠借りだと告げられてからというもの、お悦はそばがき療法を試みている。

蕎麦は芳醇なその香りが細貝の食欲をそそっていたのだが、二十歳近く年齢の離れた若い妻は、この匂いを嗅いだだけで喉がむずむずしてくる体質《たち》であった。

細貝の体調不良は気軽に蕎麦を食えなくなったという心因によるものであった。

「若い妻は鼻が利いて、蕎麦屋に立ち寄ってきただけでも気づいてしまい、〝わたしがこんな体質なのであなたに迷惑をかける〟と泣かれるのが辛いので、とうとう、金輪際、蕎麦を食べないことにしたのだ」

そう言って、蕎麦食い断念を誓った細貝に、

「これは食べ物ではなく薬だと思って。御新造さんにもそう伝えてくださいな」

お悦は蕎麦粉を熱い湯で練り上げて作るそばがきを勧めた。

打った蕎麦を度を越して食べすぎると腹が張って苦しむことがあるが、適量の蕎麦粉に湯を加えて食べると全身が温まり、血行が促される。

箸を取って、飯や菜、汁を黙々と口に運び続けて昼餉を終えた細貝は、薬のそばがきが出てくるとほっと安堵のため息をついた。

「これこれ、これに限る」

細貝がそばがきを腹に収めたところで、

「年が明けてから何か変わったことはありませんでしたか？」

お悦は訊いた。

思えば細貝とは師走の半ばにそばがきを出して話をしただけで、もうかれこれ、一月以上会っていなかった。

「時節柄、慌ただしくてな。残念なことに、しばらく、そばがき療法が途切れていた」

細貝がぽつんと不満を洩らした。

お悦のそばがき療法を受け始めてからというもの、細貝は多弁になっていた。それもそばがきを食べた直後にぐんと口数が増える。

そばがき療法などというと何とも仰々しいが、ようは、そばがきで心の緊張が解かれた細貝が市中の出来事を皮切りに、自身のお役目に関わる心労、若すぎる妻への気兼ね等を赤裸々に語り、お悦は聞き役に徹しているだけのことだった。

六

そばがきの後のほうじ茶を啜《すす》ったところで、細貝は話し始めた。

「年の瀬からこっちで新年を迎えてからも、ずっと酒で羽目を外しての喧嘩や、神社仏閣詣でなんかで掏摸《すり》が多かったです。まあ、いつもの年末年始と同じです。そうそう、正月の十五日は粥杖《かゆづえ》泥棒が五件ありました」

細貝はお役目の話に入る時には、口調を変える癖がある。

「あんなもの、迷信ですよ」

お悦が眉根を寄せると、

「ですな」

相づちを打った。

相手の話に〝ですな〟と答えるのも、滅多に自分の考えや意見を述べない役所内での癖であった。

粥杖とは正月の十五日に粥を煮る時に用いる削った木の枝のことで、子の無い女の腰を打てば男の子が生まれるという言い伝えがあった。

「昔はともかく、近頃は信じる者が減りました。代わりに居直り強盗のような粥杖泥棒が出てきたというわけです」

「それから？」

お悦は先を促した。

「ふーむ」

細貝は両腕を組んでやや気難しい顔になった。

「喧嘩や掏摸、粥杖泥棒だけなら、いつもの年と同じです。お見受けするところ、よほどの心労をお抱えのようです。どうかお聞かせください」

お悦はさらに水を向ける。

「五日ほど前、御徒町に住まう旗本が森下の通称蓑虫長屋で死んでいた。名は久里兵馬、名門久里家の当主だ。傷があったので、下手人を探しているのだが――」

「当然、財布は盗《と》られていたのでしょう？」

細貝は口調を戻した。

「いや――。だが、辻斬りではない。辻斬りは長屋の行き止まりなどで襲いはしないものだ。つまるところは、久里がそこにいることを知っていた顔馴染みによるものということになったのだが、そうなると、いかんせん、下手人らしき奴らが多すぎる――」

細貝は頭を抱えた。

「それはまた、何でです？」

「久里兵馬は諏訪町にある内村道場の門弟で、跡継ぎ争いに関わっていた」

「久里という人が跡継ぎと目されている一人だったんですか？」

「いや、そうではないが、何度他の門弟たちに訊いても、皆、口を閉ざしていて、肝心なことを話してくれない。上からは、〝下手人は町人かもしれない、早く下手人を捕らえろ〟とせっつかれる日々なのだ。それでやむなく、今日の朝、久里が殺されていた長屋に住んでいて、仏になっているのを見つけて報せてきた同じ道場の門弟で佐伯賢作という奴を捕らえた。跡継ぎ争いでは、確かめたところ、久里と反目している一派のはしくれになっていた。上は首領格の新川祐三郎という大男に命じられて殺った疑いがあると考えたのだ」

「その佐伯賢作は生家が医家だとは言っていませんでした？」

驚いたお悦は訊かずにはいられなかった。

「いいや、そいつが言ったのは、〝へえ、見つけて報せてやったというのにお縄になるのか？　俺は跡継ぎなんてどうでもいいんだがな〟という一言だけだった。後はだんまりを続けているが、いずれは責め詮議で罪を認めるしかなくなるだろうな」

「細貝様は佐伯という若者を捕らえたことを悔いているのでは？」

「佐伯が新川の一派に加わったのは一月ほど前のことだったという。昨日今日仲間になった者がここまでのことをするだろうか？　佐伯が下手人だという確信が持てずに、上に命じられるままに捕らえたものの、悔いて狼狽《うろた》えている自分が嫌になっている」

「佐伯とやらは今どこにいるのです？」

「番屋にしばし留め置くのが習いだ」

「会わせてくれませんか？」

こうなっては仕方ないと、腹を決めたお悦は、佐伯賢作を弟子にせよと、或る身分の高い人物から頼まれた旨を話した。

「もっとも、猫の手も借りたい年末年始、いくら首を長くして待っていても、佐伯賢作は、ここに来て働いてはくれませんでしたけどね」

「今は道場通いで日々を費やしている佐伯賢作には、実は医術の心得があるのだな」

素の口調に戻って念を押した細貝は、

「医者には命を助ける信念があるはず。佐伯賢作が下手人でなどあるはずもない。やはり上は間違っていた。何としても嫌疑を晴らしてやらなければ——」

お悦が身仕舞いするのを待って立ち上がると、二人は番屋に向かった。

番屋では両手を縛られて壁の鉄鐶に繋がれている賢作が、番太郎にねだったと思われる焼き芋を頬張っていた。

――死罪になるかもしれないのに何と暢気《のんき》なことだろう――

お悦は呆れる一方、面白い相手だと初めて賢作に興味を惹かれた。

「師走のその節はお世話になりました」

お悦は土間から板敷に上がって賢作と向かい合った。

「あなたの清悦庵で働く気はありません」

賢作は言い切り、気がついてふふっと浅く笑って、

「ああ、でも、もうこうなっては先のことは考えずにすみそうです。責め詮議の苦しみを避けて、ぺらぺらと嘘を並べれば、あっさりと首を落としてくれるのでしょうが、それではあんまり簡単すぎて面白くない。屍《しかばね》が据物師のところに運ばれて、抜かれて干された胆が丸薬になってそれなりに役立つのでしょうが、やはり、真実を言い通して、責め詮議の途中で息絶えたい。これも自害ですよ。こういう剣の道

もきっとある、最高です」

突然降ってきた災難に対する絶望と緊張が、度を越した興奮にすり替わっていた。

「責め詮議で死ねるとは限りませんよ。聞くところによれば、役人たちは相手が罪を認めるまで、箒尻《ほうきじり》で打ち据えたり、石を抱かせたり、水に顔を浸けたりして、手加減しつつ、死なせずにさんざんに責め立てるのだそうよ。責め詮議で苦しんだ挙げ句、さらに首を刎《は》ねられる恐怖と屈辱を味わうのは間尺に合わないとわたしなら思う。あっさり罪を認めるのが得策では？」

お悦の言葉を聞いていた細貝が、そんなことを言っていいのかとばかりに、こほんと一つ咳をした。

「まさか、あなたは俺が久里さんを殺したと思っているのですか？　この俺が犯してもいない罪で刑場の露と消えていいとも？　あなたは真の下手人がのうのうと生き延びる手助けをするつもりですか？」

お悦が想定した通り、賢作は笑いを消して、眉と目の両方を思いきり吊り上げて怒りの表情になった。

——おや、これはもしかして——

吊り上がって見開かれている目に迫力がある。ぐおぅっと炎が燃え上がっていた。

一瞬見惚れて、肝心なところで言葉を途切らせていたことに気づいたお悦は、

「あなたの本音が出たところで、こちらの本音も言いましょう。わたしとここに居る細貝様はあなたが下手人であると決めつけてはいません。けれども、下手人でないと言い切るためには確たる証が必要。その証を探す手掛かりは、今のところ、あなたから道場仲間や跡継ぎ争いの話を聞かせてもらう他はないのです」

理路整然としたお悦の話に得心した賢作は、道場仲間の間で起きていた揉め事について、順を追って話し始めた。

「わかりました」

剣では向かうところ敵なしの一匹狼の野中真吾と、ほぼ同じ腕前の夏木新八が師範代を務めていて、世話好きな新八の一の子分である新川祐三郎が、夏木を跡継ぎにするべく、ずっと画策を続けてきたこと――。

「するとあの蕎麦屋での喧嘩はその新川という男が、野中真吾の闇討ちを計画し、賛同しなかった久里兵馬に迫ったのが引き金になったというのだな」

細貝はなるほどと頷き、

「そんな理由ごときの喧嘩で、身重の女が酷い目に遭ったのは許し難いことですし、何とも馬鹿げているわ」

お悦は呆れ果てた。

「とにかく新川さんは自分の思い通りにしないと気の済まぬ性質《たち》なのです。酷な性質もあって、蕎麦屋でのお産に途中まで居た杉浦恭之介さんを嘲《あざけ》って、皆にねずみと呼ばせていました。そのため、杉浦さんは新川さんにびくついていて、あの喧嘩の始まる前にも脅され、闇討ちに加わると約束させられていました」

賢作は新川への憤りをぶちまけた。

「闇討ちに反対していたのは、その久里様だけですか?」

お悦はあの場に居て湯の準備を調《ととの》えたまではよかったが、お産の光景を目の当りにして、失神してしまったのが久里兵馬だとはまだ知らなかった。

「実は久里さんもあそこに居たのです」

賢作が説明すると、

「まあ、あの小柄で細い男が久里様とは——」

意外そうな呟きを洩らした。

「俺はあの後、典薬頭様からの文を読み直してみました。繰り返し弟子と書かれていて、到底、あなたの上に立つことは出来ないとわかり、嫌気がさし、しばらくは道場に居続けようと思いました。新川さんが夏木さん贔屓なのは、その場限りの用心棒等割りのいい仕事を斡旋してくれるからです。世知に長けた夏木さんときたら、口入屋はだしですからね。ついていれば雨露ぐらいは凌げるだろうと思いました。それで兄に仕送りを見限られた俺も、杉浦さんに続いて新川さんの指図に従うことにしたのです。あなたの言う通り、あの大男で腕の立つ新川さんに立ち向かったのは、小さく華奢な身体の久里さん一人ということになります。今にしてみれば痛恨の極みです、恥ずかしい」

賢作は目を伏せた。

「ですな」

細貝もたまには本心から相づちを打つ。

「久里様はどんな方だったのですか？」

お悦は細貝の方を見た。

「関ヶ原で功のあった名門久里家は四百石だ。ただし、十五年前、主は急な病で亡くなり、嫡男の兵馬が跡を継いだ。弟や妹も何人か生まれていたようだが、一人も育っていない。貧乏人は子沢山だというのに、このような身に限って、生まれた子が育たぬとは皮肉なものだな」

「久里様の剣術の腕前は？」

お悦は賢作に訊いた。

「俺よりよほどできました。ただし、母御がかまいすぎるのか、本人が虚弱ゆえなのか、酷暑や極寒の日は稽古を休んでいました。このあたりが、新川さんには怠けていると映ったようで、〝半人前の癖に大きな口を叩く奴だ〟と手厳しかったです。血気盛んな新川さんが弾みで久里さんを斬ってもおかしくはありません」

賢作は細貝に同調を求めたが、

「俺だって新川に目を付けなかったわけではない。新川はあの日、板橋宿まで商談に出向いた生糸屋の主の用心棒を務めていた。新川の仲間の者たちにも、それぞれ久里を殺すことのできない証があった。なかったのは――」

逆にじっと見据えられてしまった。

「どうして、久里様はあなたの住む長屋に居たのです？」

お悦は核心を突いた。

「訪れる旨が書かれた文が届いたのです。嘘ではありません」

「見せてください」

「今はもうありません。新川さんたちに見つかれば、ことだと思い、すぐに焼き捨てたからです。でも、はっきり覚えています」

「どんな内容でした？」

「文には、〝蕎麦屋での命が生まれ出《い》づるまでの一時は、貴殿と自分の絆になったように思う。ひいては医者が手にしていた金物のことで話がある。どうしても頭から去らないのだ。聞いてほしい。五ツ（午後八時頃）に、貴殿の住む長屋の行き止まりで待つ〟とありました。わたしはあの鉗子のことかと思うと気になりました。あれからあの形が頭を掠めることがたびたびあったので――。理由は自分でもわかりません」

「そして、斬られて事切れている久里様を見つけたのね」

「はい」

賢作は神妙に答えた。

「ここに久里様の骸《むくろ》の検分図はありますか？」

お悦は細貝の方を見た。

細貝に心労の元凶であるお役目の話を聞かされているせいで、不審な死を遂げた骸は必ず奉行所が定めた医者によって検分され、記録されることをお悦は知っていた。

「久里の母御が一刻も早く息子の亡骸を連れ帰り、通夜に備えたいと言うので、走り描きになったが、俺が持っている」

「見せてください」

お悦は細貝から渡された紙を広げて、描かれている骸の図に目を凝らした。

うつ伏せに描かれている骸をじっと見て、

「刺し傷は首と背中の二ヶ所だわね。太い血の管がある首の傷が致命傷に見える。細貝様が駆け付けられた時、あたりは血の海だったのでは？」

「いや、それほどでは。着物もあまり汚れていなかったし。すでに土に染み込んでしまっていたのかもしれないが――」

細貝は首をかしげた。

七

「あなたが見つけた時も同じだった？」

お悦に訊かれた賢作は、

「あの日は朧月夜だったのであたりが見えました。うつ伏せに倒れていた首や背中からの血は僅かなものでした」

細貝に同意した。

「ここの傷と血をごらんなさい」

絵図には仰向けの骸の様子も描かれていて、額に朱色で染み出ている血が示されていた。

「これは刀傷ではないわ。硬い何かにぶつかって切れたもののようです。それとこれ――」

骸が握りしめている右手に、〝牛黄丸《ごおうがん》〟と墨字の説明が矢印と共に入っている。

「骸の胸元から牛黄丸の入った薬の袋が見えていたこともあり、俺が気がついて、牛黄丸を握っている様も描かせた。医者の話では牛黄丸は心の臓をはじめとする五臓六腑に効き目のある薬だ。殺された久里兵馬が携えていたものと思う。ただし、薬は握っている分だけで、袋の中身は空だった」

細貝の説明を聞いたお悦は、

「どうして、久里様は牛黄丸を握って果てられていたのでしょう？」

自問自答するかのように呟いて、

「これから久里様が亡くなっていた所へ行きましょう。案内してください」

有無を言わせぬ気迫で二人を急かした。

賢作は蓑虫長屋の住人である。長屋の持ち主が蓑虫こそ自分の家の守護神だと思い込み、蓑虫の幼虫が好む柿やサツキの木を、多少なりとも日の当たる場所に植えているせいで、人の住む長屋の中はどこも昼間でも薄暗い。蓑虫はオオミノガの幼虫で、幼虫が作る巣が、藁を編んで作った雨具の蓑に形が似て卑近なため、蓑虫と呼ばれるようになって親しまれてきた。

三人は蓑虫長屋の行き止まりに立った。

ヤツデの木が植えられているほかは、表店とを隔てている木の塀があるだけである。

「久里さんはその塀に身体を預け、こちらに背を向けて　息絶えていました」

賢作が説明し、お悦は塀に目を凝らした。

「塀には血はほとんど付いていないわね」

「しかし、たとえ木の塀にぶつけても額は切れぬものだ」

細貝は首をかしげる。

「それでなら切れるでしょう」

お悦は切っ先が尖った二尺七寸（約八十センチ）ほどの碑《いしぶみ》のような大きな紡錘形の石を指差した。その大きな石の周りをこれまた紡錘形にたくさんの小石が取り囲んでいる。

「それはここに祀られている蓑虫神です。長屋を建てる前からあったもので、取り除けば危なくないものを、蓑虫好きな持ち主が〝これは有り難い神様だ〞と譲らず、移しては罰が当たると言い募り、小石で囲んで以来、ずっとこのままなのだそうです。子どもは躓《つまず》いて転んだり、怪我をすることもあるので、親たちはここでは遊ばせません」

賢作は言い、

「ややっ、蓑虫神が血を流している」

細貝が大声を上げた。

蓑虫神と名付けられている大きな紡錘形の石の先に、赤黒い血が固まってこびりついている。

お悦は蓑虫神の前に屈み込んだ。

「あれ？　ここが抜けている」

規則正しく並んで紡錘形を作っている小石の一つが抜けているのに、お悦が気づいた。

三人であたりを捜すと、

「あったわよ」

お悦はヤツデの木の根元を探って抜けていた小石を見つけ、元の位置に戻した。

「無くなっていた小石にいったいどんな意味があるのか？」

細貝は首をかしげたままである。

するとお悦は、

「おや、まだ気になるものがあるわねえ」

と呟きながら中腰になって今度はヤツデの葉へと手を近づけた。

小さく黒く丸い塊を口に含んで掌に吐き出すと、

「間違いない、牛黄丸よ。これでやっと久里様が亡くなった理由がわかったわ」

背筋をしゃんと伸ばして言い放った。

「わかったって？　久里さんは殺されたんでしょう？」

賢作のこめかみがぴくりと動いた。

「ですな」

相づちを打った細貝もやや憤然とした面持ちである。

「久里様は、あなた、佐伯様と話をするためにここへ来たのだけれど、蓑虫神を祀ってある周りの小石に躓き、蓑虫神めがけて倒れるように転び、額に切り傷を作ってしまったのよ。起き上がった時、不運にも持病の心の臓の発作に見舞われたのだと思うわ。胸の痛みに苦しみながら、持っていた薬を取り出そうとしたものの、思うように手が利かなかった。それで、薬の袋の中身をヤツデの上にぱらぱらとこぼしながら、塀まで歩き、頭を塀に押し付けることで身体を安定させ、その後、やっと右の手に薬を握りしめ、口に運ぼうとしたところで最後の発作が来て命尽きたのよ。久里様は殺されたのではないわ、病で亡くなったのよ」

お悦はきっぱりと言い切った。

「しかし、それでは」

細貝と賢作は同時に口走った。

「なにゆえ刺し傷があるのか？」

細貝は知らずと問い詰める口調になっていた。

「久里様が塀に身体を預けて亡くなっているとも知らず、何らかの理由で命を狙っていた者が、これは好機とばかりに後ろから襲ったのでしょうね」

お悦が厳しい表情で答えると、

「どうして、死んでから久里さんが斬られたとわかるのです？」

賢作がお悦を見る目も鋭い。

「久里様の首と背中の傷からの失血は少ないと聞いたからよ。人は死んだ後、斬られたり刺されたりしても、すでに体内で血が固まっているから噴き出したりはしないものなのよ」

お悦の言葉に、

「ですな」

まずは相づちを打ってから、

「後ろから刺されているとわかっていても、殺すために刺したのだから、生きている時に刺されたと迂闊《うかつ》にも思い込んでしまった。しかし、お悦さん、どこでそのような知識、見聞を？」

細貝は目を丸くした。

「それはちょっと申し上げたくありません」

お悦の顔が急に固まった。

「それより、久里さんの骸が心なくも刀で穢《けが》されたような気がします。一刻も早く、卑怯にも後ろから斬った者をお縄にしてください。このあたりを徹頭徹尾探し尽くせば、何か手掛かりが出てくるかもしれません」

賢作は細貝に迫った後、先ほどのお悦を真似て屈み込むと、ヤツデの木の下を探り続けた。しかし、出てきたのは、葉に落とされて転がり落ちた牛黄丸ばかりであった。

「その日の風の向きはどうでした？」

お悦の問いに、

「強い風が吹き込んでいました」

答えた賢作は、はたと両手を打ち合わせ、

「そうだ、手掛かりは風で吹き飛ばされてしまったかもしれない」

土の上に積もらせたままにされている分厚い枯れ葉の層を調べ始めた。

お悦や細貝も手伝って、この作業は夕暮れ時まで続けられたが、蓑虫の蛹《さなぎ》のほかは何も見つからなかった。

八

賢作と細貝がへとへとに疲れてため息をつきかけた時、

「厠《かわや》の横に塵芥箱《ごみばこ》があったわね」

お悦が思い出した。

「ええ、でも、紙屑拾いが三日に一度は来てますから、何かあったとしても、もうとっくに持ち去られて無くなっているはずです」

賢作は浮かない顔で答えたが、

「確かめるだけはしておきましょう」

お悦は行き止まりへと引き返し、二人も後を追った。

「塵芥箱を持ち上げてちょうだいな」

命じられた二人がその通りにすると、屈み込んですするりと隙間に手を入れたお悦は、

「あら、これ――」

土にまみれた守り札を手にして立ち上がった。

「そ、それは――」

賢作の顔色が変わった。

「ええ、長患いに効験あらたかだとされている、康良神社《こうりょうじんじゃ》の病封じの札よね」

「高嶺の花の札だとは知っている。誰か、思い当たる相手でもいるのか？」

「杉浦恭之介さんが、病気の母親の快気のためにもとめたいのだが、高すぎて手が出ないと言っているのを耳にしたことがあります。その場にいた道場の者たちは、

お札よりも薬ではないかと言い、俺もそう思いましたが、杉浦さんの目は真剣でした。俺はあそこまでの目をした杉浦さんを見たことがありません。あの時、杉浦さんは俺たちから札を買う金を借りたかったのかもしれません」

「その場に久里様もいたのでは？」

お悦はすかさず訊いた。

「久里さんは道場の跡継ぎ争い同様、こうと思ったことは譲らず、お札よりも薬という考えの急先鋒でした」

「ともあれ、その杉浦にこの札についての事情を訊くとしよう」

三人は本所の杉浦家へと向かった。

無役の旗本である杉浦家の門は朽ちて、庭木は立枯れたままになっていて、あたり一面に蜘蛛の巣が張り、池の水は濁りきっていた。

「邪魔をする」

細貝が声を掛けたが返事はなく、三人は玄関から上がった。

うーん、うーん、ああっという重い呻き声が聞こえてきた。その方向へと廊下を走る。障子を開けた。目を覆う光景が広がっていた。

　腹部に刀を押し立てているのは杉浦恭之介であった。裏返しにした畳に敷いた浅《あさ》葱《ぎ》色の布を真っ赤な血が染めている。

「こ、これは」

　細貝はあわてふためき、

「このまま死なせてください」

　杉浦は懇願しつつ、

「おおっ、ああ、痛いっ、痛っ」

　また呻き苦しんだ。

「愚か者っ」

　叫んだお悦は、

「楽になど死ねはしないよ」

　するすると帯を解いて、まずは袷《あわせ》の着物を脱ぐと、木綿の襦袢《じゅばん》の両袖を引き千切った。

「ちょ、腸が」

　賢作は動転している。杉浦の腹の傷口からは、息をするたびに腸がにょろにょろと出てくる。出血も激しさを増していた。

「わたしがこれで包帯を作るまで、二人で腸を押し込んでいて。すぐにまた出てくるけれど、押し込み続けるのよ」

「わ、わかった」

「やりましょう」

二人が腸を押し込んでいる間に、お悦は糸切り歯で襦袢の両袖を晒しの寸法に切り裂いた。

切腹の止血には両袖だけでは足りずに、最後にお悦は自分の腰巻きさえも包帯に変えてしまった。杉浦の出血はさらに酷くなっていく。

お悦は杉浦の意識が遠のきそうになるたびに、

「わたしはあんたを死なせないっ、いいねっ」

何度となく念を押した。

細貝が清悦庵まで薬籠を取りに行って戻ってきた。お悦は袷一枚を羽織って帯を締めただけの姿で、止血のための包帯を取り除けた後、賢作に腸を押し込ませつつ懸命に傷口を縫い合わせた。

杉浦恭之介は一命を取り留めた。別の部屋では長患いの母親が眠るように亡くなっていたが、これは寿命だと見なされ、骸を斬ったことで咎にならなかった杉浦は、何の罪にも問われなかった。

眠りから覚めた杉浦は久里を殺そうとした理由を細貝に語った。

「実は去年の師走の頃、わたしは道場で盗みを働いてしまいました。天下祭りの時に使おうと、新川さんたちが言い出して、三月ごとに集めていた金を、母上に札を買うために、手文庫から盗み出していたのです。これを久里さんに見られました。〝頼む。見逃してくれ。母上のためなのだ〟と言うと、久里さんはニヤッと笑っただけで、何も言いませんでした。次の日から道場に行くのが怖くなりました。やっとの想いで道場に行っても、久里さんはいつも通りなので、益々怖くなりました。いつ、返せと言われるのか、気が気ではなく、そのうちに、武家に生まれて母一人子一人という境遇が似ていることに気がつき、あまりに異なる暮らしぶりや先行きを比べると、自分が悪事を働いたというのに、久里さんが憎らしくてならなくなりました。その想いは募るばかりで、如月の頭に新川さんが皆から集めた金を手文庫に入れようとして、金が足りなくなっていることに気がついて騒ぎ、あの気性の久里さんがわたしを指差しでもしたらどうしようと、追い込まれた時の夢さえ見るようになりました。そしていつしか、久里さんさえいなくなればと思い詰めていたのです」

細貝からこの話を聞いた賢作が、

「だったら、杉浦は盗みの罪でお縄のはずです」

釈然としない顔になった。

「それとなく新川に確かめたところ、手文庫の中の金は盗まれてなどいなかった。如月の金集めの日、手文庫の中身が減っていないとわかった杉浦は、久里が誰にも何も告げずに、そっと手文庫に金を足しておいてくれたことを知ったそうだ。我が身を恥じ、母御の最期を看取ったこともあって、杉浦は心残りなく潔く身を処そうとしたのだそうだ。救われた命は大事にしたいと言っていたが、思いきって出家するのだとか――わかるような気がする」

細貝はうんうんと感慨深そうに頷いていた。

道場の方はこの騒動があってからというもの、跡目争いの熱が冷めてしまい、新川たちは大人しくなって、正々堂々、野中真吾と夏木新八の試合が行われて野中が勝利した。

賢作には久里の死について、気にかかってしようのないことが一つある。それは、死んでいた久里が前歯六本をずらりと差し歯にしていたことであった。土の上に横たえた時それとわかったのである。差し歯が外れた後の口の中は、前歯はもとより、全ての歯がごくごく小さかった。こんな奇妙な歯並びを目にしたのは初めてだった。

――それで、蕎麦屋でくしゃみをした時、差し歯が抜けかけ、口を押さえて、あわてて帰ってしまったのだろう――

このままにしてはいけないような気がした賢作は、その差し歯を前歯に掛け直してから番屋に報せた。細貝が焦らせたので、医者は口中までは調べず、このことを知っているのは賢作だけであったが、やはり、気になって、お悦に洩らすと、

「ああ、そうでしょうね、あなたも清悦庵にいればそのうちわかるわよ」

相手はたいして驚いた風もなかった。

――この女はこんな歯並びになる理由まで知っているというのか――

賢作は面白さと面白くなさ、不思議な感情に揺れた。

第二話　御隠居手拭い

一

疑いが晴れて後何日間か、賢作は鉗子の夢を見続け、亡くなった久里兵馬が自分に告げたかった鉗子についての話とは、何だったのだろうかと気にかかった。そのうちに兄からの仕送りが打ち切られたせいで、煮売り屋からの調達もままならなくなり、三度の飯を水で凌ぐようになると、ほとんど眠れず夢も見なくなった。

そんなある日、

「お邪魔いたします」

義姉《あね》の美佳《みか》が風呂敷で包んだ重箱を手にして訪ねてきた。重箱の中身は賢作の好物のぼた餅である。

「こちらの事情でお力になれなくて」

項垂《うなだ》れると襟足が清々しく美しい美佳は、兄恢作が仕送りを止めたことを詫びた。恢作、賢作の兄弟は、母方の遠縁に当たる美佳姉妹を子どもの頃から見知っている。双方とも年頃になって、兄恢作は妹美佳に勝るとも劣らない美形の姉夏緒《なつお》と言い交わした。ところが夏緒は流行病《はやりやまい》で急逝、賢作のあずかり知らないところで話が進んで、恢作は妹美佳を妻に迎えた。今では美佳も六歳の嫡男を頭に三人の子の母親である。幾分ふくよかになったものの、依然として美しい。

「茶を淹れましょう」

賢作は茶筒を振ってみたが音はせず、代わりに汲み置いてあった水で湯呑みを満たして差し出した。

「それから、ぼた餅はこちらにいただきます」

重箱の蓋を取った賢作は小豆餡がたっぷりとかかったぼた餅を、一枚しか持ち合わせていない大皿に移した。この間、落ち着いた色香を漂わせている兄嫁とは目を合わせまいとした。空腹ゆえではなく、何となく胸の辺りがちくちくと痛かった。

井戸端に出た賢作は、重箱に残った小豆餡を指で掬《すく》って舐め取ると、丁寧に洗ってから美佳に返した。重箱のまま受け取らなかったのには理由《わけ》がある。

――苦しいだけなのだから、もう来てなぞほしくない――

賢作は幼い頃から密かに美佳に想いを寄せていた。兄弟、姉妹で縁組みが果たせればと強く願ったこともあった。

そんな賢作にとって、兄と美佳が結ばれたのは青天の霹靂であり、何とも解せず、相手にも周囲にも好きだと明言したこともないというのに、裏切られたような気がしてならなかった。これも賢作が生家である佐伯の家に居たたまれなくなった理由の一つであった。

「賢作様にご不自由をおかけするのは申し訳ないことです。こんなことしかできませんが――」

続けかけた美佳の言葉を、

「道場通いを止めて、明日から医者として働きます。ですので案じてもらうことは何もありません。兄様にもそのように伝えてください」

賢作は強い口調で遮った。

美佳が帰ってしまうと、言いしれぬ寂しさで胸の痛みがさらに増した。その痛みが腹にまで及びそうだったので、あわてて、大皿のぼた餅を口に運んだ。一つ目は胸が塞がりそうだったが、二つ目からはするすると入って、夢中で空きっ腹を満たし、気がつくと大皿からぼた餅が消えていた。

翌日、蓑虫長屋を出た賢作は阿部川町の清悦庵に向かって歩き始めた。兄嫁相手に医者になると言い切ったものの、心はまだ迷ってため息をついている。

――あのお悦とかいう女を師と仰ぐのか――

清悦庵が見えてくると知らずと立ち止まっていた。

――弟子にしてくださいとあの女に頭を下げるほかないのだろうな――

立ち止まったまま、歩み出せないでいると、身仕舞いをしたお悦が戸口から出てきた。

――薬籠を手にしていないから往診ではないな――

賢作は深い考えもなく後を尾行《つけ》ることにした。

――打ち首になりかねなかったところを助けてもらった礼は言ったような言わないような……これにも頭を下げなければならないだろうし――

お悦は薬種問屋の大西屋の前に立ち、賢作も足を止めた。

口上が得意そうな鉢巻き姿の手代が、先に飴らしきものをつけた引裂箸（割箸）

を手にしている。

「さあ、さあ、ハチミツだよ、ハチミツ。知ってるお人も知らないお人も、ちょいと舐めてってぃかんかね。黄金の色に黄金の味。将軍様の召し上がり物で、滅多なことではあたしたちは口にできないのがハチミツ。明日から砂糖なんか目じゃなくなること請け合い。よし、あたしが一舐めしてみましょう。甘い、甘いよ、美味い、滅茶苦茶甘くて美味しいんだから。その甘さが薬だ。苦いのが当たり前の薬が甘くて美味しいなんて夢だね、夢。さあさ、お試し、お試し、今日かぎり、今日かぎりの明日は無し」

一方、ハチミツと水飴が入った鉢が置かれている食台を前にしている小僧は、引裂箸を使い、ハチミツと水飴を練り混ぜた飴を拵えていく。日の光を写し取ったかのようなハチミツ飴からは、独特の甘い芳香が漂ってきていた。

大西屋は説明が行き届いているだけではなく、試しにと、店頭で薬を気前よく振る舞うことで知られている。この手の商いは同業他店の坂本屋でも行われていて、ここのところ、市中の薬種問屋の人気は大西屋と坂本屋が二分していた。両者は客たちの足を止めるために、あれこれと工夫した薬を用意して競い合っているのだった。

——それにしても、ハチミツまで振る舞うとは驚いた。大西屋がこんな大盤振る舞いをするのは、ハチミツ採りの新しい方法を見つけた仕入れ先と手を組んでのことだろうか？——

稀少で高価なハチミツは、飲んでは疲労、食欲不振、便秘、酒毒、風邪等に、塗っては切り傷にも効き、チョウセンニンジンをも凌ぐ万能薬とされてきている。ただし、蜜蜂から蜜を集める養蜂は手間のかかる仕事で、そのためハチミツは店頭で売られることさえ珍しく、誰もがおいそれと口にできるものではなかった。

昨日、ぼた餅を食べてから今まで何も口にできていない賢作は、あっという間にできた列に加わった。

列の五人ほど前にお悦の姿もある。

——お悦も美味いものには逆らえないんだな——

奇妙な親近感を覚えかけた時、

「えーもう仕舞いなのかよ」

「そんなのってないわよ」

「ひどーい」

列の中ほどで不満のどよめきが上がった。

「そうではありません。ハチミツ飴を練っている店の者に、ちょいと用事ができまして、今、中へ。すぐに戻って参りますのでどうか、お待ちください、お待ち——どうか——」

手代がこれ以上、言葉を続けられなかったのは、頽《くずお》れるようにその場に倒れたからであった。

この時、列の後方のあちこちから〝人が倒れた、大変だぁ〟という声が上がった。

二

「ちょっと、すみません」

賢作の五人ほど前に並んでいたお悦が、倒れている手代に駆け寄った。賢作の足が動いてお悦に続く。

手代のそばに屈み込んだお悦が訊いた。

「手足の自由が利きますか？」

相手はゆっくりと首を横にして、

「いきなり、目、目が眩《くら》んで――」

「卒中でしょうか？」

思わず賢作が口走ると、

「この男を中へ運ぶよう、店の人に言ってきて」

いきなりお悦に指示された。

言われた通りに賢作が伝えに行くと、大西屋では、すでにハチミツ飴を練っていた小僧が上がってすぐの小部屋に寝かされていた。

「手足は利くか？」

お悦に倣って訊くと小僧は頭を横に小さく振って、

「何がなんだか――。ただ急に目の前が真っ暗になって――」

答えた言葉は明瞭だった。

――手代はともかく、卒中は若い小僧が罹《かか》る病ではない。これは卒中ではあり得ない――

病名の見当がつかずに賢作が不安を感じていると、店先で倒れた手代が運ばれてきた。

「お医者様ですか?」

心配そうに見守っていた年配の奉公人が訊いた。

「ええ、まあ――」

「何とおっしゃいます?」

「佐伯賢作」

「あの佐伯順哲《のぶさと》先生の――」

ここでやっと相手の目に敬意が宿った。

「順哲は亡き父です」

「それはよかった」

目を潤ませて両手を打ち合わせた相手は、

「わたしは大西屋の大番頭佐平《さへい》と申します。佐伯の先代先生にはお世話になりました。今はあなた様が継がれておられる?」

「いえ、兄の恢作が継いでおります」

答えながら、今、ここの主治医は兄の佐伯恢作ではないのだと賢作は察した。

——いつ、主治医が替わったのだろう？　謙虚で親切な名医として知られている父様や兄様のどこが、気に入らなかったのだろうか？——

と、部屋の前に手代の一人がやってきた。

「急ぎ人を走らせましたが、往診に出られている陶益先生は夕方までお戻りにならないとのことでした」

「陶益先生とはあの遠藤陶益先生ですか？」

賢作が思わず念を押すと、

「左様でございます」

その手代はかしこまって答えた。

するとそこへ、

「先生っ、佐伯先生っ」

お悦の声がした。

後ろには、ぐったりしている人を背負ったり、担ぎ上げたりしている町人たちの姿がある。

「具合が悪いのはここの手代さんや小僧さんたちだけではありません。ハチミツ飴を舐めてあまりの美味さに、家族のためにもう一本欲しいと、列に並んでいた人たちも倒れてしまったみたいで――」

お悦は賢作に向けて、この場は芝居で切り抜けようと言わんばかりに、片目をつぶってみせた。

「ここにはもう病人は入りきりません、どうか、別の部屋を空けてください」

賢作が神妙な顔で頼むと、

「わかりました」

佐平は使われていない角部屋を用意してくれた。

そこへ列の後方で倒れた者たち五人の頭が並び、賢作は隣りにいたお悦が〝ああ、よかった〟と呟くのを聞いた。

「ところであの女は何者ですか？」

佐平に訊かれた賢作は、

「付添人世話所の主のお悦です。取り上げだけではなく、なかなか医術に長けています」

「すると先生の頼もしい助手ですな」

「ええ」

「遠藤陶益先生におすがりできない事情は、先ほどお聞きになった通りです。早急に病人たちの手当てをお願いします。何か必要なものがございましたら――」

「酢をお願いします」

　お悦が言い放った。

「酢でございますか?」

　佐平は賢作の顔を見た。

「そうです、酢です」

　賢作は調子を合わせる。

「うちは薬種問屋でございます。薬ならどんなものでも揃います。病を治すのは薬が一番ではないかと思います。常日頃から、陶益先生もそのようにおっしゃっておられますし――」

　佐平は怪訝そうであった。

「ならば、ここにある薬でトリカブトの解毒ができるのかしら?」

お悦の言葉に、

「トリカブトとは——」

佐平は真っ青になった。

「本当ですか？」

賢作に確かめた。

——何だ、いきなりトリカブトとは——

賢作も不審でちんぷんかんぷんではあったが、ここは芝居を続けなければならないと思い直し、

「説明上手な助手に話させます」

平静を装って話を任せることにした。

「ハチミツ作りには人手をかけて蜜蜂飼いをして絞り取るやり方と、蜜蜂が自然に作った巣から採るものがあります。これはたぶん、自然に出来た巣のハチミツで、トリカブトの花の蜜を吸った蜜蜂の巣のものが使われているのではないかと思います。トリカブトは根、葉、花、花粉、蜜までも全草が猛毒です。ここに運ばれた人たちの症状は、附子《ぶし》（トリカブトの根を干したもの）をやや過剰に投薬された患者

さんたちの苦しみに似ています」

　お悦は理路整然と言い切った。

「う、うちの店の者たちまでどうして？」

　佐平が懸命に頭を振ると、

「手代さんが自らハチミツ飴を舐めてみせるのを見ましたし、甘い物に目がない年頃の小僧さんは、ハチミツを水飴と練る用意をする時、つい盗み舐めをせずにはいられなかったのでしょう」

　お悦は目にした事実と推測を口にした。

「た、大変だ、トリカブトの強い毒性を消す薬など、ここにはありはしないのだから──きっと、このままでは一人残らず死んでしまう」

　腰を折ってへなへなと座り込んでしまった佐平を尻目に、

「酢ですよ、酢。酢があれば治せます。酢がないなんてわけないですよね、厨はどこ？」

　お悦は遠藤陶益の不在を告げた手代を急かして厨へと案内させた。

　それから、夕刻までの間、賢作はお悦と共にトリカブトに中《あた》った者たちの解毒を続けた。酢特有の鼻をつく臭いにむせて、飲むのを嫌がる者には鼻をつまんで飲ませた。中毒者たちに酢を飲ませて、萎《な》えかけていた足腰が立つようになると、口から水を与えつつ、厠へと通わせて身体から毒を抜かせたのである。

大西屋が配ったハチミツ飴に含まれていたトリカブトの毒に中った人たちは、どうにか全員が毒を排出することができて事なきを得た。これは咄嗟《とっさ》にお悦がトリカブト中毒だと判断し、処置を心得ていたからこその快挙であった。

——この女を見くびっていた自分が恥ずかしい——

「どうか、俺、いやわたしを弟子にしてください、よろしくお願いします」

賢作は処置に疲れきったお悦に頭を下げた。

お悦にはなまじの医者では知り得ない、経験と知識がまだまだ詰まっているはずだと思うと、賢作はわくわくと気分が高揚していたのである。

「佐伯と呼び捨てにしてください」

そうも言ったが、

「清悦庵《うち》では誰も呼び捨てにはせずに、さんづけにしているのよ。それから、都合で時にはまた、大西屋さんの時のように先生とお呼びするかも」

お悦は笑い顔で頷いた。

——この佐伯という若者、一本気なところはあの頃の親信様に似ている。いや、親信様より……。親信様が強く推してこられたということは何かお考えがあるのかもしれない。

三

こうしてお悦の弟子になった賢作は、清悦庵での日々が驚きと感激の連続であるものとばかり思い込んでいたが、膨らんだ期待は見事に外れた。

「ここは女ばかりの所帯です。ぶらぶらしているのはお嫌でしょう」

お悦に頼まれるままに、薪割りや庭掃除、風呂焚き等をこなしていると、次には市中に出て〝母子共に死なない、お産の学び〟と書かれた紙を配らされることになった。人遣いは荒いだろうという予想だけは当たった。

「この紙は身重の女に配るのでしょう？」

賢作が念を押すと、

「家や身内や友達に身籠もっている知り合いがいる人たちにも配って。人伝《ひとづて》でもいいから、ここへ来て、身籠もって日が浅い女の人たちに懐妊中の摂生について学んでほしいのよ」

お悦は真剣な目で答えた。

しかし、賢作が言われた通りに配ろうとすると、妊婦以外の者たちの大半からうるさがられた。雨が降ってきて、商家の軒下で配り続けようとすると、迷惑だとけんもほろろに追い払われもした。

「それでも一人も立ち止まってくれなかったわけではないでしょ？」

たしかにその通りで、嫁いだ娘に子どもができたばかりだという大工の女房を始めとする数人が、〝母子共に死なない、お産の学び〟を手に取ってくれた。

一方、市中で何人かが猛毒に中って死にかけた、大西屋のハチミツ飴は奉行所の知るところとなり、定町廻り同心の細貝一太郎が究明に当たった。

雛祭りを過ぎてお悦を訪ねてきた細貝は、

「いや、何、やっと終わった。このところ、朝餉の代わりに雛あられや菱餅ばかり食べさせられるのは厄介で——」

いつものように若い妻への愚痴を半ば惚気《のろけ》、半ば本気で口にすると、

「終わったといえば、大西屋のあの一件もけりがつきました」

背筋を伸ばして口調を改めた。

「まあ、お一つ」

昼時ではなかったので、お悦はそばがきとほうじ茶でもてなした。

「これを食べると生き返る」

目を細めて食べ終わった細貝は、

「毒入りのハチミツ飴を配った経緯《いきさつ》がわかって、奉行所は大西屋の店仕舞いを決めました」

淡々と話し始めた。

「どのような経緯だったのですか？」

お悦は訊かずにはいられない。

「ハチミツにトリカブトの毒が混じったのは、野生の蜜蜂である野蜂の巣から絞り取ったものだったからだと言い切った、お悦さんの考えは正しかった。酢で解毒した手際の良さといい、いやはや、お見事」

細貝はお悦を讃え、

「ハチミツということもあって、混じっていたトリカブトの蜜や花粉の量が僅かだったおかげ。あれ以上、量が多かったら酢では解毒できなかったかもしれないわ」

お悦は事実を告げた。

「ただし、そんな危ないハチミツが何で、よりによって大西屋で配られるようになったのかを追及し、きっちり始末をつけないと、今後も同様なことが起きかねないというのが奉行所の考えでした」

「トリカブトの毒が混じった野蜂の巣が勝手に歩き出して大西屋に行きつくはずなぞないから、これを絞ったのは人ですね」

「ハチミツは大名家から将軍家への献上品にもなっている。巣を見つけて絞り取れば誰もが金に換えたくなるはずだ」

「トリカブトの花は山間に多いので、蜜を吸う野蜂が市中にいるとは思えないわね」

「おそらく、江戸近郊の者が売りに来た、と奉行所は考えた」

「買い求めた大西屋さんなら、売り手を知っているのでは？」

「それが浅はかにも大西屋は知らぬ存ぜぬで押し通そうとした。認めて事情を包み隠さずに話せば、お奉行の御慈悲もあったのだろうが――」

「どうやって、売り手に行き着いたのです？」

「野蜂の巣から蜜を取った千住の先、新宿《あらしゅく》の百姓は、先に商売仇の坂本屋に売ろうとしていたことがわかった。坂本屋の主が奉行所まで申し出てきたのだ。店先の小僧が野良着の百姓の肥やし臭さに閉口して追い返したのだという。早速、俺は新宿に出向いて、野蜂の巣を売ったという百姓を探した。探し当てた百姓は坂本屋に断られたので、大西屋に行ったところ、幸いにも居合わせた大番頭が一両で買ってくれたと話した。百姓には今後二度とこのようなことをするなと、きつく諫めただけだったが、隠し立てをした大西屋には、何とも気の毒なことに厳しい沙汰が下ったのだ」

細貝は大きなため息をついてこの話を締め括った。

薪割りを終えた賢作はこの話を襖で隔てられている隣りの部屋で聞いた。手狭な家なので、あえて聞き耳を立てずとも聞こえてしまうのである。

それで、細貝が帰った後、

「振る舞えるほどの量のハチミツが一両なのはいい買い物です。難を逃れたとはいえ、坂本屋だって、小僧が番頭に知らせて買っていれば、店仕舞いを言い渡されたのは坂本屋の方だったかもしれません。世の中、何が幸いするかわかりませんね」

賢作がふと洩らすと、

「そもそも、高価なハチミツを振る舞ってまで、競争相手を蹴落とそうとする商魂が、わたしは怖いわ。商いは大事なものだけれど、人の命に勝るものではないでしょ？」

お悦は目の中に不動明王とは異なる、涼しい炎を宿らせた。

四

それから一月が過ぎて、清悦庵から付添人として出向いている一人、おみ乃が付き添い先のことで悩んでいる様子でお悦に相談を持ちかけた。

きりっと上がった一重まぶたに化粧気のない顔をしたおみ乃は、とにかく無駄口がなく仕事一筋、賢作はまだ挨拶の言葉しか交わしていなかった。それもあって、賢作はおみ乃に近寄りがたい印象を抱いている。

そんなおみ乃の相談事を賢作は、やはりまた隣りの部屋で聞くことになった。どんな話なのかと賢作は興味津々である。

「中島屋さんの御隠居さんのことなんです」

おみ乃の声は沈んでいる。

「あそこの御隠居さんは去年の暮れ、卒中で倒れたんだったわよね。どんな立派な男でも寝たきりになると、多少おかしな振る舞いをしたりするんだけどね。おみ乃さんは若いし、何か言うに言われぬ嫌なことでも？」

――なるほどな――

寝たきりで判断力の落ちた老爺が嫁や若い付添人の前で、褌《ふんどし》を外してみせて、にたにた笑いをするなどというのはよく耳にする話であった。

「違います、そんなことじゃありません。御隠居さんはそんな下品な男《ひと》じゃないんです。ただ、あたしと口をきいてくれなくなっただけで――」

「思い当たることは？」

「手拭い干しです。御隠居さんからは家の者に内緒だと念を押され、頼まれて、あたし、言われた日は、きっちり八ツ時（午後二時頃）に、二階の格子に豆絞りの手拭いを干していたんです。そんなある日、雨だったんで干しませんでした。だって、雨の日の干し物なんて妙な話でしょ？　あたしは御隠居さんの病が進んだんだと思いました。ところが、その日を境に御隠居さんは話をしてくれなくなったんです。あたしが雨の日に手拭いを干さなかったからって、どうしてあんな酷い仕打ちをされるのか――これって、絶対、付添人虐《いじ》めですよぉ」

　おみ乃の声が泣いた。

「自分が受けた仕打ちを言い募ってばかりいては駄目、付添人の風上にも置けません。わたしは以前、寝たきりで、支離滅裂な悪態はつくわ物は投げるわの病人さんの付き添いをしたことがあるわ。息子さんは〝もう、何を言ってもわからない、優しかったおふくろじゃない、ここにいるのは化け物だ〟と匙《さじ》を投げていてね。そこで病人に、今思っていることを紙に書いてもらったところ、〝何でわたしは物を忘れるのだろう？　みんなの目がわたしを馬鹿、馬鹿と嘲っている、他の人は忘れずにいられるのだろうか？　わたしは一人ぼっち〟と記したのよ。〝これが化け物の言葉でしょうか？〟と、わたしは息子さんに告げ、寝たきりのお母さんに話しかける時を増やしてほしいと頼んだの。たとえ寝たきりで身体が動かなくなっていても、人には心があるものなのよ。あなたも相手の立場になって病状や気持ちを理解してあげなければ――。あなたはさっき、御隠居さんは下品な男ではないと庇《かば》ったでしょう？　そんな優しい気持ちを持ち続けていれば、きっと相手にも受け容れてもらえるんじゃないかしら」

お悦は厳しさの中にも温かさを込めて励まし、

「さあ、中島屋さんの御隠居さんのところへ行ってあげて。今日も御隠居さんは口を閉ざしたままかもしれないけれど、あなたに助けられて食べたり、着替えたりするのをきっと心待ちにしているはずよ」

おみ乃を送り出した。

――お悦先生の言ってることに一理はあるが、御隠居が同じ刻限に同じ手拭いを干させているのが気にかかる。もしや、これは何かの合図では？――

気にかかった賢作は襖を開けると、

「今の話、聞こえてしまいました。中島屋の御隠居さんは寝たきりを装ってるだけで、実は盗賊の頭《かしら》で、仲間への合図で手拭いを干させてるなんてこと、あり得るんじゃないですか？」

頭に閃《ひらめ》いた推理を口にした。

「諏訪町にある中島屋さんは、老舗の海産物問屋さんで、市中では五本の指に入る大店なのよ。御隠居さんが盗賊の頭なわけないでしょ」

お悦が呆れると、すかさず、

「御隠居さんそっくりの弟でもいて、寝たきりの本物を夜中に殺してどっかに埋めるか捨てるかして、家族を騙してすり替わってるってことも考えられます。おみ乃さんと話をしなくなったのも、すり替わった直後で悟られてはならないと用心しているのかも――。このまま、おみ乃さん一人では案じられるので、俺も一緒に付き添いましょうか？」

言い募り、我ながら今日は冴えているとほくそ笑んだ途端、

「あなたの話は根も葉もない馬鹿げた憶測ですよ。今、言ったことは、決して外では言わないこと。もちろん、おみ乃さんにも言ってはだめ。そもそも、付き添い先のことであれこれ余計なことを言うのは、付添人の心得に反します。また、同じことをわたしに言ってきたら破門します。いいわねっ」

激怒したお悦の目に不動明王が一瞬宿り、

「わ、わかりました。す、すみません」

賢作は青くなって畳の上に這いつくばった。

「ならばよろしい。あなたは捕り物めいた憶測など捨てて、今からわたしの手伝いをしなさい」

「先生のお手伝いとは光栄の極みです」

これは賢作の本心だった。

やっと雑用ではない、画期的な医術をお悦自らが伝授してくれるものとばかり思ったのである。

この日の昼過ぎ、お悦は初めて妊婦のための学び塾を開いた。

腰巻一枚になっている妊婦たちと一緒にお悦の講話を聴くのはいかがなものかということで、賢作は隣りの部屋に控えることとした。

「お腹の真ん中だけをゆったりと巻いてください。そうそう、指が入るか入らないかくらい緩くね」

——妊婦に腹帯の巻き方なんて教えるものなのか？——

戌の日に着ける腹帯は昔から妊婦に欠かせないものとされている。

「これ、うちの姉さんの時と巻く所が違う。それからこんなにふんわり巻くんでいいのかしら? おっかさんや知り合いのお産婆さんから、きっちりしっかり胸の下からお腹にかけて、縛るようにぎゅうぎゅう巻かないと、お腹の子が大きくなりすぎて、難産になるって言われたんですけど」

一人の妊婦が困惑の声を上げると、

「うちの近くの産婆さんは、妊娠中は足を屈めるか、壁に膝を突きつけて、股の間に布団を入れ、絶対に足を伸ばせないようにして寝ないと、お腹の子の足が母親の股に食い込んで逆子になってしまうって言ってるんですけど。これ本当なんですか?」

もう一人も不安を口にした。

「胸の下を縛り上げるように晒しを巻き付けるのも、くの字になって寝るようにというのも悪い慣習にすぎないのよ。その通りにしたら、胸と足、上下からお腹を押すことになって、ただでさえ、大きくなって狭くなったお腹の中にいる子が偏って、生まれる時もそのままになってしまいかねない。出産の時、子は母親のお腹の真ん中にいて、頭から先に生まれるのが一番いいのよ。でも、偏っていると、足が先に出てしまう逆子はもとより、手やお尻が出ても頭がなかなか出ないことが多く、産道で窒息してしまい、死産になりかねません」

お悦はきっぱりと言い切り、

——腹帯の巻き方が悪いと死産？　こりゃあ、大変じゃないか——

賢作が初めて聞く話だった。

死産という言葉に妊婦たちは仰天して、

「そういえば、きつーく腹帯を巻いてて、壁に膝をつけて寝てたうちの兄嫁、最初の子は駄目だったっけ。二回目は、初産の時あれだけ気をつけたのに駄目だったんだから、今度は逆をやってみるって、気の強い兄嫁が一歩も退かず、ゆるーく腹帯を巻いて両足を伸ばしてぐっすり寝てたら、無事待望の男の子が生まれたわ」

「あたしの姉さんは、お産婆さんに、腹帯を胸の下に巻かないとお腹の子が上がってきて胸を突くって言われて、胸からお腹をぎゅうぎゅう締め付けてて、逆子になってしまった。生まれるまでに時がかかって、姪っ子は生まれた時すぐに泣かなかったの。お産婆さんが両足を持って逆さにしたらやっと泣いてくれて、危ないとこだったのよ」

「近所のおかみさんはお腹に子がいる間中ずーっと足を屈めて寝てて、口うるさいので知られてる産婆さんが、妊婦の鑑《かがみ》だって褒め千切ってたけど、子どもは死んで生まれたわ」

次々にこれまで見聞きしたことを口にした。

「っていうことは、お産婆さんが教えてくれる腹帯の巻き方って、ここの先生の言う通り、お腹の子によくないのよ、きっと」

「そうだわね」

「他の人たちにも教えてあげたい」

その一言が出たところで、

「是非、これを皆さんに広めてくださいな。それから腹帯は決して不要なものではなく、正しく巻きさえすれば身体を冷えから守って、安産につながることも伝えてあげて」

ここぞとばかりにお悦が一押しした。

妊婦たちが帰って行った後、

「産婆のいう腹帯がここまで悪しきものだとは知りませんでした」

賢作は目から鱗《うろこ》が落ちた思いであった。

「お腹の子が偏って、頭から生まれにくくなる難産は、妊婦さんが転んだり、ぶつけたりの不慮の出来事だけではないのよ。わたしが呼ばれて立ち会う難産の産婦さんは、産婆に習った腹帯の巻き方や寝方を、臨月まで日々、真面目にこなしてきた産婦さんばかり。だから、もう、黙ってはいられなくなったのね」

「医者さえついていれば――」

言いかけた賢作は蕎麦屋に駆け付けてきた遠藤陶益の非力さというか、無知蒙昧、手抜き加減を思い出して絶句した。

「流産等のよほどのことがない限り、腹帯の巻き方は産婆の領分で、医者は赤子が生まれる時に立ち会うのが普通。だからって、医者と産婆の両方を雇える、豊かな人たちのお産に難産が少ないというわけでもないのよ」

「医者と産婆、互いの利が守られるように、わざと双方が各々の領分を侵すまいとしているとは言えませんか？」

賢作の指摘にお悦は思わず頷いたが、

「ということは、先生流の正しい腹帯の巻き方が広まれば、産婆流は地に落ちて廃《すた》れます。産婆たちの恨みを買いますよ。産婆たちだけではなく、遠藤陶益のような医者たちまで、自分たちの誇りと名誉を穢され、縄張りを侵された腹いせで、きっと先生を目の仇にします」

今後の危惧を示されると、

「おやおや、あなたときたら盗賊探しだけではなく、産婆と医者のことにまで憶測を挟むのね。若いのに珍しく、心配性だというのもわかったわ。わたしが、つい余計な愚痴を洩らしたせいだわね、ごめんなさい。医術に関わる者の使命は、ただただ患者さんの命と向かい合うことだけだとわたしは思っているの。他のことはたとえ理が通っていても無用な雑念ではないかしら?」

からからと笑い、両目に、不動明王が放つめらめらと燃え上がる焔を棲まわせ、重い覚悟のほどを際立たせていた。

この日を境にお悦の妊婦のための学び塾が、日を決めて開かれるようになった。回を追うごとに、参加者は増えてきていた。従来の腹帯の巻き方が死産を招くという話が、相当な衝撃を妊婦たちに与えたものと思われた。

賢作はというと、

「庭掃除も風呂焚きも薪割りもちゃんとやっています。せめて、学び塾の開かれない日ぐらい、市中に出たいです。歩いていて、助けなければいけない病人に、出くわさないとも限りませんから」

談判し、外出の自由を勝ち取った。

賢作は中島屋の隠居の話にまだ興味を惹かれていた。あの後、おみ乃はまだずっと暗い表情をしているので、隠居との不仲は続いているものと思っている。

——絶対、何かある——

決めつけている賢作は中島屋のある諏訪町へと足を向けた。八ツ時を四半刻《しはんとき》（約三十分）ばかり過ぎていて、中島屋の二階の格子には豆絞りの手拭いが風に翻っている。

「鰹《かつお》だよぉ、鰹。初鰹、うちは安いよぉ、中島屋の鰹だよぉ、初鰹は中島屋だよぉ」

中島屋の店頭では手代の高い声が響いている。

さらに、

「どっかのみの付く店より安いよぉ」

するとほどなく、はす向かいから、

「皆さん、南海屋《みなみや》でございます。うちの初鰹はお一人様からです。南海屋の初鰹は女房、質に入れずとも召し上がっていただけます。南海屋、南海屋の初鰹をよろしく。どことは申せませんが、品を比べていただければわかります。南海屋では決して、安物買いの銭失いはさせません」

番頭格のものと思われる、丁寧な口調の、渋いがよく通る大きな声が聞こえてきた。

――おやっ、あの南海屋もここにあったのか――

南海屋もまた、名の知れた老舗の海産物問屋であった。

賢作は中島屋、南海屋両店の間に立って見た。

どちらにも二階があり、格子が見える。

一方、通りを歩いている人たちは、声が上がるたびに、おーっと叫んでどよめき、中島屋、南海屋の二店の間を行き来して賢い買い物をしようと血道を上げている。

――これだけ近くにあれば、さぞかし互いに競争心が沸き立つことだろう――

南海屋から包みを手にして出てきた、裏店のかみさんらしい客の一人を呼び止め

て、

「いつもこんな風ですか？」

話のきっかけを作ったつもりだったが、

「南海屋じゃ、鰹に蓼《たで》も付けてくれたのよ、今日は南海屋だね」

相手はたっぷり肉の付いている頬を上気させて小走りに立ち去った。ちなみに刺身で食べる初鰹のたれは、蓼をすり下ろした蓼酢と相場が決まっている。

――初鰹には敵わないいな――

江戸っ子は初鰹に目がなく、各々の店の他の客たちも、もとめたばかりの初鰹を大事そうに手にして家路を急いでいる。今、話しかけても、買い物の成果しか語ってくれないい気がする。

――まさか、中島屋に乗り込んで、御隠居の手拭い話を尋ねるわけにはいかないし、隣近所で〝中島屋の二階の格子に干してある、手拭いを見たことがありますか？　よーく見えるはずなんですがね〟なんて訊けやしない――

そこで賢作は夕刻になるのを待って、近くの一膳飯屋の主に訊いてみることにした。

五

賢作自身はたいした取り柄だとは思っていなかったが、亡き父にこう言われたことがあった。

〃おまえは生真面目で勤勉な兄と比べ、移り気で勉強嫌いで困る。それでいて、ついつい何事も許してしまいがちなのは、兄だけではなく、たいていの者が持ち合わせていない、大きい懐の持ち主だからだ。これは何にも増して人を寛がすゆえ、充分な医術の知識や技さえ習得すれば、どんな相手の心にも滑り込める、良き医者となることだろう〃

――そう言われてみれば、道場でも久里さんのようには新川さんたちの反感を買わなかったし、お悦先生のような厳しい相手とも何とかやっている。そして、今、ここに医術は不要だし、相手は病人ではないのだし、思い出した父様の言葉を有り難く信じて、当たって砕けることにしよう――

こうして賢作は目を付けていた一膳飯屋の暖簾を潜った。

一刻半（約三時間）後、赤ら顔で酒好きの主は包丁を置いて俎板から離れ、客あしらいを小女に任せて、賢作を奥の小上がりへと案内した。

そして、いつしか主は賢作と膝をつき合わせて、しきりに中島屋と南海屋について語り続けていたのである。

「とにかくね、中島屋と南海屋の商売合戦ってえのは並みじゃぁねえんだよ。どっちも売り物は海産物だろ、だからさ、春は若布《わかめ》、夏は甲州鮑《あわび》、秋は秋刀魚《さんま》で冬は荒巻鮭や干し鯨《くじら》ってえ具合に、もう、一年中、朝から晩まで、互いに大きな声を張り上げて値下げ合戦をしてるんだよ。まあ、それが目当てで、旨みのある買い物をしようと、遠路はるばるやってくる客もいるんだから、商売繁盛の秘訣なんだろうけどね」

ここまでは昼間、賢作が見聞きしたこととあまり変わらなかった。

「それでは競い合ってるふりだけで、不仲なんてことはないんですね」

「ところがそうでもないのさ。互いの口上を聞いてりゃ、わかることだけど、ちょいと相手をいたぶってるだろ？　あれは序の口でどっちも店にいる客たちに、仕入れの品が悪いだの、儲けが多すぎるだのと、さんざん相手の悪口を言うんだ。そうそう、店仕舞いさせられた大西屋で、毒入りのハチミツ飴が見つかった時なんて大変なもんだった。中島屋も南海屋も海産物じゃ、市中で一番人気の海老が大看板なんで、こいつが引き合いになった。中島屋は南海屋で仕入れてる海老は安いのはいいが、獲れる場所が悪く、人に害になる餌を食べてるんだとまことしやかに言い、南海屋の方じゃ、中島屋の馬鹿高い活海老《いきえび》は、実は何日も盥《たらい》で飼われてて、餌が合わずに身が痩せてる上に臭いんだって言いたい放題――」

「そこまでになると、どっちからもお客は退くでしょう？　これはもう単なる競い合いを超えてますね」

「ここまではお客さんたちの話なんだが、互いに言い合ってることが、全部が全部眉唾じゃあないところが、空恐ろしいんだよ」

「害になる餌や痩せた身が臭いこと以外は本当だったってことですか？」

「まあ、大きい声じゃあ、言えねえが――」

主は急に声を低めて、

「ここには中島屋、南海屋、どっちの奉公人も来るだろ？　酒に酔えば黙ってた方がいいこともそこそこ口から洩れちまう。どっちとも渡りの奉公人に唾をつけて手なずけ、相手の様子を探らせてるんだっていう話を聞いたよ。中島屋の活海老は海の水を運んでの盥飼いのようだし、南海屋の手頃な値段の海老は、いくら中島屋が交渉しても、うんと言わない肝の据わった網元が仕切ってる漁場で獲れるとのことだった。こんな内々の話、探らなければ相手にわかるもんじゃねえだろ？」

　確かにその通りだと思いつつ、

「ご主人たちの仲はどうなんです？」

　訊かずにはいられなかった。

「中島屋は旦那が、主が死んでお内儀と倅二人の南海屋は声が自慢で口上の上手な大番頭が寄り合いに出てるんだが、こんなに近くに住んでるっていうのに、挨拶一つ交わさず、離れて座るんだと聞いたよ。まあ、どう考えても仲がいいわけがねえだろうが――」

「中島屋さんの跡継ぎは？」

「あそこは娘が一人。子どもの頃から器量好しの可愛い娘《こ》でね、年頃になった今じゃ、歩いてるのを見ると、あんまり眩しくて後光が射してる観音菩薩のように見える。この娘を生んですぐ死んじまった中島屋のお内儀ときたら、水茶屋で働いてただけあって、そりゃ、綺麗な女だったから、おっかさんに似たんだよ。倒れちまった中島屋の御隠居さんも、この孫娘の婿の顔を見ないうちは、気掛かりでならず、渡りたくても三途の川を渡れないいんじゃねえか？」

——中島屋の主は男やもめで跡継ぎは娘一人、南海屋の方は二人の倅と寡婦の母親ってわけか——

「中島屋も主を亡くした南海屋も、奉公人たちの仕切りに頼りがちなのでは？」

まさか、奉公人がのさばっているのかとまでは言えなかった。

「南海屋の口上までやってのける大番頭喜平次さんのことかい？」

「中島屋とても、小僧の分際であそこまで思いきった呼び込みをするのはなかなかです」

「ちょいとあれは下品だよな。でも、まあ、言葉遣いのいい喜平次さんと真逆で面白いよ。そもそも、そのおかげでここいらも繁盛してるんだから、出しゃばりの奉公人も捨てたもんじゃねえさ」

主は片目をつぶってにやりと笑った。

——両店についての話をもう少し聞きたいものだが、ここまでだろうな——

「それじゃあ、そろそろ――」

賢作が腰を上げようとすると、

「そうそう、一つ、言い忘れていたことがある。これは双方出入りの奴らから聞いて、つなぎ合わせた話なんだけど。あの別嬪だった中島屋のお内儀、お夕さんっていったんだが、このお夕さんに懸想したのは中島屋の旦那だけじゃなかった。何と南海屋の死んだ旦那もお夕さんのいる水茶屋に通い詰めてたんだ。若旦那二人は一人の女を争うことになった。勝って嫁にしたのは中島屋の方だったんだ」

顔だけではなく目まで赤くなっている主は、今少し引き留めるためなのか、興味深いことを話し出した。

「南海屋の主はさぞかし、心を痛めたことでしょう」

この時、賢作はずっと密かに想ってきた美佳が兄と添うことになったと、聞かされた時の自分の心の揺れを思い出していた。とても他人事《ひとごと》とは思えなかったのである。

一膳飯屋の主は先を続けた。

「その時、南海屋の当時の主夫婦は中島屋の若旦那の祝言よりも先に、かねてから話の進んでいた米問屋の娘を倅に娶《めと》らせたそうだ。祝言を焦ったのは、それほど南海屋の若旦那の痛手は大きく、両親《ふたおや》が何とか早く倅に立ち直ってもらいたがったからだったんだと。米問屋の娘の名はお絹、今のお内儀だ。この女もなかなか綺麗で夫婦仲が悪いなんて耳にしたことはなかったが、あのお夕さんがお産で急死して以来、南海屋の若旦那は徹底して中島屋を嫌うようになったんだそうだ。そのうちに若旦那は両親ともども流行病に罹り、二人の跡継ぎを残してあっという間に三人とも死んじまった。乳母日傘《おんばひがさ》で育ったお嬢さんのお絹さんだったが、何とはなしに亭主の心が自分に向いていないとは思ってたんだろう。三人の死後、たまさか奉公人たちのひそひそ話を聞いちまい、その理由《わけ》がお夕さんだったとわかると、坊主憎けりゃ袈裟まで憎いとはよく言ったもんで、中島屋を目の仇にするようになっちまったんだとさ」

——南海屋の死んだ主は恋に破れての恨み、お内儀のお絹は添った相手の心に自分以外の女が棲み続けた恨みか……。共に好いた相手に袖にされた辛い痛みなんだな——

身につまされている賢作は切なさで胸が詰まる一方、

――このような両店の事情と中島屋の御隠居の手拭い干しは、関わりがあるのだろうか――

「中島屋の御隠居さんはもちろん、こうした事情を知ってるんでしょうね」

ふと洩らしてみると、

「中島屋はあれだけの身代だというのに娘一人だろ。女の子一人では心もとないから、跡継ぎの男の子を産んでくれる後添えを貰うのが普通なんだが、いくら御隠居が勧めても、頑として今の旦那は聞き入れなかったんだとさ。よほどお夕さんに想いがあったたんだろうね。卒中で倒れる前の御隠居はよく、〝南海屋との縁は男女の因縁だ。この因縁を禍《わざわい》ではなく、何とか福と転じることができないものか？〟と繰り返してたそうだよ。いい年齢だから、商いの算盤《そろばん》の方はとんといけなくなってたみたいだけど、この話だけは決して忘れず、くどいようにそればっかり。けどねえ、中島屋も南海屋もここまでになっちまうと、もう因縁っていうよりも因果だろ？早くに死んで幸薄かったお夕さんの怨念だっていう人もいる。できるんだろうかね、福に転じることなんて――」

主はふうと大きなため息をついて話を締め括った。

──間違いなく、御隠居の手拭い干しは今の話と関わりがある。干した後の周囲の様子を見ていたら、きっと真相が見えてくるはずだ──

この時、賢作は核心まであともう一息で迫れるような気がした。

六

翌日、清悦庵には、まだ昼前だというのに、妊婦たちが集まってきた。

「今日は学び塾の日でしたっけ？」

賢作が首をかしげると、

「今日は特別に腹帯を含む産後の正しい養生の仕方を話します。妊娠中の腹帯の巻き方が産婆流でまずいのであれば、産後の巻き方も、同様によくないのではないか

という不安が皆さんから寄せられてるのよ」

お悦は臨時に学び塾を開く理由を告げた。

──ふーん、産後も腹帯って巻くもんだったんだな──

医術を学んできた手前、賢作は知らなかったとは口にできなかった。

一膳飯屋の主から聞いた話から閃いて、今日は干した手拭いが中島屋の二階の格子に翻る様子をこの目で確かめるつもりでいた。

手拭い干しは八ツ時きっかりだというのに、学び塾が終わるのはいつになるのかわからない。これでは手拭いが干された時、いったい何が起きるのか、見極めることなどできはしなかった。

「今回、初めて来てくれる女《ひと》もいるので、その女たちには腹帯の巻き方も練習してもらいます、よろしく」

「はい」

お悦の言葉には逆らい難く、表向き賢作は大人しく従った。

学び塾が始まった。

「縛り上げるように巻く腹帯やくの字の眠り方には百害あって一利なしです。お腹の子が逆子になったり、手やお尻が先に産道を通って、なかなかお産が進まず、死産になりやすいというお話は前にしました。腹帯の害はそれだけではありません。産後、後産（胎盤や臍帯《さいたい》）が出ないうちは、決して腹帯を産婆流に巻いてはいけません。出る道の妨げになり、締め付けられた腹の中の出すべき血が滞り、胃の腑や腸の働きも悪くなります。産後の眩暈《めまい》や大出血もきつすぎる腹帯によることが多いのです。そうそう、胃の腑や腸の不調で言いそびれていることがありました。妊娠中の食欲不振や便秘もまた、産婆流の腹帯による害なのです。母子共に健全でいるためには、妊娠中、正しく腹帯を付けることが大切です。さあ、まだ、正しい巻き方を習ったことのない人はやってみましょう」

お悦が促して、何人かが立ち上がる音が隣りの部屋の賢作に聞こえた。

——これは結構、時がかかる——

賢作は焦《じ》れていた。

「先生、お訊きしたいことがあります」

妊婦の一人が切り出した。

「はい、何でしょう？」

「以前、正しく巻いた腹帯は身体を冷やさないとうかがいましたが、夏に身籠もっていれば要らないし、冬であれば腹巻きの方がいいのでは？　産後は害だけみたいですし、いっそ腹帯なんて無用の長物なんじゃないですか？」

——なかなか鋭い——

実は賢作も同様に思っていたところだった。

「今のように腹帯を巻くようになったのは、建礼門院様や北条政子様の着帯によるものです。それからというもの、身分の上下にかかわらず、全ての妊婦は流産の危機が去る五ヶ月から七ヶ月で、必ず八尺（約二・四二メートル）の腹帯をし、子が生まれるめでたさを祝うしきたりができました。建礼門院様や北条政子様以降は、国が乱れ一族郎党が離散する時代で、人の命が今以上にはかなかったことでしょう。それを思うと、人々は何にも増して子の誕生に期待と希望、救いを求めていたのではないかと思いますが、はて今日の産婆流腹帯のように、がんじがらめの縛り巻きであったかどうか――」

お悦が話していると、途中で問い掛けがあった。

「国が乱れてたってことは、女たちだって、始終、戦いの巻き添えになりかねなかったんでしょ？　だとすると今のような産婆流では逃げられないわ、お腹の子と一緒に殺されてしまう――」

一人の妊婦が言うと、

「わかった。腹帯って、その昔は先生の正しい巻き方と一緒だったんですね」

ほかの妊婦たちの答える声がした。

お悦は話を続けた。

「腹帯は長きにわたるしきたりにすぎないという考えはあります。でも、ただのしきたりでは、こうも長くは続かなかったのではないかとわたしは思っています。正しく巻いた腹帯には身体を冷やさないだけではない効能があります。突然の出来事でお腹をぶつけた時、腹帯に守られることもあるのです。また、長く歩きすぎた時、大きくなったお腹の支えになって、疲れすぎないようにしてくれるのも腹帯では？支えがないと、ただでさえ張りやすい妊娠中のお腹はぱんぱんに張って、とても苦しいものです」

「産後に腹帯が要らないのは、座椅子があるからですよね」

妊婦の一人が念を押した。

——産後は座椅子と相場が決まってる——

頼まれているお産が近づいたと報されて、産婆たちが座椅子を背負って、あたふたと駆け出す様子を賢作は何度も目にしている。

——ここで、お悦先生が〝そうですね〟と相づちを打てば、お開きになるに違いない。この分でいくと、八ツ時より四半刻前には中島屋のある諏訪町に着くことができる――

賢作の心は中島屋の二階の格子に向けてはやっている。

お悦のもとでの修業はためになるにはなるのだが、下働き同然の扱いは何とも情けなく、面白くもなかった。

医術から外れたものであっても、たまには自分らしい、自分でなければできないことをしてみたかった。

「実は産後の座椅子についてはこれだけの害があるのです」

お悦が皆に配る紙の音がさらさらと聞こえてきた。

――座椅子が害だって？――

これまた賢作には初耳であった。

一瞬、しんと妊婦たちのいる座敷が静まり返った。

「ちょうど今日は八人、ここにおいでですね。わたしが記した座椅子の害も八つあります。一人、一害ずつ読んでいってください」

この時ほど、賢作は襖の隙間から、配られている紙と同じものが差し込まれるのを待ち望んだことはなかった。だが、お悦がそんな親切であるわけはなく、といって、座椅子の八害を聞き逃したくもない。

——もたもたしないで早く読めったら——

賢作は心の中で妊婦たちを叱りつけた。

「さあ、読んで」

お悦が促した。

妊婦たちはさっきとは別人のような、おろおろと震える声で読み上げていく。

「一の害、産後、腹の中が空洞になったところで座椅子に座ると、眩暈を起こしやすい。転倒することさえあり、亡くなることもある。これは血流が波立って全身が痙攣《けいれん》に近い状態になる出産時と、頭に上っていた血が道を替えて下に走る出産直後とでは、がらりと身体の様子が変わるからであり、慣れるまでは時がかかる」

「二の害、産後、平らに身を横たえて眠らないと、体内での出血による貧血に陥りやすい。座った姿勢では充分に休養が取れないばかりか、血が下半身に集まりやすくなる」

「三の害、座椅子に座っての養生が世の決まりとされているため、これらの症状で褥婦《じょくふ》（出産を終えた女）が苦しんでも、家族は体面がはばかられるのか、平らになっての処置を阻む。これでは治療もままならない」

「四の害、長く座ったまま寝食を続けるので、足腰が萎え、後に足が不自由になることさえある。熟睡できないために、身も心も疲れて気鬱になる場合も多い」

「五の害、母親が疲労困憊なため乳汁の質が悪くなったり、乳汁の出が少なくなったりする」

「六の害、血行不順となるため、血のめぐりが悪くなって、月のものに変調をきたし、苦しむようになるだけではなく、腹の中に出来物ができる場合もある」

「七の害、これも座り続けることの害で、便秘、下痢になりやすく、脱肛（肛門や直腸の下のほうの粘膜が肛門外に脱出する病）、痔瘻《じろう》（肛門の周辺に穴ができて、そこから膿が出る病）が起こりやすくなる。これは一生の病となる」

「八の害、体質が虚弱化する。肩が凝り、頭痛、ほてり、胃弱、寒さ、暑さへの過敏体質となり、次回のお産では身体の力が低下して、妊娠中、もしくは出産中に亡くなることもある」

――お悦先生が言ってるのだから、間違いないとは思うけど、これだけ、悪いことばっかりで、命だってかかってるのに、どうして座椅子養生を止《や》めさせないんだよ――

賢作はぞっと身震いした。

「今、皆さん各々に声に出して読んでいただいた座椅子の害は、腹帯の害ほどわかりやすくはありませんが、嘘偽りのない真実です。どうか、産後の養生に座椅子だけは使わないでください」

お悦は強い口調で言い切った。

「先生、これをうちのおっかさんや伯母さんに見せていいですか？　正直、あたし、お産までの話はぴんと来るんですけど、その先のことはまだ考えられないんです。子どもを産んだことのある女《ひと》たちだったら、思い当たることがあるのかも――」

「もちろん、結構よ」

お悦は穏やかに答えた。

「あたしには子どもを産んだ女たちが、こんなに恐ろしい目に遭ってきたなんて、とっても信じられないわ。みんな幸せそうで満ち足りた笑顔が素敵で――」

遠慮がちに反論を口にする妊婦もいた。

「その上、図々しいくらい逞《たくま》しいっていうんでしょ？　でも、それ、見せかけってこともあるよ。うちの隣りのおかみさん、百人力で、大八車も楽々押せるし、見かけは胆が据わったおっかさんそのもの。大の子ども好きで、ごろごろ子どもがいてもおかしくない感じなんだけど、子どもはたった一人だけ。お産はそれほどじゃなかったんだけど、後の養生が応えて足萎えや気鬱になりかけたんだって。とうてい、足萎えとも気鬱とも縁のなさそうな女なのにね」

「あたしの従姉の話を聞いて。器量好しの従姉は望まれて嫁に行ったのよ。無事出産を終えると、姑さんの言いつけで、代々、跡継ぎを産んだ嫁のためにあるっていう、特別誂《あつら》えの座椅子で養生させられたのね。お産婆さんが貸してくれるんじゃない、年代物のたいそうな座椅子。けれど、痔瘻を患うと、旦那さんまでも、汚いものでも見るように寄りつかなくなり、結局は身一つで実家《さと》に帰された。その後、一月もしないで、従姉は井戸に飛び込んで死んじゃった。従姉のその話を聞いた時は、座椅子が痔瘻の因《もと》で祸してたなんて、夢にも思わなかったけど、今、そうだったんだとわかった。従姉を追い出した家じゃ、代々のお嫁さんが何人も、子どもを産んだ後しばらくして亡くなったり、離縁されたって話も聞いてたけど、なるほどね」

「大変なのはお産の時だけじゃないのね」

一人が沈んだ声を出すと、

「でも、ここへ来たおかげで、おおよその難は逃れることができるってわかったじゃないの。妊娠中正しく腹帯を巻いて、産後には巻かず、決して座椅子には座らなければいいのよ。お産なんかに負けちゃ駄目」

別の妊婦が強く打ち消し、

「そ、そうかぁ」

「ここのおかげであたしたちもう大丈夫なんだ」

「よかった、よかった」

明るい声が集った。

七

妊婦たちは帰って行き、賢作は中島屋のある諏訪町に向かって走った。

この日も中島屋と南海屋の前は人集《ひとだか》りで、手代と大番頭の威勢のいい呼び声がかしましく響き渡っていた。

中島屋の二階の格子におみ乃が立ち、豆絞りの手拭いを掛けた。賢作は自分同様、これに注意を払っている者はいないかと辺りを見回したが、これといった動きは見られない。

そのうちに中島屋から白い肌に見目形が整い、襟足が清々しい若い女が炭団《たどん》のように黒い顔の小女を伴って出てきた。

「お美代お嬢様」

三味線を抱え持っている小女の声が聞こえた。中島屋の跡取り娘はお美代という名のようである。

賢作は店の前で立ち止まっている二人の視線を追った。南海屋の二階を仰ぎ見ているような気がする。しかし、南海屋の格子には何も見当たらない。

小女はふうとため息をつき、

「行きましょう」

お美代に促された。

賢作は後を尾行た。二人は田原町にある三味線の師匠を訪れ、稽古が終わると中島屋へと戻った。途中、甘酒屋に立ち寄った。

良家の子女は花嫁修業も兼ねて日々、稽古事が目白押しである。お美代の毎日も、ほぼ稽古事で埋まっていて、翌日は長唄、その翌日は琴、そのまた翌日は生け花、その次は茶の湯という具合に、後を尾行た賢作は、あまりの稽古事三昧に半ば呆れた。

何日も尾行を続けているうちに、さすがにこれはもう徒労ではないかと賢作が諦めかけた時、中島屋の格子に手拭いが掛けられた後、お美代と小女が佇んで見ていた南海屋の格子に菅笠が掛けられた。

ぴんと来た賢作は、また後を尾行た。

あろうことか、小女は浅草寺へと続く吾妻《あづま》橋の袂でお美代と別れた。賢作はお美代の方を尾行た。

――ややっ――

賢作が驚いたのは、お美代の足が船宿が建ち並ぶ今戸《いまと》橋に向いていたからである。

お美代は〝源氏〟という名の船宿とは名ばかりの出合茶屋に入った。

――これは――

賢作は愕然《がくぜん》とした。

――まだ嫁入り前だというのに――

年寄り臭い非難の呟きを心の中で洩らした賢作は、船宿から少し離れたカラタチの茂みの中に身を隠した。

――こんな美人に想われているとは……。そんな果報者の顔を、何としても見てやりたい――

しばらくして、商家の若旦那風で身形のいい、まあそこそこの男前が〝源氏〟の玄関戸を開けた。

「お待ちしておりました」

茶屋の爺が訳知り顔に応対する。

若旦那風の男は無言で茶屋の中へと消えた。

一刻（約二時間）ほどが過ぎて、お美代の方が先に出てきた。賢作は遅れて出てきた男の後を尾行た。男は南海屋へと入って行った。

――旧怨を引きずっている家同士、親同士が不仲だというのに、何と中島屋の娘お美代と南海屋の倅は恋仲だったのだ。それを知っている中島屋の御隠居は、何とか周囲の目を潜り抜けて、想い合う二人を逢わせてやろうとして、手拭いの合図を思いついたのだろう。それぞれの二階の格子に手拭いと菅笠が掛けられている時、二人は逢うことができる。お美代の方は、店での仕事があって、そうは出かけられない若旦那のために、自分はほぼいつでも応じられる旨を、毎日の手拭い干しで示していたのだ。御隠居が孫娘のために思いついた手拭い干しは、お美代の若旦那へのひたむきな想いそのものだった――

賢作は胸のあたりに込み上げてくるものを感じ、

――ここまでの想い、成就させてやることはできないものなのか?――

中島屋の裏口の前で、帰り支度をして出てくるおみ乃を待つことにした。

おみ乃は待っていた賢作を訝しげに一瞥すると、にこりともせずに歩き出した。

「話がある」

賢作は後を追い、清悦庵で中島屋の御隠居についてのおみ乃の悩みを洩れ聞き、何故か放っておけずに調べ始め、叶わぬ恋に行き着いた話をした。

「あれからは、どんな天気でも、言われた日は手拭いを掛けるようにしてるんで、御隠居さんは機嫌を直してくれてるの。お年寄りの機嫌は大事よ。機嫌よくさえ過ごしていれば、食も進んで出るものが出て、身体の方も元気にしてられるものね」

おみ乃は中島屋の隠居に自分が嫌われていないとわかったことと仕事が上手くいっていることで、ほっとしているようだった。

「それにしても、御隠居さんが想い合う若い男女の縁結びになっていたとはねえ」

「俺だって、驚きだよ。手拭い掛けが盗賊の合図かもしれないなんてお悦先生に言って、付添人としての心得違いもはなはだしいって、こっぴどく叱られたんだぜ」

「その通りよ。あなたがそこまで考えるのって、付添人としていきすぎじゃない？そういうの詮索っていうのよ」

——でも、元々は、おみ乃さんが中島屋の御隠居の妙な頼みと仕事が上手くいってないって、お悦先生に話したからじゃないか。俺はおみ乃さんに寄り添っただけなのに。先生に怒られるのはまだしも、おみ乃さんにまでそんなこと言われたくない——

賢作の顔に不満が浮かんだと気づいたおみ乃は、

「雨の日にあたしが手拭いを掛けないで、御隠居さんが臍を曲げたのは、その日、南海屋の若旦那は都合がついたのに、中島屋のお嬢さんの方は〝今日は駄目〟という合図を出してしまったからだったのね。御隠居さんは若い人たちの許されぬ逢瀬を支えようとしているほど達者で、人目を忍んで逢う二人にとって、時ほど大事なものはないのでしょうね」

しみじみと呟き、

「付添人は御病人の心身に添って病を癒すのが仕事。それにこの話、いくら御隠居さんが頑張っても、どうにかなるとは思えない。生半可にあたしたちが関わって期待させた挙げ句、がっかりさせて、身体まで悪くさせちゃったら本末転倒よ。毎日、中島屋と南海屋の怒鳴り合うような商いの声を聞いてると、宿敵っていうのはあるもんだと思う。だから、もう何があってもあたしには聞かせないで、辛くなるだけだから」

逃げるように駆け出して行った。

賢作の方は、困難な状況の中で突き進んで行く、相思相愛の熱情に吸い寄せられているかのようだった。

自分の与《あずか》り知らぬところで、話が進み、好ましく思っていた美佳を義姉様と呼ばなくてはならなくなってしまったことが口惜しかったのである。

あの時、美佳が兄との縁談を断ってくれていれば、気持ちを美佳に告げる勇気が己にあれば、生家を捨てる覚悟があれば、こんな仕儀にはなっていなかったと悔やむ一方で、たられればばかりの己の未練がましさに腹も立っていた。だから、その情けなさと決別するためにも、

——二人を何とかしてやりたい——

その一念で、おみ乃にも力を貸してもらいたいと思っていただけに、

——父様、褒めていただいた俺の大きい懐も女子《おなご》には好かれぬようです——

苦笑混じりにあの世の父に呟いていた。

この翌日も賢作は清悦庵での仕事を終えると、中島屋、南海屋のある諏訪町に居続けた。ここまで通い詰めて慣れてくると、さまざまなものが見えてくる。そんな一つに一軒の小さな店構えの海産物問屋があった。売られているのはメザシ、干しエビ等の海産乾物である。酒と長話の好きな一膳飯屋の主に訊くと、

「〃北斗屋〃のことかい？　あの店も一応は老舗で、今じゃ、見る影もねえが、先々代の頃には中島屋や南海屋と肩を並べてたこともあったってえ話だよ。先代も死んで倅の才三《さいぞう》ってえのが跡を継いでる。ああ、その才三と南海屋の若旦那の善吉《ぜんきち》、次男坊の良太《りょうた》は、小さい時からの幼馴染みだったっけ、よく三人で凧を揚げたり、

独楽《こま》を回して遊んでた」

気になる話が返ってきた。

——親には決して口にできないことも、弟や子どもの頃から仲のいい友達には打ち明けているのではないか？——

賢作は北斗屋を見張ることにした。

次男の良太は兄の善吉よりも背丈こそ低かったが、きびきびした印象で、店に出て大番頭の喜平次の代わりを務めることもあった。この良太がしばしば北斗屋に立ち寄る。

——やはりな——

良太は善吉に代わって、この曰く言い難い悩みの相談を才三にしていると賢作は確信した。

八

賢作は北斗屋を見張り続けた。

ある日の八ツ時近く、中島屋の近くにある、枝垂れ柳の下に隠れるように佇んでいた賢作の背後に人が立った。

「今日はあたし、手拭いを掛けないわよ」

おみ乃であった。

「この件には一切関わらないんじゃなかったのかい？」

「昨日、お美代さんが御隠居さんの部屋に来て、あたし、人払いされたの。四半刻ぐらい、お美代さん、離れにいたかしらね」

「人払いされたのが癪《しゃく》に障って、話を立ち聞きした？」

「まさか。あたしはあなたとは違いますからね、一緒にしないでちょうだい」

おみ乃は賢作を軽く睨んだ。

「わかった、すまない。でも、こうやってわざわざ俺のいるところを探し出して、話をしようというのはただ事ではない何かがあるからだろう？」

「探し出したりはしてないわよ。〝枝垂れ柳の下に男が立っている。おおかたお美代お嬢様に懸想し、思い余ってのことだろう〟ってことになってるんだから。お美代さん、あの通りの別嬪さんだから、稽古事で道を歩いていても、ついてくる男が絶えないのよ。あんたもその一人だと見られてる」

おみ乃は愉快そうに笑った。

いささかむっとした賢作は、

「勿体ぶってないで、早く続きを話せよ」

相手を急かした。

「お美代さんが部屋から出てった後、御隠居さんは〝明日の手拭い干しは無しにしてくれ〟って言ったのよ。そんなこと、今まで一度もなかったから、御隠居さんの言い間違いか、あたしの聞き違いなんじゃないかと思ったほどよ。その上、険しい顔で、〝ここは大鉈《おおなた》をふるわないと〟なんて呟き出して、何だか胸騒ぎがしてきてね」

おみ乃の目はこの場から見渡せる南海屋の二階の格子に吸い寄せられている。

「とっくに八ツ時は過ぎたな」

賢作も誘われて南海屋の二階を見据えている。菅笠は掛けられていない。

「手拭いも菅笠も掛けられないなんてこと、今までになかった」

「でも、見ろよ」

この時、中島屋の店先からお美代と小女が出てきた。

「どこへ行くっていうの？」

「後を尾行るしかない」

賢作とおみ乃は二人の後を追った。小女とは途中で別れ、お美代は懸命な早足で浅草を離れて行く。

「この先は寺社ばかりよ」

お美代は鬱蒼と草木が生い茂って山門を隠している破《や》れ寺へと入り、丈の高い雑草を掻き分けるようにして歩いて、本堂に上がった。

「よく来てくれたね」

感極まった男の声が聞こえた。

「誰？」

思わず声を上げたおみ乃の口を、

「しっ、ここは声が通る」

咄嗟に賢作は押さえて、本堂の床下に潜り込んだ。ここなら本堂での話が聞こえる。

「何か音がしなかった？」

本堂のお美代に気づかれたが、

「鼠ですよ、きっと」

先ほどの声と似てはいたが、いともあっさりさっぱりした物言いの声がした。

「まあ、念の為」

乾いた別の声がして、ぶすりと匕首《あいくち》が朽ちかけている板を貫き、賢作たちの目前に白い刃が閃いた。

賢作は恐怖を感じた。

抜き取られて白い光が消えると、

「どうやら鼠に逃げられたようだ」

匕首を鞘に納める音がした。

——犬猿の仲の両家が絡んでいて、当人たちにとって、実らせることがむずかしい恋とはいうものの、所詮、これは恋の悩み相談だ。破れ寺といい、匕首といい、なぜ、そこまでの警戒が要る？——

「南海屋の善吉さん、良太さん、それに中島屋のお美代さんと役者は揃ったことだし、ここはまず、良太さんから話してもらいましょう」

乾いた声の主が座を仕切り始めた。

「えー、話と申しやすと、どうして、ここに、皆さんが雁首を揃えているかってえ、話になりますわな」

良太は噺家のような軽妙な口調で切り出した。

「まずはあたしの事情から申しやしょう。善吉兄さんは南海屋の跡継ぎで、中島屋のお美代さんは跡取り娘、才三だって北斗屋の主、ってことになると、南海屋の次男のあたしが一番分が悪い。婿に出されるのはいいけれど、金のある家の娘が全部、お美代さんみたいに美形とは限りません。二目と見られない相手は嫌ですよ、嫌。なもんだから、善吉兄さんからお美代さんと恋仲になったと聞かされた時は、〝しめた〟と思いましたよ」

「お美代さんと初めて契って以来、どうにも、行く末が案じられて夜もろくろく眠れず、仕事も手につかずで、つい、良太に洩らしてしまった」

善吉が口を挟むと、

「兄弟は有り難いもんですね。わたしなんて一人っ子で、他に身寄りはいないから羨ましいですよ」

乾いた声の持ち主が話した。

「兄さんさえ、中島屋の婿になってくれりゃあ、めでたし、めでたし、あたしは晴れて南海屋の主になれるんですからね。ところが、中島屋と南海屋の不仲を、この辺りで知らぬ者はおりやせん。おっかさんに話してみようかとも思ったんですけど、怒りを通り越して、目を剝いて倒れちまうんじゃないかと心配で止めました。それでちょくちょく顔を合わせる幼馴染みの才三さんに相談したんです」

「お世話になっています、頼りにしています」

良太の言葉を受けてお美代が礼を言った。

「いえいえ、とんでもない。南海屋さんのお二人だけではなく、中島屋さんのような大店に生まれたお美代さんにまで、ちっぽけな店のわたしが頼られるなんて、光栄ですよ。親にも言えないたいした秘密を打ち明けてくれたなんて――、わたしで出来ることなら何なりといたします」

乾いた声の主は才三だった。

「わたしの様子におっかさんが気づきはじめてて、近く遠縁から縁談が持ち込まれるようなのです。長く寡婦を通してきたおっかさんは、表だっては穏やかなお内儀さんで通っていますが、なかなか芯の強い女で、一度これと決めたら梃子《てこ》でも動きません」

　善吉は切羽詰まった物言いをした。

「わたしも、おとっつぁんが縁談を――」

　お美代が消え入りそうな声で続けた。

「それは大変ですね、縁談が決まってしまう前に何とかしないと――」

　才三は相づちを打った。

「嫌だ、嫌だよぉ、不細工な女に威張り散らされる婿になんて行きたくないよぉ、それにあたしは大番頭の喜平次に次いで呼び込みが上手いんだよ。南海屋にはいなくてはならないはずなんだから――。そうだ」

　突然、良太の目がきらっと輝いた。

「ここは相当の荒療治をしないといけないよ」

　良太の言葉に男二人の喉がごくりと鳴った。

「荒療治って？」

恐る恐るお美代が訊いた。

「兄さんとお美代さんの心中だよ」

「たしかに二人が死んだら、さすがのおっかさんたちもこんなことになるのなら、添わせればよかったと思うだろうけど、死んでは元も子もないじゃないか」

不服そうな善吉に、

「本当に死ぬんじゃないよ。心中したふりだよ。死んだように見える薬を知っているんだ。お膳立てはこっちでするから、大船に乗ったつもりであたしに任せなよ。明後日《あさって》の今時分、二人はここへ。その時、この場所を書いた文を店に残しておくように。それじゃ、皆、別々にここを出よう。念の為だ。まず、兄さん、それからお美代さんだ」

良太は畳み掛けた。

善吉とお美代が本堂を出ていく音がした。残った良太と才三が何やら話しているようだが、床下の二人にはよく聞き取れない。

賢作たちは注意深く本堂の床下から這い出た。

「恐ろしい話だわ。あたし、死んでるように見える薬なんて聞いたことないし、御隠居さんの呟いてた大鉈だって、ここまでのことじゃないと思う。このまま放ってはおけない」

「おみ乃さんは、すぐに清悦庵に行って一部始終を話すんだ。お悦先生ならきっと上手く計らってくれる。俺はここから良太を尾行て、どんな薬を買うか見届けておく」

「わかった」

賢作とおみ乃は二手に分かれた。

賢作が尾行ていくと、良太は水茶屋の裏で歩を止めた。驚いたことに、後から南海屋の大番頭喜平次が姿を見せた。客に見せるのとは異なる、鋭い冷たい眼差しで、その手にはギヤマンの小瓶が握られていた。小瓶の中身は薄黄色の水のようなものである。

翌々日、八ツ時近くの破れ寺は異常な静けさに包まれていた。

本堂の板敷に善吉とお美代が横たわっていて、二人を気遣う様子で良太が座っている。近くには喜平次が手にしていたギヤマンの小瓶が転がっていて中は空であった。

「お美代っ」

「善吉っ、どこ？」

男女の声が聞こえて中島屋の主、太右衛門《たえもん》と南海屋のお内儀が駆け付けてきた。

「こ、こんな文を残して——」

二人は〝許してくれないのなら、下谷の湧泉寺《ゆうせんじ》で仏様に見守られて死にます〟と書かれた文を握りしめている。

「お美代っ」

「善吉っ」

骸のように見える二人に、取り乱した親たちがすがりつこうとするのを、良太が両手を広げて近寄らせまいとしている。

そこへ賢作が中へと入ってきた。

「この二人の仲を許してくださるのなら、わたしが生き返らせてみせます」

賢作の言葉に、

「許します、許します」

「生き返らせてくれるのならどんなことでもします」

親たちは泣かんばかりに懇願した。

「それでは、いざっ、この世へ戻られよっ」

賢作の声で二人は目を開いた。

「ああ、よく眠った、生まれ変わってお美代と結ばれる夢を見たよ」

「ふわーっ、わたしも、夢の中でもあなたと一緒だったわ、だからもっと眠っててもいい」

「おまえたち、よくも——」

太右衛門は男泣きに泣き、

「こんなこと、酷いわ、酷いっ、でもよかった」

女親のお絹は涙を流しつつ笑っている。

そんな親たちは生きていた我が子に飛びつくと狂ったように抱きしめた。

善吉とお美代は一時も離れていられなかったので、互いに手を伸ばし合い、抱き合っている親子二組が四人で一組になっていた。

「中島屋さん、今まですみません」

「南海屋さん、これからはこの縁を大事にしましょう」

こうして親たちは和解を果たした。

一方、この日、北斗屋を取り囲んでの捕り物があった。事情をお悦から聞いた細貝一太郎が、涼しい顔で店先に居た才三に、阿芙蓉《あふよう》を溶かしたギヤマンの小瓶を突きつけた。

「これは、おまえが南海屋の大番頭喜平次に命じて良太に与えたものだろう。捕らえた喜平次から聞いたぞ。一時、心地よい眠りに就くものだというが、そのまま起きぬのだろう？　飲んでみよ。飲んで死ねばそれまでだが、幸い、二人は生きている。お上にも慈悲はあるゆえ、罪を潔く認めれば命だけは何とかなるよう、取り計らってやる」

この言葉に折れた才三は、喜平次と謀って、お美代と善吉を毒死させ、実は殺害だったのだと後に奉行所に報せて、その罪を二人の死に立ち会った良太に着せ、中島屋、南海屋を潰して、北斗屋を江戸一の海産物問屋に押し上げるつもりだったと白状した。

良太は己の自惚《うぬぼ》れを才三に付け込まれていたのだが、いざとなると気弱になっていて、本堂で才三と二人きりになってから、才三がふと洩らした〝人殺し〟という言葉がなぜか脳裏から離れず、空恐ろしくなり、ぼうっと歩いている時に、顔見知りのおみ乃に声をかけられた。そして、その巧みな話術にのせられて、すべてを話したのであった。阿芙蓉を無害なものと取り替え、才三の操りから覚めた良太も加わって心中芝居を続けるという筋立ては、お悦の知恵によるものだった。

才三、喜平次は八丈送りとなり、善吉はお美代との祝言の日が決まり、いずれ南海屋の主となる良太は得意の呼び込みを続けている。中島屋の隠居は顔の色艶もよくなり、「よかった、よかった」と洩らして満足そうに微笑んだ。

中島屋の主、太右衛門は意を決して、亡妻お夕が遺した腹帯と専用の座椅子を燃やし、

「市中一の産婆と医者に診せていたにもかかわらず、お夕は逝ってしまった。このようなものを取っておいては、わしの無念の心がまたぞろ鬼と化して、善吉に向かってしまうかもしれない、生まれるであろう孫にも禍が——。だから灰燼《かいじん》に帰して

しまった方がいいのだ」と、やや寂しげにお美代に話した。

このことを賢作がお悦に話すと、

「あら、おしゃべりなあなたには珍しく、太右衛門さんに腹帯や座椅子の害を教えていなかったのね」

揶揄の言葉が返ってきた。

あわてて賢作が太右衛門を訪ね、腹帯の巻き方や座椅子の害を話すと、太右衛門の沈んでいた顔がぱっと明るく晴れた。

「よかった、よかった、これで鬼が退治できた。お美代の祝言と並んで、お夕のよい供養になります、ありがとうございます」

太右衛門は賢作に向けて何度も頭を下げた。

大団円を迎えたのは、お悦の機転によるものだったが、賢作には一つ、気にかかっていることがあった。

「息はしてたし、冷たくもなってなかったですが、お美代さん、善吉さんともぐっすりと気持ちよく眠ってました。あの薬はいったい何です？」

「あれならカミツレよ」

お悦はあっさりと答えた。

カミツレ（カモミール）の花には野りんごに似た穏やかで芳《かぐわ》しい風味がある。

「恋は疲れるもの、恋で心の疲れている人にはとりわけ心地よく効きます。よかったらあなたもお試しなさい」

お悦に勧められ、近頃不眠気味だった賢作は煎じたカミツレを飲んで寝た。目が覚めた時には気分がすっきりしていて、珍しく兄嫁美佳の夢を見なかった。

――あの二人も目覚めた時、カミツレが見せてくれた夢の話をしていた。命がけで成就する相思相愛もあり、早く忘れなければならない片想いもある。カミツレは恋の癒しの万能薬なのだろう。でもそんなことまでどうしてお悦先生が知っているのだろうか――

第三話　奇病芸人

一

「これをお願いね」

賢作はお悦に頼まれて典薬頭今大路親信の屋敷まで文を届けた。

清悦庵の仕事を斡旋してくれた典薬頭に賢作はまだ会ったことはない。

途中、どうしても気になって賢作は、卑しきことと承知していたが、文を盗み見た。

しかし、それには〝万事、順調につつがなく進んでおります。どうか、ご心配なく〟と書かれているだけだった。

――遠縁とはいえ縁戚の俺だって会ったことがないというのに、典薬頭様とお悦先生がこんな文をやりとりする仲だとはな――

典薬頭の屋敷の前に立った賢作は気負い込んで名乗ったが、門番はそっけなく、

「ご苦労であった」

型通りの労いを口にして文を受け取り、内心期待していたというのに、親信に目通りすることはできなかった。

――お悦先生のところへ行けという文をわざわざ寄越してきたのに、この扱いとはな。長屋に届いたあの文も気まぐれだったのか？　まあ、典薬頭様とは何人かの縁者を介しての縁だ。おおかた兄の恢作が泣きついて、不肖の弟を何とかしてくれと頼んだのだろう。それで仕方なく……。ゆめゆめ典薬頭様自らがお目をかけてくださったなどと思わぬことだな、それが辛い浮き世というものだ――

自分に言い聞かせたものの、帰り道の賢作はすっかりイライラの虫に取り憑かれていた。

ところが清悦庵に戻ってみると、

「やっと帰ってきましたね」

襷掛《たすきが》けをして、口を手拭いで覆ったお悦が庭先に立っていた。

「物置から大小のお釜を出して」

言われるままに賢作は物置に入って鉄で出来た大小の釜を運び出した。

「厨へ」

まずは大釜が竈《かまど》の上に載せられた。

「竈に火を熾《おこ》して。あ、その前に、薬処から届いたばかりの大小の袋を持ってきて。それから大盥に井戸水を」

矢継ぎ早に用事を言いつけられた。

四半刻後、お悦はぐつぐつと煮える大釜の中の茶色い汁を掻き回していた。汁の中には大きい袋の中身、熱で灰色から赤茶色に変わった海草がたっぷりと入っている。

「いったい何の料理なのです？」

匂いも決してよいとはいえず、こんなものは食べられたものではないと賢作は思わず鼻を押さえた。

「これは料理ではなく、虫下しの薬。釜で煮出しているのはカイニンソウ、漢方ではマクリ。煮出してどろどろになった汁はマクリ湯。この海草は海中の石の上に生えていて、人の立ち姿を想わせるのだそうよ」

「そのマクリ湯をどうするんです？」

　賢作は悪い予感がした。

「卯月《うづき》（四月）の八日に薺《なずな》が唐辛子と一緒に逆さに行灯《あんどん》に吊されたり、〝除《よ》けの歌大家の内儀持ち歩き〟という川柳があるように、これからは虫の害が案じられるのね。知らないうちに身体に入って五臓六腑に宿り、血肉を食い荒らす虫は、市中に蔓延《まんえん》しているというのに、薺や唐辛子では退治できないから治療薬が必須。今年はあなたがいてくれるので、このマクリ湯を瓶に詰めて、〝身体の中の虫が気になる人はまずは猪口一杯をどうぞ〟と書いた紙と猪口を添え、各長屋の厠の前に置いてくることができるわ」

　お悦は満足げな笑顔でいる。

「市中全部の長屋に配るとなると、これだけでは足りないような気がするのですが――」

「当分は毎日、このマクリ湯を作ることになるわ。それから今作っているのは大人用の虫下し。子どもでもなかなか虫が下らない時は、強いこちらを飲ませるけど、たいていはマクリ湯に甘草湯を加えた子ども用で虫を追い出すことができるのよ」

これで小の釜と小さい袋の方の使い途《みち》がわかり、賢作は甘草の煮出しを始めた。

賢作は来る日も来る日も虫下し作りを手伝い、瓶に詰めた虫下しを長屋に配り続けたのだが、仕事はまだあった。

お悦の〝母子共に死なない、お産の学び〟は続けられていて、五日に一度は妊婦たちが集まってきた。当然、正しい腹帯の巻き方の実習もある。その上、夜間には、うちの子には虫がいるかもしれないと訴える母と当人、配った虫下しの効果で、虫が下り始まりかけた患者が駆け込んでくる。

「出てくる虫を交替で見張らなければならないから、今晩はここにいるように」

お悦の一言で、とうとう賢作は一時とはいえ、座敷の隣りの部屋で起居することになった。

虫下しによって最も簡単に駆除できるのは蟯虫《ぎようちゆう》である。常は虫垂に寄生していて、夜間に肛門に這い出てきて産卵する。その際に痒みがあるため、掻くと虫の卵が指先、爪の間に付着するか、夜着等に付いてそれらが口から体内に入り、何代にもわたっての寄生が続く。ただし、他の寄生虫よりも気づきやすいので、早期に見つければ、マクリ湯で充分効果があり、追い出しも容易で完全に駆虫できる。

とはいえ、子どもの虫下し薬の量は寄生している虫の種類や子どもの体格等の違いで異なるため、お悦は子どもに限っては診察してからの投薬を行っている。

こうした子どもの数が結構多く、賢作は朝までまんじりとも出来ない夜もあった。

ある夜のこと、うとうとしているところをお悦に起こされた。

「妊婦さんが長いサナダムシを下しそうなのよ、手伝って」

妊婦の虫駆除も子ども同様、お悦の診察後のことになっているのだが、とかく警告を守らない向きは跡を絶たない。

条虫ともいうサナダムシは長さが三丈（約九・一メートル）以上になるものもいる。

妊婦の患者は腹部以外はどこもかしこも細く薄く、痩せ衰えて顔色が酷く悪い。

「ここでサナダムシをやっつけておかないと、この先ますます血を吸われてお腹の子によくないのよ。滋養不足で臨月まで持たないかもしれない」

賢作は思い詰めた口調のお悦に囁かれて、虫の駆除専用に拵えてある、排便用の椅子にまたがっている妊婦を見た。この椅子には肛門がすっぽりと収まる穴があり、その下には木桶が置かれている。

「この患者さんのサナダムシは下りかけたところを、強引に引っ張ったので尾の半分ぐらいが切れてるの。残りはまだお腹の中、このままでは切れたところが自然に治ってしまい、大きさと長さが増して、身体の害になるばかり。何とか出さなければ——」

賢作はお悦に言われて湯を沸かし、米の研ぎ汁を加え、ぬるま湯程度に冷ました。

お悦はこの汁を皿に取り、木桶の中に積んだ鉢の上に載せると、妊婦の肛門から出てきているサナダムシの半分に欠けた尾を浸した。

「米の研ぎ汁を加えたぬるま湯は人の口や体内の様子に似てるので、身体の表面から栄養を取るサナダムシは誘われて出てくるはず。サナダムシが動いたら、少しずつ出して。動かなくなったら強引に引き出さずに、手を離して動き出すのを待つのよ、焦ってはダメよ。いいわね？」

賢作はサナダムシの見張りを命じられた。

二

賢作は自分の目とサナダムシの残った尾に触れている指の感触に集中している。一尺（約〇・三メートル）ほどの長さを引き出したところで、隣りで別の患者を診ているお悦に声をかけると、

「嘴のように見える吸盤は見えた？」

「まだ見えません」

「それではまだ全部が出きってはいない、続けて」

この後また、一刻ほど過ぎて、やっと口のように見える吸盤があらわれ、賢作は妊婦のサナダムシを駆虫することができた。サナダムシの長さは五尺（約一・五メートル）もあり、小柄な妊婦の背丈をゆうに上回っていた。

これで眠れるかと思ったのは大間違いで、次には、腹を抱えて苦しみ悶《もだ》えている青物屋を、排便用の椅子に載せなければならなかった。

「初めは腹の調子が悪く、痛みと下痢だけだったんだ。治ったのでやれやれと思っていると、今度は風邪が重くなりやすく、空咳、高い熱が出て苦しいったらない。そして最後は腹の上側の差し込み。息ができないほどの痛みだったね。肥やしのかかったままの青物を扱うこともある青物屋は、お百姓に次いで虫に棲み着かれやす

い、蛔虫《かいちゅう》っていう名の虫が腹に棲んでても似たようになると人伝に聞き、思い切って長屋に置かれてたここの薬を飲んでみたんだ。出てきたよ。ずるずると十匹以上の蛔虫が下った。これで治ったと喜んだとたん、また腹が痛くなった。きっとまだ蛔虫が詰まってるんだと思う」

症状を話した青物屋はうーん、うーんと椅子の上で半刻ほどいきみ続けて、一塊に全身が絡み合っている虫を下した。ただし、その虫は蛔虫ではなく、六尺（約一・八メートル）余りのサナダムシだった。しかし、それで終わりではなく、

「まだ腹がしくしくしてておさまらない」

この後、三十四以上の蛔虫を出し切った。

明け方、青物屋を見送った賢作は嫌気の骨頂に達している自分に気がついた。たしかにお悦の言う通り、虫の駆除は大事な仕事だとは思う。蛔虫とサナダムシの両方に棲み着かれていたのでは、あの青物屋はさぞかし苦しかったろうと同情する。だが、多少慣れても取り出す虫は気味が悪く、こんなことばかりに明け暮れて日々を過ごすのは、気分が落ち込むばかりでたまらない――。

今日は一日、休みをもらいたいと賢作が言い出そうとしていると、

「昼から浅草まで往診、付いてきてね」

お悦は届けられた文に目を通していた。昨日は多忙すぎて読み切れなかったのである。

「虫下しの出張ですか?」

ふと洩らしてしまうと、

「まあね、奥山の見世物小屋まで行きます」

お悦は多くを語らなかった。

この後お悦は七輪を厨の土間に置いて、三枚に下ろして骨抜きした鯖《さば》を焼き始めた。すでに鮨酢が炊きたての飯と混ぜ合わされ、白ゴマが加えられて木桶に詰められている。この上に粗熱がとれた焼き鯖を載せ、微塵《みじん》切りの青紫蘇《じそ》を散らし、重石をして一刻以上馴染ませると、焼き鯖鮨が出来上がった。

お悦が焼き鯖鮨を拵えている間、賢作は倒れ込むように部屋で眠っていた。

香ばしく脂が弾けるよい匂いがして目が覚め、勧められるままに箸を取るともう止まらなかった。

――これは虫下しを作った厨で拵えたもので、お悦先生の手は患者の腹の虫を摑んでいたし、何より鯖は食中りすることがある——

必死にそう言い聞かせるのだが、

——鰻《うなぎ》よりも美味い——

箸を握った手と口が勝手に動いた。

「虫下しの薬の匂いよりも、焼ける鯖の匂いの方が強いし、わたしの手洗いは徹底しているし、焼き鯖で中ったという話はあまり聞かない上に、酢飯は傷みにくいのよ」

お悦は賢作の内心のためらいを見透かしたかのように言い、

「こんなに沢山食べてくれるのはうれしいけど、全部は困るわ」

しゃもじを取り出して重箱に残りの焼き鯖鮨を移し替え、身支度をする前に風呂敷に包んだ。

「見世物小屋に知り合いでも?」

「ええ、まあ」

お悦はまた曖昧に答えた。

奥山の見世物小屋の楽屋口に立ったお悦は、

「安兵衛《やすべえ》さん、いますか？」

下足番の老爺に訊いた。

「安兵衛？　ああ、大ふぐり男の安さんなら、今、舞台に出てるよ」

「舞台を観にきたわけではないけど、まあ、いいわ」

お悦は表にまわると、賢作と二人分の木戸銭を払って中へ入った。

四十歳過ぎの男が薄汚い烏帽子《えぼし》を被り、着物の前をはだけて、股の間から大きな肉塊のように見える大ふぐりを見せている。その男のそばを、十六、七歳の若い女が太鼓を叩きながら跳ね廻っていた。

「止まれ、止まれ、蝶々よ、大ふぐりに止まれ。蝶々は女はみーんな大きな男がだーいすき、だーいすき。ふぐり、ふぐり、大ふぐり、止まれ、止まれ、蝶々――」

若い女は桜色の小袖をたくし上げて、膝小僧から下を剝き出しにしている。何とも不思議に艶めいた歌と踊りは楽しめるのだが、男の陰囊《いんのう》が子どもの頭ほどの大きさなのにはぎょっとさせられる。

「蝶々よぉ、早く、大ふぐりに止まれよぉ」

「もったいぶるなよぉ」

「何やってんだ」

「早く、早く」

男ばかりの客たちがはやしたてる。

とうとう若い女は大ふぐりを両手で愛おしそうに撫でた後、男の烏帽子に口づけし、そこで幕が下りた。

「楽屋で待ちましょう」

お悦は小屋の裏手に回って、楽屋口から小屋内に入り、賢作も続いた。

「先生、お久しぶりです」

舞台から下がってきた大ふぐり男が声をかけてきた。大ふぐりを大きな革の袋に納めて、重そうに肩から紐で吊っている。ふうと大きく肩で息を吐いた。

「お呼び立てしてすいません。こいつは相方のお蝶です」

緊張してもじもじしているお蝶を安兵衛は紹介した。

「どうぞ、こちらへ」

安兵衛は楽屋へと二人を招き入れた。

「あたしは——」

「いいよ、おまえはどっかで一息ついてな」

「ん、そうする」

ほっとしたのか、笑ったお蝶のまん丸な顔の小豆ほどに小さな目は、芥子粒になった。

——器量好しではないから、あんなあられもない恰好をしてるんだな——

「今、お茶を」

言いかけて安兵衛はよろめき、どすんと畳の上に尻餅をついた。肩から紐がはずれて、革袋が楽屋鏡台の角にぶつかり、〝あ、痛っ〟という悲鳴が続く。

「お茶はわたしが淹れてあげるから」

お悦は賢作に手伝わせて、縦横に並べた座布団の上に安兵衛を横たわらせた。

三

お悦は安兵衛の頭を膝に載せて、賢作が淹れた茶を啜らせた。

「好物だったでしょ」

　重箱に詰めてきた焼き鯖鮨も甲斐甲斐しく食べさせてやる。

　――こんなことまでしてやってるのは見たことがないぞ。もしかして、お悦先生とこの安兵衛って男……でも、大ふぐりだしな。大ふぐりの見世物って見たのは初めてだけど、聞いたことはある。これって生まれつきなのか？　だとしたら、そういう仲にはなれないよな――

　賢作はいささか立ち入った勘ぐりをしている。

「大ふぐりが益々立派になったわね、どうなの？　身体の具合は？」

　お悦は切り出した。

　――何だ、患者だったのか――

「俺のは子どもの頭ほど。この手の病を患う者は他にもいて、近頃は一貫（約三・七五キロ）近い目方の大ふぐりを見せる芸人が、箱根の山の向こうに出てきてね、いずれ市中にも呼ばれる。これでの商いも競い合いなんで」

　安兵衛は痰《たん》の絡んだ気になる咳をした。

「咳は毎日？　長く止まらないはずよ」

お悦は眉を寄せた。

相手は咳き込みながら頷いた。

「熱は？」

「前みたいに酷い熱は出てません。だるくてびっくりするほど寝汗を掻きます。それから——こりゃあ、いけねえや」

安兵衛は口を引き結んで咳を堪えると、お悦の膝から頭を下げ、座布団で作った俄臥所《にわかふしど》から手桶があるところまで這って進もうとした。察したお悦が立ち上がり、その手桶を安兵衛の顔の下に置いた。

安兵衛ののど仏が動いて手桶の中と畳の上に赤い色が飛び散った。

——労咳《ろうがい》（結核）だな——

血を吐くのは進行した労咳の症状の一つとして知られている。労咳は全身倦怠、食欲不振、体重減少、しつこい微熱が長期間にわたって続き、進行するにつれて血痰を伴うこともある、致死率の高い病であった。

「いつから？」

お悦は訊いた。

「ここ二年ぐらいのことで」

「わたしが診たのは三年前だったから、あの後、無理をしたのね、他の病が暴れ出すから、あれほど無理は禁物と言ったのに」

「でも、こいつのおかげでおまんまが食えてるんで――」

安兵衛は愛おしそうに大ふぐりを撫でて、

「こいつに見世物のお呼びがあるうちは、どこへでも飛んで行ってましたよ。こいつと一緒だと道行く人たちも喜んでくれてね、長い道中、身体は辛くても楽しかった」

屈託なくふふふと笑った。

「わたしを呼んだのは、そろそろ養生しようと覚悟を決めたから？」

「まあ、そんなとこですかね」

安兵衛は笑顔のままで、

「ところで先生、俺はあとどのくらいなんです？　こいつは俺を宿主にしてる虫みたいなもんだから、俺の好物はこいつも好物、さっき馳走になった焼き鯖鮨なんかも堪えられなかっただろうよ。そして、俺が死ねばこいつも死ぬ。なもんだから、寿命が近いなら、俺もこいつも好きな酒をしこたま呑んで、この世におさらばするつもりなんです」

お悦の顔を正面から見据えた。口元と頬はゆるんでいるが目は少しも笑っていない。

「今日、明日、何があってもおかしくない」

動じずにお悦は言い切った。

「へえ、まさか、そんなにすぐ――」

安兵衛の顔から笑みが消えた。

「わたしに寿命を訊く前に養生して生きる努力をしなさい。人は命を投げ出して生きるものではないのよ、懸命に生きて命をつなぐものです」

そう言い放ったお悦の目がめらめらと不動明王の怒りで燃えている。

「帰りますよ」

お悦に促され、立ち上がった賢作は、

「ぼやぼやしないで早く」

振り返ったお悦の目に光るものを見た。

――三年も前に診た患者の好物まで覚えているお悦先生は、ただただ助けられないことが悔しく悲しいのだ――

清悦庵に帰り着いたお悦は、安兵衛が食べ残した重箱の焼き鯖鮨を黙々と平らげた後、

「何か訊きたいことがあるんじゃない?」

襖を開けた。

寝転んで一休みしていた賢作はあわてて起き上がって、

「あのさっきの男の病って何なんです? 大ふぐりとどう関わりが? 今は末期の労咳に罹ってるってわかりますけど、三年前も診たのですよね?」

訊かずにはいられなかった。

「あれは瘧《おこり》とも言われる熱病の一種。その頃は紀州の蜜柑《みかん》問屋の手代だった安兵衛さんが商用で江戸に来ていた時、たまたま、同じ宿に往診に行っていてね。で、あの奇病に出くわしたのよ」

「やはり、陰嚢が腫れて大ふぐりになってた?」

「今ほどではなかったけどね。でもその時心配だったのはとにかく高い熱。熱さえ

下がれば命は取り留められると思った。仕事で紀州の蜜柑山を見廻っていた安兵衛さんは体力自慢だったので、何とか峠を越すことができたのよ」

賢作には、熱冷ましの投与を切らさず寝食を忘れて付き添うお悦の姿が目に浮かんだ。

「前にも同じような患者を診たことがあるんですね」

「この江戸には大勢の人が集まって来ますから」

「男だけが罹る病なんですか？」

「いいえ、女が罹ると大事な所が腫れます。男女を問わず罹る病で、男女の別なく、両足の皮膚が石のように硬く変わり、ぱんぱんに腫れて相撲取りの太股よりも太くなって、歩けなくなっているのを診たことがある。わたしは象という生きものを見たことがないけれど、南蛮人たちは象皮病と呼んでいるそうよ」

「人から人へ伝染《うつ》るんですか？」

「そうは聞いていないし、わたしも違うと思う」

「その根拠は？」

「ものの本には暖かい土地ならではの病だと記されているし、わたしの診てきた患者たちも、大発生した蚊に刺されていたことがわかった。安兵衛さんも蚊に悩まされ続けたと話してた。ただし、熱が下がっても、一度腫れた陰嚢は腫れが引かず、益々腫れてはくるけれど、これだけでは命には関わらない」

「安兵衛さんはこの病とは関わりなく、また別に労咳を病んだってことですか?」

「大ふぐりがさらに大きくなっていくのは熱病の名残りだと思う。これは熱病がまだ身体の中に籠もっている証で、とても身体によくない。そのせいで身体が弱って、労咳にも罹りやすくなったはず。安兵衛さんにはもう少し身体を大事にしてほしかった」

「それ、熱病の元凶の蚊が、ずっと身体の中にいて血を吸ってるってことですか?」

「水辺や水溜まりのボウフラが蚊になることは知ってるわよね。だとしたら、蚊は人の身体に卵を産み付けたりしないでしょう」

「じゃあ、安兵衛さんの血を吸った蚊はどんな悪さをしたんです?」

「人の身体に虫が棲み着くように、蚊の中に他の虫が入っててもおかしくないでしょう? これはわたしの推測だけど、安兵衛さんを刺した蚊は、発熱や大ふぐりの因になる、別の虫を宿らせてたんじゃないかと思うのね、人に伝染って病に罹らせたのはきっとそっちの方。これの正体さえわかって退治できれば、安兵衛さんも見世物なぞにならずに済んだはずだわ」

お悦の目がまた悔しさで燃えた。

四

お悦は労咳の薬餌は休養と滋養のある食べ物であるという考えから、五日に一度、焼き鯖鮨を拵えて安兵衛の所まで賢作に届けさせた。

たいてい安兵衛はお蝶と一緒に舞台を務めているので、賢作は下足番に竹皮に包んだ焼き鯖鮨を託している。

「いい匂いだし、美味しい。実は大ふぐり男の安兵衛さんからお裾分けしてもらってるんだよ。あたしもこいつが好きでね、女先生によろしく礼を言ってください」

下足番の老爺が目を細めた。

賢作が、お蝶は食べないのかと訊くと、

「さあね、あの娘は変わり者だよ、ろくに挨拶もしやしない。声が聞けるのは舞台の上だけさ」

顔をしかめた。

清悦庵に戻った賢作が舞台の安兵衛が顔を白粉《おしろい》で真っ白に塗りたくって、被っている烏帽子に似合う公家顔になっていると伝えると、

「そうやって顔色の悪さを誤魔化しているのね」

お悦はため息をついた。

一方、清悦庵で開かれている、〝母子共に死なない、お産の学び〟は着実に集まる妊婦の数を増やしていた。

産婆流の胸や腹を縛り上げる腹帯の批判に止まらず、産婆たちが貸し出す、商売道具の一つでもある座椅子の害まで伝えるようにしていた。

「今のところ、産婆たちは何も文句を言ってきていません。怒って、ここへ押しかけてきたらどうしようかとはらはらしてます。相手は女たちでも大勢ともなると侮れません。付け火でもされたら大変ですから」

賢作が心配を口にすると、

「あのね。騒ぎが起きないのは、まだ、そこまで市中に産婆流の害が流布されてないってことでもあるのよ。まだまだ産婆流で苦しんでいる妊産婦たちは多いのよ。わたしはたとえ自分が焼け死んでも、一人でも多くの母親とお腹の子の幸せを願うわ」

お悦は不満そうに首をかしげた。

「それはそうですが――」

――何とこの女《ひと》は妊産婦や腹の子のために、産婆たちの一騒ぎを待っているのだ

――

賢作は半ば呆れ、半ば畏敬の念を抱いた。

そんなある日のこと、

「とうとう来ましたよ」

賢作は市中の産婆の元締の来訪を告げた。

「やっと来たわね」

お悦はにやりと笑って、お兼と名乗った産婆の元締を座敷に上げた。

白いものが鬢《びん》に目立つお兼は五十歳近い年齢で、痩せ型のせいか、顔中が皺だら

けである。

――怖そうな婆さんだ――

「茶はわたしが淹れます」

賢作も客の接待に慣れてきている。

賢作は向かい合っているお悦とお兼の前に茶托に載せた湯呑みを置いて、隣りの部屋で控えた。

「清悦庵には女の師匠に男の弟子がいるというもっぱらの評判です。殿方だというのにこだわりなく、こんなことまでしてくださるとは、なかなか出来たお方ですね」

お兼の姿形に似合わない、柔らかな猫撫で声が聞こえた。

「まあ、弟子ですからね」

お悦の口調はやや硬く、そっけない。

――最初から喧嘩腰じゃないか、お悦先生だって産婆の仕事もしてるんだから、ここは歩み寄って下手に出た方がいいんじゃないのか――

賢作は気が気ではない。

「このところあなた様は御説を身籠もっている女たちに話されているとか――」

一瞬、お兼の声がきんと上がった。

「あら、やっとお耳に入りました？」

お悦の方は蓮っ葉な物言いで、

「お産に立ち会うことのあまりない元締ともなると、なかなか産婆たちの声が聞こえにくいのかと焦れてたところです」

すぱすぱと言ってのけた。

「いろいろと忙しくて――」

お兼の声がくぐもった。

「そうでしょうね、元締ともなれば、産科のお医者なんぞとの寄合で、身体が幾つあっても足りないほどのもてなしを受けるのでは？」

お悦の挑発にお兼の堪忍袋の緒がぷっつりと切れた。

「あたしゃ、お役目上、医者たちとのつきあいが全くないとは言えない。でもね、そもそも是非にと向こうから言ってくるから受けてんだよ。あんた、あたしを誰だと思ってんの？　あたしはこの大江戸八百八町の産婆たちを束ねる元締よ、ちょいと高砂屋の娘の急なお産に立ち会ったり、毒消しの真似事なんぞしただけで、まさか、たいそうにも医者だなんて名乗っちゃいないだろうけど、産婆だか、付添人だかわかんないあんたなんて足元に及ばないほどあたしは偉いんだよ。わかってないようだから、こうしてわからせに来てやったのさ」

お兼はきいきい声でまくし立てた。

——本性が出たな、それと、どうして居合わせてもいなかったこの女が高砂屋や解毒の話を知っているのだ？——

「身の程はよくわかってますよ」

お悦は冷静そのもので、

「ほかにもわたしがわかっていないことがあったら教えてください」

挑発を続けた。

「惚《とぼ》けるんじゃないっ、これから子を産もうっていう女たちに、腹帯や座椅子について嘘八百を吹き込むのは金輪際、止めてほしいっ。ここに女たちを集めるのも止めるんだ。そして二度と出しゃばった真似はしないこと、わかったね。いいね、さもないとこっちも考えがあるからね」

ここでお兼のきいきい声がやっと止まり、障子を開け閉めする音が響いた。

賢作は怒りで真っ赤な熟柿のような顔になったお兼を玄関まで送った。

「こんなとこ、そのうち店仕舞いになるさ、きっとそうなる。あんな女に顎で使われるのは嫌に決まってるんだし、あんたも早くここに見切りをつけるんだね。その時はあたしのところへおいで。あたしなら、これぞというところへ口を利いてあげられる」

お兼はここぞとばかりに賢作を懐柔しようとした。

「ありがとうございます」

賢作は深く頭を垂れてお兼を見送った。

座敷の障子を開けると、お悦が文を書いていた。

「これを」

表書きには典薬頭今大路親信の名が記されている。

「またですか?」

「今、すぐよ」

文を託された賢作は、途中、やはり好奇心には勝てず、文を開いて中を読んだ。

〝産婆の元締のお兼が清悦庵に来て怒って帰りました。全て順調に進んでいます〟

とだけ書かれていた。

──わからない──

お兼が来るのを待って、わざと怒らせて帰したのも含めて順調だということになるのだが、これに何の意味があるのか、賢作には見当がつかなかった。

しかし、文を懐に戻し、頭を抱えて急ぎ足で歩いていてはっと思いついた。

──お兼が高砂屋や解毒のことを知っているのは、主治医としてどちらとも関わりのあった遠藤陶益と通じているからだ。産婆流の腹帯や座椅子の害は嘘八百じゃない、本当のことだ。もし、この悪弊を典薬頭様もすでにご存じで、一掃しようと考えておられるのだとしたら……。典薬頭様とお悦先生が手を携えて何か大きなことをやり遂げようとしている⁉ 私利私欲だけで結びついているお兼や陶益と戦おうとしているのではないか⁉──

賢作は全身の血が沸き立って、思わず、

「こりゃあ、凄い」

大空に向かって大声を上げた。

五

それから半月ほど、賢作は清悦庵の周囲が気になって仕方がなかった。

好評の〝母子共に死なない、お産の学び〟は続けられている。連日行われることもあった。お悦が産婆の元締のお兼をあれほど怒らせたのだから、何らかの報復があるかもしれないと賢作は案じていた。

――典薬頭様が関わっておられるのなら、清悦庵とお悦先生を守る者を寄越されてもおかしくない世の中、何が役に立つかわからぬものだな。そうとなったら、ひもじさに負けて質入れしてしまった刀を、質流れになる前に請け出さなくては――

遣わされた警固の者たちが日々、清悦庵を守るようなら、腕に多少の覚えがある賢作も加わる覚悟であった。

だが、いっこうに警固の者たちは現れず、お兼が率いる産婆たちの抗議もなかった。質草の刀を請け出す金を持ち合わせていない賢作は、ほっとする一方、座敷で繰り返される産婆流の腹帯と座椅子の害についての話に、いささかうんざりしてきた。

そんなある日、賢作は見世物小屋にお悦の焼き鯖鮨を届けた帰り、同じ奥山にある矢場を覗いてみることにした。

くさくさしていたのである。

安兵衛は律儀な性分で、楽屋で会う時には必ずお悦の焼き鯖鮨に、

「少ないが気持ちばかりの薬礼（診療報酬）だ」

いくばくかの銭を寄越した。

その銭を賢作がお悦に渡そうとすると、

「受け取れない、返しといて」

お悦は受け取ろうとせず、安兵衛の方も、

「一度出したもんだからね」

決して引っ込めようとはしないので、仕方なく賢作が自分の懐に預かっている。

つい手をつけてしまったのは、暑さが急に訪れた昼下がり、見世物小屋の帰りに好物の白玉売りに出会ってしまった時で、以後、白玉売りを見かけるたびに、賢作の右手は懐を探るようになっていた。

――一度は入ってみたかった――

矢場は見目形のいい若い娘たちが、設《しつら》えてある標的を射る矢や飲み物、食べ物を客に運ぶ遊び場である。心得ている女たちは少女たちが多い水茶屋よりもたやすく、客の男たちと意気投合して二階等に消える。

「当たーり」

「当たーり」

店の前に立つと女たちの歓声が聞こえてきた。何とも心が沸き立つ、賑やかで華やかな名調子である。

賢作がさらに一歩踏み出そうとした時である。

痩せて小さな若い女が賢作の前に割り込んで、こっちを向いた。

——どこかで見たことがあるような気がするが——

着古した木綿の着物の黒光りした衿の上にあるのは、まん丸な黒い顔と小豆のような小さな目であった。

「お蝶？」

黒い顔に白粉を叩けば、安兵衛の相方として舞台を務めていたお蝶になる。

お蝶は眩しそうに賢作をちらと見て、こくりと頷いた。

「腹は空いてないか?」

賢作はつい誘ってしまった。

——俺の知る限り、若い女には二通りある。一方は美佳やその姉のように、生まれ持った育ちか美貌、その両方で生きて行く道が苦もなく開ける者と、もう一方はどちらも持ち合わせず、日々の辛酸を舐め続ける者だ。とかく若い女は間尺に合わないことに、顔で幸不幸が決まる——

お蝶はうつむいてしまい、これはまだ昼餉を食べていない証だと賢作は合点した。

美佳に裏切られたように感じていた賢作は、このところ、男たちがちやほやする美女をよしとせず、醜女とまでは言わないが十人並み以下の女に惹かれている。

美女は容易に相手を裏切る自分本位な心の持ち主で、それほど容姿に自信のない女は、謙虚さとひたむきさだけを武器とする、清らかな心ばえを持ち合わせているような気がする。

「団子でもどうだ?」

賢作の言葉に、

「今日はちょっと暑いから」

上目遣いになったお蝶は、

「白玉がいい」

好みをはっきり口にした。

「そうだな」

幸い白玉売りが近くに居た。

天秤棒で担いで売られる白玉をもとめるには器が要る。

「だが、器がないぞ」

「ここにあるよ」

お蝶は両袖から木の椀と箸二膳を出してきた。

——ずいぶんと手回しがいい——

訝しくは思ったが、呼び止めないと行ってしまうので、とりあえずは白玉屋に声を掛けて二人分を買った。

〝ありがとう〟という言葉もなく、お蝶は無言で歩き出した。

すぐ近くの稲荷の境内に入り、お蝶が石段の端に腰かけたので、賢作も隣りに腰を下ろした。よほど腹が減っているのだろう、お蝶は夢中で箸を動かす。

「食べるか？」

賢作は自分の分も相手に与えた。

これもあっという間に食べ終えたお蝶に、

「下足番の爺さんはああ言ってたけど、ほんとはおまえ、焼き鯖鮨が嫌いなわけないんだろ？」

賢作は訊かずにはいられなかった。

「だって、残りは下足番の喜助さんのものって決まってるから」

お蝶はまたうつむいた。

「ああいうところは序列が厳しいってことだよな」

同情している賢作を尻目に、お蝶は答える代わりに立ち上がって、

「白玉、白玉、焼き鯖が変わった安兵衛さんの銭、銭、でも最後は、白玉、白玉、白玉になるっ!!」

楽しそうに歌い、賢作の腹を人差し指で指して、ぎゅうっと精一杯小さな片目をつぶった。

「おまえ、俺の後を尾行ていたんだな」

——畜生、はじめから、こうなることを企んでいたんだな、それで椀や箸も持っていた——

賢作は悔しさで目が眩みそうになった。

——こいつがいい奴だなんて、俺としたことが——

「そうよ、その通り」

お蝶が大笑いすると目が消えた。

「何のために？」

「矢場の女たち相手に使われちゃ困るからよ」

お蝶の重たかった口調が軽妙に変わった。

「あれは先生に差し出してた」

渡そうとしたのは事実である。

「でも、先生は受け取らなかったでしょ。だから、あんたが貯め込んでた。そうでもなきゃ、買い食いなんて自由にできないはずだもん。それにあんた、頼まれた手紙の盗み読みもしてたよね」

「俺をずっと見張ってたのか？」

「このところ、安兵衛さん、具合が悪いもんだから、舞台で見世物ができないのよ。あたしの方もあがったり。だからさ、あんたのこと、先生に言いつけたりしないから、ちょっと都合してくんない？　あたしはこの通りのお面相だからさ、相方の仕事がなくなると、他に稼ぎようがないのよ。矢場の綺麗な女たちとは違うんだから。お願いよ、お願いだから、あたしを助けると思って――」

お蝶はぺたりと地べたに座って、賢作を拝む真似をした。

――買い食いはともかく、手紙の盗み読みだけは先生に知られたら困る、破門になる――

「仕様がない」

賢作は渋々、懐の財布へと手を伸ばした。

六

翌日、庭掃除や薪割り等の仕事をすませた賢作は、

「あら、もう終わったの？　いつになく精が出ること」

目を丸くしたお悦に、

「昼から休みをいただきます」

有無を言わせず告げると、浅草の奥山へと向かった。

見世物小屋の裏手にある茂みに隠れて見張っていると、思った通りお蝶が出て来た。お蝶が人待ち顔で石を蹴飛ばしたりしていると、身形はいいが、おどおどした様子の若い男がすいと現れた。

「待ったわよぉ」

「すいません」

相手はぺこぺこと頭を下げた。

「忙しいのよ、早くして」

お蝶は右掌をぺろりと舌のように差し出した。

「は、はい」

右の掌に一分金が三つ載った。

「足りないよ」

ぞんざいな物言いのお蝶は小さな目で凄んだ。

「この皐月と水無月は端午の節句と嘉祥食《かじようぐ》いで、何かと物入りで――。うちの店じゃ、老舗の高砂屋の柏餅や粽《ちまき》、嘉祥菓子の饅頭等を主のわたしが店の者たちだけではなく、女房の親戚一同にまで振る舞うことになってるんです。何とかこれでお許しを――」

主と名乗った男の声が震えた。

「駄目。大事な女房子どもがいるっていうのに、鶴屋の入り婿のあんたは他所《よそ》に女を囲ってる。相手は楽しく一緒の長屋から手習いに通った幼馴染みだってね。その囲い女にかかる金をちょいと何とかして、あたいに回せば済むことさ。三分なんて、あんたとこみたいな大店にとっちゃ、痛くも痒くもないはずだよ」

「でも、わたしは義父《おとっつぁん》から店を任されたばかりで、自由になる金はたかが知れてて――」

主はまだ何か言いたげではあったが、

「明後日《あさって》、またここでね」

お蝶は聞く耳を持たず、

「帰っていいよ」

追い返してしまった。

——やはり、思った通りだ——

賢作は見世物小屋の裏手から出て、往来を歩き始めたお蝶を尾行た。

——何しろ、敵も尾行るのはなかなかの腕前だ——

注意深く、距離を狭めないだけではなく、時折物陰に隠れるようにして尾行ていく。

お蝶の足は下谷へと向かっている。

お蝶は垣根に紫陽花《あじさい》が咲き始めている家の前で止まった。戸口で来訪を告げる。

「いらっしゃいませ」

出てきた若い女は大きなお腹をせり出させている。目鼻立ちの整った器量好しだが、蒼白で怯えた表情をしている。

「どうぞ、中へ」

座敷が庭に向いている上、障子が開け放されていることに気づいた賢作は、急いで庭のもう咲いていないサツキの茂みの陰に身を隠した。

——ここなら全て筒抜けだ——

茶を淹れてきた女はお蝶と向かい合うと、

「あなたから文をいただきましたが、おっしゃるようなことは何もございません」

努めて平静を装った。

「あんたが旦那に隠れて、役者崩れの若いツバメとよろしくやってるのはお見通しだよ。ほら——」

お蝶は赤い珊瑚《さんご》玉の簪《かんざし》を畳の上に放り出した。あっと叫んでその女はうつむいてしまった。

「これを拾ったのは今年の如月の末で、池之端の出合茶屋だ。米問屋の越後屋の旦那のとこへ行って、買い取ってもらってもいいんだよ。そしたら、あんたの旦那も、あの年齢になって、初めて恵まれた子どもが生まれてくるのを、首を長くして楽しみにするかしらね?」

「そ、それだけは」

女は意外な素早さで簪を拾おうとしたが、間一髪お蝶の方が速かった。

「わ、わたしは何をしたら——」

相手は乞うように首を垂れた。

「これ、相当いい値になる。今のところ、見込んだいい女が自分の血を分けた子を産んでくれるっていうんで、あんたに旦那はべた惚れだから、どんなもんでも買ってくれるはず。二十日に一度はここへ来るから、それまでになるべく高い簪や櫛を買ってもらって、あたしにおくれ。あたしなら、あんたよりもっといい、どうしてもという使い途がある。いいかい？」

「わかりました」

女は、涙声の中にふっと安堵のため息を洩らした。

お蝶がその家を出ると、賢作は再び後を尾行た。

――酷いなあ――

賢作はうなだれ続けていた美形で身重の妾らしい女に知らずと同情していた。

――お蝶の奴、見かけだけではなく、心までも美しくなかったとは……。だが、〝あんたよりもっといい、どうしてもという使い途がある〟って言ってたのは、どういうことだろう？　あのお蝶が高価な簪や櫛で髪を飾っても、たいして見栄えがするわけもない――

しばらく考え続けていた賢作は、

――そうだ、金に執着する金貸しのように金に替えて貯め込む。これだな。醜い老婆の金貸しならお蝶によく似合う――

合点した。

お蝶の足は下谷広小路で歯抜きをしている大道芸人の前で止まった。大道芸人が掌に隠し持った穴開き銭を、歯痛で苦しむ者の歯と糸で結び、居合抜きよろしく引き抜くと抜歯が終わっている。

抜歯を終えた者が頬を押さえながら帰ってしまうと、見物客も次第にまばらになっていく。

「待たせたな」

髭面で垢じみた着物姿の大男がお蝶に笑顔を見せた。

「ほい、これ」

お蝶の手にいくばくかの銭を握らせた。

「それからこれも」

大男は懐から紙袋を出して渡した。

「今日はさらし飴が安かった」

「こんなに？」

「子どもは飴ならいくらでも食える。それから棒手振りが獲れすぎた浅蜊も持て余してた。夕餉はこれに限るぞ」

「ありがとう」

　はじめて聞くお蝶の礼の言葉だった。

　――何なんだ、これは――

　賢作は混乱しつつ、踵を返したお蝶の後を追った。

　そろそろ夕暮れ時である。お蝶は大男に言われた通りに、出会った棒手振りから浅蜊を買った。

　――この女にだって住み処はあるはずだ。そこには、相手の弱みを握ってせしめた金の入った壺でもあるに違いない。神様代わりに拝んでいるかもしれない――

　お蝶は神田松永町の風流長屋に行き着いた。言葉の響きこそいいが、雨漏りが絶えず、畳がぶかぶかと沈む等、ここは賢作が住んでいる蓑虫長屋よりも劣悪なことで知られている。

　――店賃も安いはずだ。何よりも金が後生大事なら、こういうところにげじげじと一緒に住んでも平気なのだろうな――

風流長屋の木戸門を潜ったお蝶はずんずんと奥へ進んでいく。途中、井戸端にいたかみさんたちが、

「あら、お帰り、今日は早いね」

「昨日は金鍔《きんつば》をご馳走様」

「雨が降ってきたから、洗濯物、取り込んどいたよ」

笑顔を向けて、

「ありがとうございます、いつもすみません」

お蝶も表情を綻ばせた。

七

お蝶が自分の家へ入ったのを見届けると、賢作はしばらく長屋の木戸門に佇んだ。

そして、お蝶が家から出てこないとわかると、おしゃべりを続けているかみさんたちに近づき、

「こんにちは、以前、お蝶さんにお世話になった者です。何かお手伝いができればと思って来てみたのですが——」

腰を折って丁寧に訊いた。

「あんた、仕事は？」

まずは胡散《うさん》臭い目で見られて、

「一応、医者です」

答えると、

「まあ、まだ見習いなんだろうけど」

擦り切れかけている賢作の着物をじろじろと値踏みされた。

「お蝶さんの子どもたちはみんな元気だから、医者も薬も要らないけど——」

一人が首を傾げると、

「偉いよね、ああして一人で稼いで三人も食べさせてんだから。それに時々、たいした世話もしてないあたしたちにまで振る舞ってくれて。あんた、お蝶さんとこに要るのは、薬じゃなしに食い物だよ、食い物。何しろ育ち盛りだからね」

別の一人が賢作の耳元で囁いた。

「そういや、ついさっき、白玉売りの声が聞こえなかったかい？」

「聞こえた、聞こえた」

「美味しそうだったね」

「いいよね、あのつるりとした舌触り」

「でも、あたしらには贅沢さ」

かみさんたちは口々に白玉、白玉と言い出した。

「大きめの鍋を二つ貸してくださぃ」

賢作はかみさんたちから鍋を借りると、木戸門を抜け表通りに出た。すると、今まさに白玉売りが角を曲がろうとしているのが目に入った。賢作は白玉売りを追いかけて、二鍋分の白玉を買い、一鍋は待っていたかみさんたちに渡した後、お蝶のところの油障子の前に立って、中の様子に耳を澄ました。

子どもたちの声が男女入り交じって聞こえる。

「わーい、わーい、今日はご馳走だ」

「あたし、浅蜊飯って大好き」

「おじやじゃないご飯、何日ぶりだろ？」

「誰か葱を取ってきて」

お蝶の声は穏やかである。

「俺、取ってくる」

「おいらがやる」

男の子二人は葱抜きの役目を争い、
お蝶が決めて、

「それじゃ、お千代ちゃんに取ってきてもらう」

「はーい、あたしが取ってきまーす」

お千代と呼ばれた女の子が油障子を開けた。お千代にじいっと見つめられた賢作が、

「おっかさんに頼まれた白玉を届けにきた」

咄嗟の思いつきを口にすると、お千代は一瞬きょとんとした後、そばに植えてある葱を一本引き抜いて中へ入った。

「はい、これ。お蝶お姉ちゃん、白玉屋さんが届け物だって」

声と同時に、両袖に赤い襷をかけたお蝶が出てきた。

「あんた、こんなところまで——」

お蝶はふて腐れつつ、半ば呆れている。

「これ、子どもたちに食わしてやってくれ。鍋はここのかみさんに借りたから後で返してほしい」

そう言って、賢作が帰ろうとしたとたん、ぐうと腹の虫が鳴いた。飯の炊けるいい匂いがこぼれてきていた。

「浅蜊飯でよかったらあるよ」

「もらう」

気がついてみると、白玉を二鍋買ったせいで賢作の財布は空になっていた。これでは煮売り屋に立ち寄ることもできない。

お蝶は飯が炊きあがるのを待って、千切りにした生姜と水の入った鍋を沸騰させると、泥を吐かせた浅蜊を入れて手早く煮た後、浅蜊を取り出した。

浅蜊を煮た煮汁に鰹節でとった出汁《だし》を加え、殻からはずした浅蜊の剝き身を戻し、たっぷりの刻み葱も入れて、炊きたての飯にかけた。

「はい、どうぞ」

もてなされた賢作は箸を止めずに食べ終えた。

子どもたちはふうふうと息を吐きかけて冷ましながら夢中で食べ続ける。またたく間に鍋の浅蜊汁も釜の飯も底をついた。

「えーもうないのぉ」

「まだ、お腹一杯になってない」

「そんなこといわないの、お蝶お姉さんなんて一口しか食べてないんだから」

二人の男の子をお千代が窘《たしな》めた。

「ちょっと出てくるから、白玉食べてなさい」

「わーい」

いっせいに三人の歓声が上がった。

賢作はお蝶とかみさんたちが居なくなった井戸端で向かい合った。

「浅蜊飯、美味かったよ。殻付きの味の味噌味のしか知らなかったから、こんなに深みのあるいい味のは初めてだった。でも、浅蜊飯八十文は高すぎるぞ」

物言いこそ強かったが、賢作はお蝶を睨むことはできなかった。

「これとあれとは別だよ。あんた、あたしを尾行てきてここへ辿り着いたんだろ。

さっきの大道芸の大男も、あんたと同じことしてここへ来た。あの男、国許で殺した相手の家に、仇だってことで狙われてて、本当の名を隠してるんだよ。用心して下戸のふりをしてたんだけど、うっかり、茶屋で白酒を飲みすぎたのが運の尽き。自分は仇持ちだ、狙われてるって、隣りにいたあたしにしゃべっちまったのさ。大道芸じゃ、たいした稼ぎにはならないだろうから、香具師の親分に渡す売上《あがり》を誤魔化すよう、教えてやって都合させてんだよ。あの男には好きなだけ鰯《いわし》の蒲焼き飯を食べさせたっけ。あんたみたいに喜んでたよ。銭のほかに、時々くれるお菓子なんかも有り難くもらってる。だから、白玉をくれたからってあんたは特別じゃない、これからも払うものは払ってもらうからね」

お蝶は低い声で畳みかけた。

「あの子たちはおまえを姉さん、お蝶姉さんと呼んでいた。だが、おまえとは顔がまるで似ていない。三人それぞれも似ていない。あの子たちはおまえの弟妹でもなければ、各々にも血のつながりはないのでは？」

賢作は危うく喉まで出かかった、孤児《みなしご》の世話をしているのではないのかという言葉を呑み込んだ。

するとお蝶は、

「あたしたちは家族だよ、家族。余計な詮索は止めてもらいたいね」

くるりと背を向けて家へ走り込んでしまった。

家の中からは食べた白玉の数をめぐっての小競り合いが聞こえてきて、狡い、狡いと子どもたちは連呼し、

「まあ、まあ、喧嘩は止めなさい、そのうち、また買ってあげるから」

お蝶は幸せそうな悲鳴を上げていた。

八

それから何日かが過ぎて、安兵衛から至急来てほしいという文が届いた。賢作がお悦と一緒に楽屋を訪ねると、

「大変なことになりました」

布団の上に横になっていた安兵衛が大ふぐりを庇いつつ、懸命に起き上がった。顔色は土色に近いが興奮状態のせいで、目力は衰えておらず、一見、元気そうだ。

「相方のお蝶が――」

そこで安兵衛は息が切れ、はあはあと苦しい息を継ぎながら、

「死にました、殺されてしまったんです、ああ――」

こみあげてくる涙で絶句した。

「お蝶が俺宛にこれを遺していたんです。お蝶の住んでいた長屋のかみさんが預かっていました」

安兵衛は折り畳んである文をお悦に渡した。それには次のようにあった。

安兵衛さん、お願いです。あたしにもしものことがあったら、子どもたちのことを頼みます。安兵衛さんにはずっと酷いことばかりしてきてごめんなさい。でも、身寄りのないあたしには安兵衛さんしか頼る相手がいません。

「この酷いこととは何です？」

お悦が安兵衛に訊いた。

――もしや、お蝶は安兵衛にまで強請《ゆすり》を？――

賢作が推し量ると、

「これには俺の方の事情があるんで」

やや苦く笑って安兵衛はお蝶との関わりを話し始めた。

「俺の舞台の元の相方は、今は下足番で働いている喜助爺さんだったんです。喜助爺さんが太鼓を叩いて、大ふぐりを持つ俺の周りを歩くんです。これがだんだん飽きられてきて、客が減ってきてたんで。そんな頃、突然お蝶が舞台に上がってきて、色っぽい歌や踊りを見せて、相方にしてくれと俺に言ってきたんです。この時、客たちは急に活気づいてね。お蝶は美人じゃあないが、若い娘だからね。ちょうど俺は大ふぐりと太鼓の組み合わせじゃあ、客があまり喜ばないと座長に顔をしかめられてた時だった。お蝶が俺にこう言ったんだ。〝あんた、このままじゃ、いずれ舞台に上がれなくなるよ、元々大ふぐりを見せるなんて芸のうちに入りゃしないんだし、始めた頃はきっと往来だったろ？　雨露に濡れる見世物に戻るのは辛いよね〟って。酷い言い草でしたが、不思議に腹は立たず、若い娘らしからぬ苦労人の言葉で、よし、こいつに賭けてみようと思わせる逆らい難い力があったんです。何とか喜助爺さんを拝み倒して相方を降りてもらいました」

——なるほど、それであの下足番の爺さんはまだ拗ねていて、真っ先に焼き鯖鮨の余りにありつきながら、お蝶をよく言っていなかったんだな——

「大当たり、拍手喝采ってわけにはいきませんが、お蝶のおかげでそこそこ首はつながってきました」

「それでお蝶の取り分はどのくらいだったんです？」

賢作は訊かずにはいられなかった。

「折半」

——まあ、それならさすがのお蝶も、この上強請まではしていなかったかもしれない——

賢作が得心しかけると、

「仕事の上の銭金だけなら取り決めあってのことでしょうから、さほど酷いことではないはずよ」

お悦は安兵衛を見つめた。

「俺にはこれは一生、誰にも話すまいと思ってきたことがあります。大ふぐりになったばかりの俺は、そこそこ年齢がきてましたが、奉公してた蜜柑問屋の三番目のお嬢さんと祝言を挙げて、江戸店《えどだな》を任されることになってました。奉公先には三人のお嬢さんがいたんですが、三番目のお嬢さんが目立って綺麗で、歩いているだけで誰の目も引いていましたから。そんな相手に名指しで見込まれるなんて、まあ、夢のような話、男冥利に尽きます。ですが、大ふぐりになった身では叶わぬ夢となりました」

「あの時、わたしが大ふぐりでは死なないものの、元通りには治らないと告げると、あなたは紀州には帰らないつもりだと言ったわね。そのお嬢さんに事情を話してわかってもらおうとは思わなかったの？」

「嫌われるにきまってると思いました。そうなった時、とても生きてはいられないとも。それでそのお嬢さんの面影や、俺に言ってくれた好きだという言葉だけを、ひしと心に刻んで生きる支えにすることにしたんです。ところがある時、お蝶が〝あんたの大事な女を神田須田町の蜜柑問屋紀州屋で見かけたよ、紀州から出てきてるんだよ。大年増だけど、まだまだ色香が漂ってて、お嬢さんって呼ばれてた。あんたにきっと会いたいんじゃない？　あんたの方だってそうだろ？　でもねえ、あんたがこんな見世物に出てると知ったら、さぞかし心が萎えるだろうねえ。あたしはその女に報せたくて報せたくてうずうずしてんだよ、どうしたらいいだろ？〟などと言い出して。俺はそれ以来、言われるままに月毎に三百文を払い続けたんで」

——養わなければならない子どもたちのためとはいえ、お蝶はやっぱり酷い女だ——

賢作は憤慨を抑えきれなかった。

「お蝶さんのその話、出来すぎてやしない？　本当なのかしら？」

お悦が首をかしげると、うんうんと頷いた安兵衛は、

「一度、楽屋に置いてあった文箱の蓋が開いていたことがありました。普段は肌身離さずに持ってるんですが、舞台には持って上がれないんで。お蝶とは楽屋も一緒ですから」

少しも意外そうではなかった。

「文箱の中にはその女《ひと》からの文も大切に取ってあったんでしょう？　お蝶はきっとあなたの文を盗み読みして、強請のネタにする大嘘をでっちあげたんですよ。あなたは自分でこっそり足を向けるか、人に頼むかして、須田町の蜜柑問屋紀州屋の事情を聞こうとは思わなかったんですか？」

　自分ならそうするはずだと賢作は思い、訊かずにはいられなかった。

「夢には何度も見ましたよ。堪えきれず、革袋にしまった大ふぐりを大風呂敷で包み、顔を手拭いで隠して須田町の紀州屋に行く夢です。先を言い交わしてたお嬢さんと会う夢なんですが、会えない夢も見ました。会えた時は大ふぐりが元の大きさに治ってて、お嬢さんが江戸へ来てはいないことがわかり会えない時は、このままの身体で。そのうちに会えなかった時の辛さに耐えられないことがわかって、出向くのも人に頼むのも止《よ》しにしたんです。正直、お蝶に銭を渡してると、いつかたとえあの世でも、いい夢が叶うような気がして幸せでした。お蝶もね、時折、三度に一度くらいでしたか、〝見れば見るほどいい女だったよ〟とか、〝さぞかし似合いの夫婦《めおと》になったんだろうね〟なんていう話を礼代わりにしてくれて、俺はうっすらといい気分になれました。こんな相手、市中広しといえどもどこにもいません。ですから、ここはどうしても、お蝶の仇を取ってやりたいんです。お願いします、この通りです」

　安兵衛は大ふぐりを抱きかかえるようにして頭を垂れた。

「そうは言っても、わたしたちにできるのは医術だけで、下手人探しは奉行所のお役目ですからねえ」

お悦は困惑した。

すると突然、安兵衛が大きく咳き込んで、枕元に置かれていた手桶に血を吐いた。

「お蝶はきっとあちこちで銭をせしめてたでしょうから、悔しいけど、殺されたって、お役人にとっちゃ、害虫が一匹片付いたぐらいにしか思ってくれてないのかもしれません。でも、俺はお蝶の仇を取ってもらうまで、死んでも死にきれないんです。お蝶の頼みの綱が俺だけだったように、俺にもすがれるのは先生たちだけなんです、お願い、お願い――」

言葉を途切れさせた安兵衛は苦しそうに肩で息をした。

九

賢作を促して見世物小屋の楽屋を出たお悦は、

「仕方ないわね」

ぽつりと呟いて番屋へと足を向けた。

「今ならまだお蝶さんの骸が番屋にあるはず」

「先生は死んでた所から死の因を探ることができるのですから、骸ともなれば絶対、これぞという下手人の手掛かりを摑むことができますよ」

賢作はお悦が道場仲間の意外な死の因を特定し得たことを思い出して意気込んだ。

「言っておくけど、これは安兵衛さんのための緊急の手当てよ。あの男《ひと》は下手人が捕まらないうちは死んでも死にきれないと言っていたけど、実はあれだけ重症だとお蝶さんの死が応え、下手人が見つからない絶望で亡くなってしまうこともある。人は誰でもそうあってほしいのだけれど、特に奇病に取り憑かれてしまって、予定通りの人生をおくれなかった安兵衛さんには、〝よく生きた、よかった〟と感じて寿命を全うしてほしいの。〝憎い、悔しい〟と恨みばかり連ねて呪い死んでほしくない。だから今回は下手人探しも医術の一端、特別よ」

「充分わかっています」

賢作は低く短く応えて、高揚している気分を抑えた。

「お邪魔します」

お悦が声を掛けて番屋の腰高障子を開けると、

「お悦さん」

定町廻り同心細貝一太郎が驚いた顔で迎えた。

「そばがきをそろそろ食いに行こうと思っていたところでした」

「そばがきなら、いつでも用意いたしますが、実は今日はお願いがあって――」

お悦は捕り物に首を突っ込む理由《わけ》を説明した。ただし、お蝶が強請を働いていたことまでは口にしなかった。もっとも、賢作は、

「けちな強請屋が殺されても、番屋も役人もろくな調べをしないそうですね」

つい口を滑らせた。すると、

「これは何とも遺憾」

細貝は柔和な笑みを消して、

「何とか、お蝶殺しの下手人に行き着こうと、何人か集めて、周辺を調べさせていたところだ」

言葉尻を上げてぐいと顎を引いた。

「それで何かわかりましたか？」

すかさずお悦が訊くと、

「いや、まだ――」

細貝は視線をそらした。

「骸を見せてもらえませんか？」

お悦は畳みかける。

「お蝶は両国橋の下で見つかった。骸は水には浸かっておらず、一応、奉行所に出入りしている医者に見せたが、首を絞められて殺されたとだけ言って仕舞いだった。ああ、そうだ、お悦さんなら何か突き止められるかもしれない」

細貝もまた、賢作同様、以前、お悦が見透した事件のことを思い出したようだった。

お蝶の骸は土間に置かれて筵《むしろ》が掛けられていた。細貝が筵を取り除け、お悦は骸のそばに屈み込み手を合わせると、賢作もそれに倣った。

お蝶は賢作が長屋を突き止めた時の形《なり》のままであった。

――舞台の時以外は着の身、着のままだったんだな――

青黒く変わり果てたお蝶の骸を前に賢作は胸が詰まった。

お悦は、まず着ているものを脱がせて全身を丁寧に診た。

「乱暴されていないのだけは幸いでした。首を絞められて殺されています」

お悦はお蝶の首に付いた赤い絞め痕を見据えている。

「細い紐で絞められている」

そう呟いて、両の掌を調べた。

驚いたことに掌はどちらとも血まみれだった。

「これは、お蝶さんが首を絞められた時、紐を外そうと死にもの狂いで抵抗した痕。掌に食い込んでここまで血を流させるほど強い紐だったのね」

「気がつかなかった」

細貝はほうとため息をついて、

「そこまでの紐に心当たりはありませんか？」

首をかしげつつお悦に訊いた。

「おや、口の周りを拭った痕があるわ」

お悦はお蝶の口元を見据えて、

「これは下手人の仕業ね、どうして、そんなことをしたのかしら？　口の中を調べてみましょう」

お悦は常に持ち歩いている医者篦《べら》を使い、賢作に手伝わせて、喉がよく見えるようにお蝶の口を大きく開けた。

「歯が欠けていて、口の中も血だらけだ」

　思わず賢作が洩らすと、

「箸を貸してください、なるべく長い物を」

　細貝に頼んで菜箸を借りると、

「これですね」

　欠けた歯が絡まった血まみれの紐を喉から摘み出した。

　――下手人は断末魔のお蝶が食い千切った紐を探して口の中を見たものの、呑み込まれていて見つからず、後でそれと悟られては困るので口元を拭き清めたのだろう――

　賢作は合点した。

「何の紐です？」

　細貝はまた首をかしげた。

「心当たりがないこともありません」

　お悦は、きっぱりと言い切って、いつになく硬く思い詰めた表情になった。伏せられたその目に、不動明王の焰が宿っているかどうかは定かではない。

「ついては、あたしを信じてこれを預からせてください」

お悦はその紐を懐紙に包んで懐にしまうと即座に番屋から立ち去った。後ろ姿はぴんと厳しく張り詰めていて、賢作が付き従うのを拒んでいた。

——たぶん、典薬頭様のところだろう——

番屋に残された賢作は確信した。

「先生の言葉を信じないわけではないが、これでは振り出しに戻ったも同じだ。ところで、先ほどお蝶が強請屋だと言っていたな？　俺はお蝶は芸人のはしくれだと思っていたぞ。強請もしていたというのは初耳だ。おそらく、強請る金品がそれほどではなかったか、奉行所に訴えると都合の悪いことでもあったのだろう。どうしてお蝶が強請屋だと知っているんだ？」

細貝が探るような目で訊いてきた。

そこで賢作は自分や安兵衛だけではなく、お蝶の後を尾行て見かけた者たちが、巧みに強請られていた話をするしかなくなった。

「大ふぐりの持ち主で労咳病みの安兵衛はたやすく立ち歩けないだろうが、あんたなら両国橋にも行ける」

　前の時と同様に疑いを向けられて、どきりとした賢作は、

「俺はまだ一度しか強請られていません。疑うべきは何度も強請られている人たちでは？　俺はあの人たちを知っています。とりあえずは調べさせてください。自分に掛けられた疑いを晴らすためにも、真の下手人の目星をつけさせてください、お願いです」

　懸命に乞い、

「よし、わかった。ただし、日没までだぞ」

　鋭い目をした細貝は時を区切った。

「それでは調べに行ってきます」

　賢作は番屋を出た。

　まずは幼馴染みを囲い女にしている入り婿のいる鶴屋の店先に立って、主に会いたいと告げた。

「お蝶のことでと言ってくれればわかる」

　賢作は裏木戸の前で待たされた。

青ざめて小走りに出てきた若い主は、

「代わりの人ですね、あと、三日、いや五日待ってください」

泣くような声を出したが、お蝶が殺されたと知ると、

「えっ？　そうなんですかぁ」

全身で大きく息をついて顔色までよくなった。

——強請っていたのだから自業自得だが、死んでここまで喜ばれるとはな——

賢作はお蝶を哀れに思った。

「ところで、昨日おまえどこにいた？」

賢作は奉行所役人の手先であるかのような言葉遣いを続けた。

「昨日なら朝から晩まで店におりました。夕餉には客人もありましたので、身内や奉公人の他にも、わたしの身の証を立ててくれる者はいます」

入り婿に見込まれるだけあって、主の口調はてきぱきと淀みなかった。

——嘘はなさそうだ——

鶴屋を出た賢作は下谷の仕舞屋《しもたや》へと急いだ。ここには、年配の旦那の子を身籠もっている女が住んでいてお蝶に強請られていた。

「米問屋越後屋の者です」

お蝶の名を出しては戸を開けてもらえないような気がしての方便であった。

ほどなく勝手口が勢いよく開いて、出てきた若い男が一目散に走って逃げるのが見えた。

――旦那を欺かせている相手が身重だというのに、逃げるとは何と勝手な奴だろう――

「何のご用でしょう？」

座敷でお蝶に強請られているところを見かけた女である。

「実は、俺はあのお蝶の知り合いです」

賢作がお蝶の身に起きたことを話すと、

「まあ、お気の毒に。でも、わたし、お蝶さんなんて女《ひと》、知りません。会ったことなんてありませんし。何かのお間違いではありませんか？」

相手は黒目がちの目をわずかに細めた。

――細貝様はお蝶が拾って持っていたはずの、あの珊瑚の簪については何も言っていなかった――

「俺はお上のお役目も果たしていて、お蝶があなたの落とした珊瑚の簪を持っていたことを知っていますが、骸からは見つかっていません。もう、あなたのところへ戻っているのでしょうか？　それとも、昨日、あなたが何をしていたか、証を立てられる人はいますか？」

――逃げた男が昨日からここへ来ていたのなら証になるだろうが、旦那の手前、男に証を立ててもらうことなどできはしないはずだ――

「通いの小女は昨日から休みを取っています。わたしはこんな身ですから、ずっと家にいました、本当です。それと珊瑚の簪は失くしたままで戻ってきてはいませんが、これならございます」

女は島田に結い上げた髷に手を伸ばして、緑が目映ゆい琅玕《ろうかん》（翡翠《ひすい》）の簪を抜いてみせた。

「あの珊瑚の簪をなくして、気落ちしていたところ、あれとは別に旦那様がもとめてきてくだすったのがこれです。くよくよするのはお腹の子によろしくない、子さえ元気に生まれてくるのなら、どんな金銀財宝も惜しくないと言ってくれて――。あの珊瑚の簪は、見つかったら、お蝶さんとやらの霊前に手向けてくださっても結構です」

女は一瞬挑むようなまなざしを賢作に投げつけた。

――この女は珊瑚の簪が戻っていないことを強調している。それゆえ、自分は殺しに関わりがないと言いたいのだ。この家にずっといたという身の証を立てられないのに、ここまで強気なのは偽りではないからだろう――

賢作は女に暇《いとま》を告げて下谷広小路へと向かった。

お蝶が強請っていた人並み外れて大きいその男は、朝から歯抜きを続けていて疲れたのか、近くの茶屋で一息ついていた。

賢作が隣りに腰を下ろすと、

「誰しも飯を食うのは大変だのう」

握り飯に甘酒という不思議な取り合わせを楽しみつつ、気さくに話しかけてきた。

そんな相手だったので賢作は巧まずに事情を話すことができた。

「なるほど、この世を生き抜くのも大変だということだ」

大男の声が湿った。

「何としても下手人を捕らえたいんです」

賢作が力むと、

「そうだ、そうだ」

相手は何度も大きく頷いた。

「何か思い当たることはなかったですか？」

賢作の問い掛けに、

「おい、おい、知っての通り、俺も強請られていた一人だぞ。そんな奴は疑うのが先だろうが」

大男は苦笑し、

「強請られていたのは俺も同じです。ただし、お蝶と子どもたちにさらし飴や白玉を贈ったのは、俺とあなただけのはずです。多少おかしな縁ではありますが――」

「まあ、お蝶が何のために強請っていたのかを知っていたのは、俺たちだけかもしれぬな。ならば話そう。俺はお蝶が襲われていたところを助けたことがある。たまたま人気《ひとけ》のない草地を通りかかったのだ。そうでなければお蝶は何人ものごろつきに、よってたかって酷い目に遭わされた上、殺されてしまっていただろう」

「でしたら、そのごろつきたちが今回もまた？」

「あり得るな。ただし、ごろつきたちは雇われてやっただけだろう」

「もしや、雇った相手を知っているのでは？」

賢作は息を詰めて相手の言葉を待った。

「俺も酔狂よな、ごろつきたちの頭目と思われる奴の後を尾行た。右目に刀傷のある隻眼《せきがん》のそいつは薬研堀《やげんぼり》にある、医者のところへ裏から入って行った」

「その医者の名は？」

「滝川玄孝《たきがわげんこう》、俺にはどれほど偉いか、見当もつかぬが立派な構えだった」

「滝川家は代々続く本道（内科）の名家です」

――ただし、当代の滝川玄孝はとにかく学ぶことが嫌いで、せっかくの長崎遊学も、丸山町での芸妓たちとの遊蕩に明け暮れただけだったらしいと兄様から聞いている――

「そんな名家にお蝶が関わるとしたら、強請に決まっている。それでお蝶に〝今度はどんな鬼が出てくるか、わからぬゆえ止めておけ〟と諭したんだが、〝そもそもあいつたちの埃は叩いても叩いても出てくるんだ。偉いお医者なんてみんな欲の塊だよ。薬種屋からの仕入れ値に、自分たちの儲けを大きくのせた薬礼（診療報酬）

前を取ってるんだから。だから、あたしの子どもたちにいただく、ちょいとした上なんて鼻糞みたいなもんだよ〟と自信満々で聞く耳を持たなかった」

最後に賢作は大男の名を知りたいのはやまやまだったが、仇に狙われていて名を秘しているという、相手の事情を思うと訊くことができなかった。

十

——お蝶は知ってはならない、大きな秘密を嗅ぎ当ててしまったのかもしれない——

賢作は縁台から立ち上がると、清悦庵へとひた走った。日没にはまだ間があった。

清悦庵の座敷にはお悦と向かい合って細貝も居合わせていた。

息を切らして走り込んだ賢作は、大男から聞いた滝川玄孝の話をした。

「なるほど」

「そういうことか」

意外にも二人は顔を見合わせただけで、驚いた様子はなく、賢作は肩透かしを食らった気分になった。

「お蝶さんの命を絶ち、一部が嚙みきられて喉に詰まっていたのはただの紐ではなく、鯨ヒゲでした」

「鯨ヒゲ？」

鯨にヒゲなどあっただろうかと賢作が当惑していると、

「鯨ヒゲはひげ板とも言われていて、鯨の口の中にあり、特殊な歯ではないかという人もいるわ。弾力があって強いので、扇子の要やからくり人形、釣竿なんかに使われるのよ。半輪にして、お産の時の探頷器《たんがんき》としても使われてるのよ。ぬるま湯に浸して使うとよりしなやかで、金物の鉗子よりずっと安全。ただし、この探頷器は大名や大身旗本、富裕商人相手の医者しか持っていない」

「それじゃあ」

「そういうことだ。人形師や竿師などの職人を調べるとなると、数が多すぎるから困ったものだと思っていたが、あんたの今の話が決め手になった、でかしたぞ」

賢作を初めて褒めた細貝は先を続けた。

「おそらく滝川はごろつきたちの失敗に業を煮やして、自ら手を下したのだろう。

それにしても鯨ヒゲを使うとは呆れた奴だ。どうかしている。とかく滝川玄孝は遊興好きのヤブ医者だと言われていて、とんと患者が寄りつかず、どうやってあれだけの屋敷の手入れをして、相応の面目を保っているのかと、首をかしげる者たちも多かったのだ。結局は医は算術に違いないということにはなったが――。そうそう、滝川玄孝の屋敷には薬草の代わりに、芸妓たちが植えられて根を生やしているという話もあったな。相当の酒好き、宴会好きらしい」

細貝が話し終えたところで、

「それでは滝川玄孝のところへ行きましょうか」

お悦は立ち上がり、

「ですな」

三人は外へ出た。

「ああ、でも――」

賢作はお悦に向かって、

「滝川がごろつきたちをお蝶に仕向けたという証を握っているのは、その目で見届けた大男ですが、名前は聞けませんでした」

不安な胸の裡《うち》を明かすと、

「相変わらず真面目で心配性ねえ」

お悦は薄く笑い、

「いざとなったら、あなたが見たことにすればいいのよ」

平然と言い切り、

「まあ、案じるな、一つぼろを出せば、ぼろぼろと出てくるものさ」

細貝はにやりとした。

薬研堀にある滝川家は門構えと板塀こそ古びていたが、相応の趣きがあり、始終庭師を入れている庭は京風の贅が尽くされていて、際立って華麗な屋敷であった。

――まるで料亭のようではないか――

門の前で声を掛け、さらに苔生《こけむ》している石畳を歩いて玄関に入って来訪を告げても、返ってくる声はなかった。

「おかしいな」

細貝が呟いて雪駄を脱いだ。お悦と賢作が倣う。しんと静まり返った廊下を進み、各部屋の障子を開け放つ。

やはりどの部屋も料亭のように、唐物の紫檀《したん》の簞笥《たんす》や机、青磁の大壺、尾形光琳、円山応挙の掛け軸等、とびきり豪華な調度品で飾られている。

最後の部屋の障子が開けられた。

賢作は思わず〃あっ〃と叫ばずにはいられなかった。

滝川玄孝と思われる総髪の男が口から血を吐いて倒れていた。

お悦は駆け寄って首筋に指を当てたが、すぐに頭を横に振った。

「もう息はない。毒を盛られたのね」

お悦の目は玄孝が取り落としたと思われる、畳の上の盃に注がれている。

「殺ったのは知り合いだな」

細貝は玄孝の膳と向かい合って置かれている膳と酒器を見つめた。

「膳の上の盃が空いている。玄孝は差しつ差されつで楽しむつもりだったのだろう」

賢作は向かい合った膳の後ろにある、座布団に染みがついているのを見逃さなかった。

——下手人は毒を酒器に入れて自分にも注がせ、飲んだふりをして座布団にこぼし、先に飲んだ玄孝に毒が回り始めたところで、立ち去ったのだ――

「ここは玄孝の部屋で、下手人の目的は他にもあったようね」

お悦は引き出しが開けられたままになっている箪笥を見遣った。どの段も掻き回されている。

「もしかして――」

賢作は骸が着ている絹でできた十徳《じっとく》の両袖を振ってみた。

左の袂からちらちらと赤いものが見えて、あの珊瑚の簪が転がり出てきた。

「お蝶が持っていたものです」

賢作の言葉に、

「これでお蝶殺しは滝川玄孝で決まりだ。あんた、間に合ったな」

細貝は満足そうに賢作に向かって言い放った。

お蝶殺しの下手人の報せを聞いた安兵衛は、

「これでやっとあの世でお蝶と会うことができる、ああ、ほっとした」

幾らか色艶を取り戻した顔になって、

「命が残り少ないとなったら、貯めた金をぱーっと使って、遊興三昧、酒も浴びるほど飲んでやろうと思ってたんですよ、実は。こんな身体でも死ぬのがぞっこん怖くて。ところが、先生に今日、明日にでもと言われても、やっぱり舞台がよくてね、今みたいに布団に齧り付くしかなくなるまで、続けちまってきた。お蝶のおかげだな、きっと。だから、殺されていなくなったとたん、がたっときたね。どういうわけか、昔の女の夢もぱたっと見なくなった。これからは短いだろうけど、死にたくなぞなかったお蝶の分まで、最後の最後までしっかり生きてみますよ。それから俺の金はお蝶が世話をしてた子どもたちのために使ってほしい。お蝶が死んで、俺が続いても、その子どもたちだけは元気に生きていってほしいんで。自分の血を分けた子じゃなくったって、そうやって、命が続いてつながっていくんだと思うとうれしいよ、うれしくてなんねえ」

その後、安兵衛は自分から進んで小石川養生所へ入り、紫陽花が仕舞いになる頃、静かに息を引き取った。

お悦や賢作は死に目にあえなかったが、

「他の患者さんたちが安兵衛さんの死に顔を見て、〝仏様だ、仏様だ〟と有り難がって、手を合わせ続けたほど、滅多に見たことのない安らかな最期でした」

養生所の医者が感慨深く告げた。

生前の安兵衛はお蝶もそうなら、自分も同じ無縁塚に葬ってもらってかまわないと言い置いていたが、

「本当にすみませんが」

お悦はお蝶の骸をとりあえずは細貝家の墓に入れてほしいと、若い妻に頭を下げ、細貝には子どもたちの奉公先を見つけてくれるよう懇願した。

「子どもたちもいずれは独り立ちしなければなりません。ちょっと早いけど、そういった事情をわかってくれるところを」

「先生の頼みとあれば仕方ないですな。ですなぁ、です」

細貝は断るはずもなく、一つ一つ取り計らった。

こうして、子どもたちの奉公先が決まった後、安兵衛が逝き、お悦は預かっていた金と珊瑚の簪を売った代金とを合わせて二人の墓を建てた。

墓石には名前も戒名もなく、ただ、〝命つなぎ〟とだけ刻まれている。

第四話　疱瘡神

一

賢作がお悦に命じられるままに、水無月の大掃除をしていると、

「感心、感心、なかなか精が出ますな」

定町廻り同心細貝一太郎が清悦庵を訪れた。

「ごめんなさい、厨も掃除中なので、今日はそばがきは用意できないのよ。そろそろ市中に疱瘡《ほうそう》の患者が出る頃だから、この時季、気が気でない親たちは家中の埃を払って風をよく通し、猫や犬を子どものそばに寄せ付けたくはないはずだけど、子どもは生きもの好きなので無理な話。親たちは心配が絶えないでしょう」

疱瘡の患者は幼い子どもが多く、触れた犬や猫からも広まってしまう、伝染力の強さで知られていた。これを防ぐには、師走の大掃除にも増して、家中の掃除に努

めるべきだとされていた。

「少し時を。死んだ滝川玄孝のことで話がある」

細貝が切り出すと、

「では、どうぞ」

お悦は相手を座敷に通した。

「事件に関わった佐伯さんも一緒でいいわよね？　お蝶さん殺しの下手人に行き着けたのは、佐伯さんのお手柄だから」

「ですな」

細貝は操られたかのように頷いた。

賢作はお悦が自分を認めてくれたのが多少うれしかった。

お悦と賢作が並んで、細貝と向かい合った。

「まず先に申し上げておきます。滝川玄孝は覚悟の自害ということになりました。詮議は打ち切りです」

細貝には、お役目についての話をする時に限って、相手の身分とは関わりなく、ですます調で話す癖があった。

「そんな――、あれだけ殺しの状況が揃っていたんですよ」

賢作は目を剝《む》いた。

「しかし、滝川玄孝の家の蔵からは、酒に仕込まれたと思われる石見《いわみ》銀山鼠取りが出てきているんです」

「向かい合っていた客人の膳の酒器は調べたのですか？　座布団にだって、客がこぼした毒入り酒が染みてたはずです」

賢作は言い募った。

「たいそう贅沢な暮らしをしていた玄孝は、実は借金まみれで、利子を払うのが精一杯だったとわかりました。酒器に石見銀山鼠取りが溶けていたのは、追い詰められた玄孝が仕掛けて、客と無理心中を図ろうとした証で、それに気がついた客が慌てて、座布団に毒酒を捨てて逃げたと奉行所はみなしています」

「そうなると、相手の客は相当、玄孝と親密だったはずですよ」

賢作は追及を緩めない。

「玄孝は女道楽がすぎて、女房子どもに逃げられて以来、ずっと独り身です。相手は深川あたりのきれいどころ、ようは男とは限らないということになりました」

「そんな馬鹿な。じゃあ、どうして簞笥の引き出しがあのように荒らされていたんです？」

ついに賢作は大声を上げた。

「女は欲深いものだという結論でした。玄孝に高価な珊瑚の簪をやると言われて口説かれ、屋敷に出向いたので、必死に探したのではないかと――」

「馬鹿なのは奉行所ね」

とうとう、しびれを切らしたお悦が言い切った。

すると、

「もちろん、その通りだ」

細貝は物言いを変えて、

「俺は滝川の屋敷の書庫や蔵をくまなく探した。そこも荒らされていて、あの屋敷に集っていた者たちの名が記されているであろう、書付一つ出て来なかった。あれだけたいそうな人寄せをしていたにもかかわらずだ。これはあり得ない。滝川を殺した客が持ち去ったのだ」

そこに黒幕の客でもいるかのように、鋭い眼差しで宙を睨み据えると、うーむと唸って両腕を組み合わせた。

——滝川玄孝の後ろに、糸を引いていた黒幕がいたということだな——

この時、賢作はお悦の目を見た。焔の不動明王が躍っている。お悦は細貝と賢作の目を交互に見据えて、

「あら、あなたたちの目、悪人を燃やし尽くしそう——」

憤怒の焔を自分の両目にも宿したまま、ふふっと浅く微笑《わら》った。

翌日、お悦は賢作が通ってくる前に清悦庵を出て、関口水道町の薬草園へと向かった。待ち合わせている典薬頭今大路親信と会う前に、薬草園の垣根に茂っている忍冬《すいかずら》の葉を摘み取るつもりでいた。

高熱が出る疱瘡の初期に、忍冬を湯で煎じて、膝から下、くるぶしから足の裏までを何度も温めると解熱、解毒の効能が期待できる。

お悦は背負ってきた籠いっぱいに忍冬の葉を詰め込んだ後、東屋で待っていた親信と向かい合った。

「〝母子共に死なない、お産の学び〟の評判はなかなかのようですね。あなたらし

い思いきりです。産婆の元締のお兼はわたしのところへ、あなたのせいで仕事がしづらくなったと、何人かの医者と連名で抗議の文を寄越してきました。この先が案じられますが――」

親信の眼差しは天井から下げられている赤絵の掛け軸に止まった。朱色だけで描かれたその絵は疱瘡神封じのもので、毎年、この時季、絵心のある親信が描いてここに飾る。従来通りの達磨の横に、今年は張り子の犬が並んでいた。

命掛けの通過儀礼と見なされている疱瘡は罹っても、乗り越えられる者と、そうでない者との両極端で、ゆえに生死を決める疱瘡神なるものが存在すると信じられている。

もっとも、親信は疱瘡神など信じてはいない。歴代の典薬頭は市中の医者を束ねていながら、自身に医術の心得はあるような、ないようなものだが、厳しい修業を経てきた親信はお悦同様医術に通じていた。ただし、親信には身体が弱く、まだ疱瘡に罹っていなかった妻と赤子をこの病で亡くした辛い経験があった。

親信がこのような疱瘡神封じのための絵を描いて飾るのは、疱瘡に罹りやすい子どもたちの死を、何とか一人でも少なくしたいという、己にも降りかかった悲願ゆえであった。

「お産は一年中ですが、これから夏中は疱瘡との闘いも加わります」

お悦は力強く言い切った。

「相変わらず、あなたの強さには頭が下がります」

親信は頭を垂れる代わりに、温かな目で包み込むようにお悦を見つめた。

「今年は疱瘡についても、お産同様、思いきってやってみるつもりです」

お悦は左袖から畳んである紙を取り出して親信に見せた。

「疱瘡患者への禁忌を一、二、書いてみました。見ていただけますか？」

「わかりました」

頷いた親信が読み上げていく。

二

「〃疱瘡治療における禁忌一、熱が出た時には寒がって震えても着物を着せすぎないこと。特に頭に赤い頭巾を被せて蒸らしてはならない。〃たしかに子どもの身体を温めすぎると、疱瘡の毒が強くなり、感染力も増すのでこの指摘はしごく的確です」

　ちなみに疱瘡に罹った子どもに赤い頭巾を被せるのは、古くから疱瘡神が赤を嫌うとされてきたからであった。

「ただし、人々の疱瘡神への恐怖はそう簡単には断ち切れないでしょうから、〝守りの赤は赤い駒や人形等、子どもの好む玩具を用意する。〟としましょう」

　親信は筆を使って書き添えた。

「同じく〝禁忌二、テリアカやウニコール、犀角《さいかく》、ホトトギスの黒焼き、鶴の塩漬け肉等を用いたり、食べさせたりすると命に関わることもある。〟――か」

　そこで親信は大きなため息をついた。

　万能薬のテリアカはマムシの肉または胆の黒焼きに、大薊《たいけい》の根や没薬《もつやく》、肉桂《にっき》、樟脳等十二種を加えて粉末にし、蜂蜜と焼酎を合わせて甕《かめ》に詰め、土中に百日埋めてつくる。

　ウニコールは鯨の仲間のイッカクの角が原料とされ、犀角はサイの角を粉末にするか削って使われる漢方薬である。三種とも高価ではあるが疱瘡の特効薬として、富裕層相手の医者が盛んに用いていた。

「疱瘡患者は高価な薬の買い手なので、医者たちはさぞかし憤慨することでしょう。ここまでやると、さらにまたあなたの身が案じられます。はて、どうしたものか――」

やや青ざめた親信が途方に暮れている一方、

「ここに挙げた薬はどれも、一種の強壮薬で子どもの小さな胃の腑や腸には負担です。わたしはただそれだけの事実を多くの人たちにわかってほしいだけです」

お悦は変わらず平静である。

「たしかに、毎年、疱瘡流行の折には、ただでさえ高いこれらの薬が高騰し、名薬だと信じて止まない貧しい人たちの何人かが、瀕死の状態の可愛い子どものため、こうした薬欲しさに盗みを働いた末、捕まって首を刎ねられている。あれには、わたしはいつも心が痛んでいました。取り締まらなければならない者は別に居るのではないかと――」

知らずと親信はお悦の気迫に呑まれていた。

「では、禁忌を書いたものを、〝母子共に死なない、お産の学び〟と一緒に、佐伯さんに市中で配ってもらうことにいたします」

「一度これと決めたあなたの覚悟を揺るがすことなどできはしません。ところで、あの佐伯、少しは役に立っているようですね」

「佐伯さんの目には時として燃える焔が見えます。典薬頭様流に言うとあれは不動明王？」

「あなたと一緒だ」

「それもあって、弟のように思わないでもありません。もっとも、甘えが出てはよろしくないので、本人には内緒にしておりますが」

「あなたによい助っ人ができてよかった」

「ご紹介いただいてありがとうございました」

「あなたという人は病で苦しむ市井の人々を、一人でも多く助けることができる、不世出の宝です。わたしは自分の立場で、でき得る限りのお手伝いをするつもりです」

親信は決意を込めて言い切り、

「ありがとうございます」

重ねてお悦は礼の言葉を口にして深々と頭を垂れた。

翌日、お悦は忍冬の葉を干して乾かすように賢作に命じる一方、

「いよいよ疱瘡の患者が両国に出たのよ。両国は市中で最も賑やかな所の一つだから、あっという間に広がるわ。疱瘡が終息するまでお産はおみ乃さんたちにお願いして、わたしとあなたで治療に当たることにしましょう。あなたも医家の出なら、疱瘡はよく知っているはずよね」

疱瘡の治療についての知識を試した。

――いよいよ、来たか――

賢作は心の中でにやりとした。疱瘡については、

「せめて疱瘡ぐらいは頭に入れておかぬと医者は務まらんぞ」

心配性だった亡き父から特別な講義を受けている。

「咳やくしゃみまたは患者に触れることによって伝染り、突然、高熱、頭痛、腰痛などの初期症状に見舞われます。発熱後三、四日で一旦解熱。その後、頭部、顔面を中心に肌の色と同じか、やや白色の豆粒状の水疱が生じ、全身に広がっていきます。七日から九日で再度高熱になります。これは発疹が化膿して膿疱《のうほう》となることに

よりますが、この時、疱瘡が身体の見えるところだけでなく、重く内攻していると、失明したり、五臓六腑が膿疱に冒され、呼吸困難等を併発、重篤な呼吸不全によって、最悪の場合は死に至ります」

「恢復期の注意点は？」

「二十日を目安に膿疱は瘢痕《あばた》を残して治癒に向かいます。瘢痕の数や大きさは人により違いがあります。治癒後はほぼ二度とかかることはないとされていますが、疱瘡の感染力は非常に強く、患者のかさぶたでも、翌年、翌々年と感染させる力を持続しています。疱瘡患者の着物は直ちに焼き捨てます。わたしや兄の時も亡き母はそうしたとのことです」

我ながら名答だと自惚れていると、

「あなた、まさか、疱瘡神を信じてるんじゃないでしょうね？」

お悦が睨《ね》め付けた。

「いいえ」

賢作がぽかんとしていると、

「あなたの説明じゃ、いったい何が患者さんたちの生死を分けるのか、わからないわよ」

お悦はさらに手厳しく責め立てて、

「ああ、でも、多少の知識はあるようだから、今から両国まで行って、疱瘡患者さんたちのいる家を回って、様子をくわしく書き留めてきてちょうだい。〝子どもす〟と書かれた、疱瘡神除けの紙が戸口に張ってあるところは十中八九患者がいるはず。疱瘡は可愛い子どもが生きるか死ぬかの難所だから、医者だと名乗れば、まず追い返されたりはしないわ」

賢作は追い出されるようにして、両国へと向かった。

発病している子どもの家を十軒ほど回って戻り、様子を書き記したものを、お悦に見せた。

「行きましょう、危ない子がいる」

お悦は素早く身支度を調えた。

「どの子のところへ?」

賢作が訪れた家の子どもたちは、まだ初期の状態で高熱に苦しんでいる。今のところ、差があるとも、急を要するとも思い難かった。

「母親があなたに〝うちの子にはひきつけの持病がある〟と言った家の子のところ」

お悦は賢作が書き留めた一行を見逃してはいなかった。

二人が立ったのは、大店の両替屋菱田屋《ひしだや》の前であった。訪《おとな》いを告げると、

「助けてください」

髪を振り乱した母親が転がり出てきた。

病室に急ぐと、すでに男の子がひきつけを起こし、身体を痙攣させ、白目を剝いて人事不省の状態になっていた。

「お願いです、大事な跡取りなんです。このままでは――何とか命を助けて――」

父親も懇願した。

三

「常に冷たさを保つように、今すぐここに井戸水を用意してください。それから手拭いを」

お悦は用意された、井戸水が湛えられた大盥に手拭いを浸すと、男の子の頭と顔

を拭い続けた。熱で手拭いが温まるとすぐにまた、冷水に浸して拭う。

「ぬるい水は効きません、冷たい水を」

大盥の水が取り替えられた。

こうしてお悦は母親に男の子を抱かせ、その様子を観察しながら、冷水での頭と顔の拭いを八十から九十回繰り返した。

やがて、痙攣がおさまり、目の様子も常に戻って、男の子は意識を取り戻した。

「冷やすのはここまで」

そう言って、お悦は賢作の手を取って、氷のように冷えた男の子の額や頬を触らせた。

「また、同じようなことが起きたら、すぐに報せてください」

両親に言い置いて賢作と共にお悦は外に出た。

「疱瘡は熱との闘いでもあるのよ。だから、今、施した治療は、水疱期、膿疱期にも効果がある。あの子だけではなく、他の子も熱でひきつけを起こしたり、人事不省になった時はあなたにもこの治療を頼みます。これからどれだけの子がこの大病に罹るかわからないのだから、わたし一人ではとても手が回らない」

「わかりました」

賢作は頷いたものの、

――けれど、ただ冷やしに冷やせばいいってものでもなさそうだ、冷やしすぎたら凍え死んでしまうかもしれないし……何ともこれは難しい――

内心の不安は隠せなかった。

それゆえ、お悦に、

「〝母子共に死なない、お産の学び〟と一緒にこれも配ってちょうだい」

疱瘡の禁忌を書いた紙束を渡された時は少なからずほっとした。

――見様見真似の施術で、俺が子どもの命を預かるなんて重すぎる――

市中に疱瘡はじわじわと蔓延してきている。お悦は日々、朝から晩まで往診に向いている。紙配りのない日は賢作も付き従った。一口に疱瘡患者と言っても、その病態は十人十色である。

「ひきつけや昏睡以外に、生き残れる者と危ない者との差はどこにあるのでしょうか？」

ある時、賢作は思いきって訊いてみた。

「疱瘡毒の強さは年によって違う。強すぎると八割近くの子が熱でもたないこともあるけれど、幸い今年はそこまでではないようよ。それから二、三歳でこれにかかると亡くなりやすい。この年齢を超すと生き残れる可能性が高くなる。また、ひきつけの例でもわかるように、持病があったり、病み上がり、虚弱な子はもたないことが多い。でも、これらは毎年流行る疱瘡について、何年間かの心覚えをまとめてみただけで、生死の分かれ目はどこかという問いの答えにはなってないわね」

「たとえば高熱の出る初期の注意点は？」

「まずは部屋は病人一人が使うこと。でも、これはお大尽ならいざ知らず、長屋なんかじゃ、無理でしょ？　だから、徹底して風を通して悪い気を外に出して、綺麗な気を病人に吸わせること。こうすれば疱瘡に罹っている人を何人寝かせていても、伝染り合って重篤になるのをぎりぎり防ぐことができる。それと部屋の中は心地よい暖かさに保つこと。火鉢をたくさん置いて暑くしすぎてはいけない。着物は毎日取り替えて洗濯すること」

「食べ物なんかはどんなものが？」

「高熱の間は食欲が衰えるので、良質の緑茶や虚弱な子でなければ、甘酒や葛湯、麦湯、砂糖湯なんかもいい。熱が下がってからは、お粥もご飯も温かいもので、煮魚は汁だけ、卵は火を通すこと。でも、茹で卵は消化が悪いので駄目。熱が下がって旺盛な食欲を取り戻した子はもう大丈夫」

「水疱や膿疱の様子で生死が分かれるのだという話を、亡き父から聞いたような気がするのですが」

「水疱は身体に入った疱瘡毒を外に出そうという働きなので、肌全部をびっしり被うほどでなければ、そこそこ多い方がいいわ。膿の色が黄色味がかった白い色からさらに濃くなって、膿みきった挙げ句、瘡蓋《かさぶた》になるのが望ましい。でも、こればかりは説明でわかるのではなく、沢山疱瘡患者を診てこそ感得することよ」

たしかにお悦の言った通りであった。

何日かして、二人はひきつけの子同様、やはり狼狽えきっている両親に呼ばれて、骨董屋伊丹《いたみ》堂の女児の往診に出向いた。

女児には疱瘡医の看板を掲げている医者がついていて、

「水疱が立派な膿を持ったのだから、もう大丈夫だとその先生がおっしゃったんです。それなのにまた熱が出て、このように」

長く張り詰めた看病で疲れきっている母親は、もだえ苦しんでいるわが娘《こ》の枕元にへなへなと崩れ落ちた。

「食欲は？」

お悦は訊いた。

「ありません」

「顔だけではなく、全身を見せてください」

お悦は女児の着物の前をはだけさせた。

——着ているものといい、布団といい、嫌な臭いだ。畳に綿埃まである。伊丹堂は骨董商いではかなり名の知れた老舗で富裕のはずだというのに……医者は家族にどんな指図をしてるんだ？——

お悦は賢作に水疱の様子を観察させた。

「膿はどのような状態です？」

お悦に訊かれて水疱に顔を寄せた賢作は、

「ぱんぱんに張っている膿の色が白瑪瑙《しろめのう》のようです。ああ、でも、よく見るとこの水疱には皺がありますね。皺が重なってぱんぱんに見えているだけで、案外、膿の量は少ないのかもしれません」

　仔細に報告した。

「この子の疱瘡は内攻してしまっています」

　お悦は母親に告げた。

「治るのでしょうか？」

　恐る恐る相手が訊いた。

「わかりません、でも、全力は尽くします」

　お悦と賢作の寝ずの治療が始まった。

「まずはできることからしないと」

　お悦は井戸の端でうがいをすると、膿を持たない水疱のせいで両目が開きにくくなっている女児の枕元に座ると、顔を真上から女児の顔に近づけ、水疱を潰さないように注意しつつ、自分の舌を左右の目に差し入れて開かせていく。

　次には息苦しそうに口で息をしている女児に、

「苦しいでしょう？　喉に鼻水が落ちるのは吐きそうで嫌よね」

　優しく話しかけつつ、口を使って鼻の穴から鼻水を吸い出した。

「この次の手当ては？　あの冷水治療？」

賢作はお悦の緊迫しきった雰囲気を感じていた。

「いいえ、ここまで弱っていては手遅れ。かえって弱らせてしまう。内攻している毒を薬で下すしか、もう考えられる手当てはないのだけれど、胃の腑も腸も毒にやられているだろうから、下剤を使うのは賭けだわね」

お悦の口調はいつになく、不安げであった。

四

翌早朝、お悦と賢作は追い立てられるかのように伊丹堂の裏口を出た。

疱瘡に罹った女児は二人の熱心な治療の甲斐なく、下剤の手当てを終えた後、ふるえが来て歯を食いしばり続けて亡くなった。

「疱瘡毒が心の臓にまで及んでいたのですね」

賢作の言葉にお悦は頷くと、

「この子の症状は後で診療日記に書くとして、仕舞いにしましょう。疱瘡患者は増えるばかりなんだから、清悦庵に戻ったら何か食べて、しばし休んでこの闘いを続けなければ」

賢作だけではなく、自分自身を励ますかのようにわざと明るい物言いをした。

――人、特にいたいけな幼子を助けられなかったのは応える。これはお悦先生も同じだろう――

「鰻なんてどうでしょう？　焼き鯖鮨も美味いけど、鰻はとんと食べていないので、胃の腑が味を忘れかけてます。やっぱり、鰻の方が美味いかも――」

賢作が精一杯おどけてみせたその時である。

ばらばらと数人のごろつきが二人を取り囲んだ。

「ちょいと胆《きも》に銘じておいてもらうぜ」

隻眼の中肉中背の男が片袖をたくし上げてにやりと笑った。ごろつきたちの背丈はお悦より優に頭一つ分高い。賢作と同じくらいか、やや高く、しかもがっしりしている。

「わたしを清悦庵のお悦と知ってのことね」

お悦はまなじりをきりりと上げた。

「あたぼうよ」

隻眼の男が仲間に顎をしゃくったのを合図に、一人がお悦に襲いかかる。

「先生に何をする」

賢作はお悦の前にたちはだかったとたん、誰とも見えない一人に突き飛ばされて尻餅をついた。すぐに起き上がろうとすると、

「女だてらに先生か」

「いい加減を抜かすな、しゃらくせえ」

「さっさと二人とも畳んじまおうぜ」

賢作はさんざんに足蹴にされた。

――せめて、刀を持っていれば――

気が遠くなりかけた時、いきなり、男たちの一人が宙を舞った。続いて二人、三人、四人――。

男たちは痛みのために悲鳴を上げながら地面を転げまわっていた。起き上がって二度も宙を舞ったのは隻眼の男一人だけだった。

隻眼の男は悪鬼のような形相で頭を低く下げ、お悦の腹に向かって頭突きの姿勢

で突進してきた。

——あぶないっ——

次の瞬間、お悦は相手の顎を蹴り上げ、相手の身体を起こし、その足の付け根あたりに自分の足先をあてた。相手の身体は大きく放物線を描きながら、一枚の襤褸《ぼろ》切れのようにまた宙高く飛び、近くの柳の木の根元に叩きつけられる。

賢作はごくりと生唾を呑み込み、お悦は気を失っている相手をちらと見て、

「この男には水をかければ気が元に戻ります。皆さん、多少の痛みは残るでしょうけど手加減したので骨は折れていません。それではこれで」

さっさと歩き出した。

あわてて賢作はお悦の後を追った。

もちろん、訊かずにはいられなかった。

「骨折、脱臼、捻挫、挫傷、打撲等の治療のために習っただけのことよ。身を守るために使ったのは、これまで数えるほどしかないわ」

お悦はさらりと答えて、

「おかげで一層お腹が空いてきたわ。鰻屋に寄って腹拵えしましょう」

にっこりと笑った。

賢作は久々の鰻にありつき、箸を忙しく動かしながら、

――あの隻眼の男が、強請っていたお蝶を襲い、滝川玄孝の家に入っていくのを見たと大男が言っていた奴なのではないか――

気になってならず、とうとう口に出すと、

「滅多なことは言わないものよ」

すぐにお悦に窘められてしまった。

何日かが過ぎて、

「先生、大変です、大変」

お産に立ち会って、無事、役目を果たしたおみ乃が瓦版を手にして駆け込んできた。

「まあ、何事？」

お悦は下茹でして流水に晒して冷ました冬瓜《とうがん》を出汁《だし》、醤油、味醂、鰹の削り節を加えた鍋に入れているところだったので、手を止めずに言った。

「ちょっと待っててね。今、手が離せないの。冬瓜のおかか煮を拵えているところだから」

「うわっ、嬉しい、楽しみ。何か手伝えることがあれば――」

「ありがとう。でも大丈夫。灰汁《あく》を取りながら煮て、冬瓜に色がついてきたら、水で溶いた葛粉を加えてとろみをつければいいだけだから」

「ああ、いい匂い。冬瓜はむくみやすく尿の出が悪い妊婦さんにも向いてるんですよね」

「おい、大変、大変って言って飛び込んできたのに、食べ物の話になると忘れてしまうぐらいの事件だったのか？　人騒がせだな」

居合わせた賢作が怒ってみせると、おみ乃はふくれっ面になった。

「何よ。お産が長引いて大変だったのよ。それで、お腹が空いてるの」

「なーんだ、その大変か。ふん、俺はあんたが手にしている瓦版のことかと思ったんだけど」

賢作はおみ乃が手にしている瓦版から目が離せない。

「そうそう、これ、これなんです」

おみ乃はお悦に瓦版を見せた。それには次のように書かれていた。

〈女医者、男たちを投げ飛ばす〉

浅草は阿部川町の清悦庵の女医者お悦は、これまで、天王町の蕎麦屋の前で、横倒しになった駕籠の中の妊婦から赤子を見事にとりあげたり、大西屋の毒入り蜂蜜騒動の元凶を看破したりと、数々の勇姿を見せてくれていたが、またまた胸のすく立ち回りを見せてくれた。

もっとも今回は医術の技によるものではない。並みいる喧嘩自慢のごろつきたちを、もとより自分から仕掛けたものではないが、次から次へと投げ飛ばしたのである。

清悦庵お悦といえば、〝母子共に死なない、お産の学び〟や、今年も猛威を振るっている疱瘡について〝疱瘡禁忌〟を市中で配り、人々のお産や病への正しい対処法を指南している。

ごろつきたちの襲撃も、女だてらにというお悦への嫌がらせに違いないが、愚行の極みでしかない。

　賢作はお悦に口止めされていて、何も告げていなかったので、

「襲われたって本当ですか？　先生が骨折や脱臼したところを元に戻す、整復の他に投げ技もできるなんて知らなかった」

　瓦版を読んで初めて知ったおみ乃はややおかんむりであった。

「柔術の活法の応用が整復なんだから柔術も少々はね。第一、大騒ぎするほどのことじゃあ、なかったしね」

　お悦は困惑気味に答えて、水溶きの葛粉を鍋の中にまわしかけ、とろみがついたところで、

「できたわ。お疲れさまでした。はい、どうぞ」

　皿に盛りつけて箸と一緒におみ乃に渡した。

「あれを見ていた奴がいたんですね。格好のネタとばかりに、瓦版屋に売ったんでしょう。油断大敵の怖い世の中だな」

　賢作は口に出した不安とは裏腹に奇妙にうれしかった。

　——これを書いた人は蕎麦屋や毒入り蜂蜜のことを始め、何もかも知っているだ

けではなく、特に最後の一文などやけに好意的だ――

五

瓦版に取り上げられたせいか、お悦たちはさらに忙しくなった。疱瘡は相変わらずほぼ市中全域を暗雲のように覆い続けている。一日に少なくとも数人の子どもたちが死んでいった。

「疱瘡の怖いところは、初期の高熱だけを用心すればいいのではなく、熱が引いた水疱期、膿疱期でも、疱瘡毒がまだ身体の中に潜み続けて、突然、高熱を出して意識を失う等大暴れすること。恢復期の急変の予想がつきにくい上に、手の施しようがないことだわ」

呼ばれて駆け付けたものの、臨終に立ち会う羽目にもなるお悦はため息を洩らした。水疱期、膿疱期になって呼ばれても、約半数しか助けることができなかったのである。

「せめて初期のうちに呼んでくれていたら――」

お悦がふと洩らすと、

「初期を診た医者がヤブなんですよ、ヤブのくせに、疱瘡が流行るこの時季は、高価な薬代と日々の往診料がとれる、願ってもない儲け時だなんて言ってる医者もいます。もっと酷いのは疱瘡の専門医なんて名乗ってる、何も知らない自称医者という輩です。患者の様子がただごとでなくなると、他所《よそ》への往診等の口実を作って、実は色里に隠れて、顔さえ見せないんだとか——許せない」

賢作が溜まっていた憤りを吐き出したので、

「他人《ひと》様への非難は止めなさい。いついかなる場合も、患者と向き合って病を癒すのがわたしたちの使命、先ほどつい洩らしたのは愚痴だから忘れるように」

お悦は厳しい物言いをした。

——そうは言うけど、お悦先生だって、〝母子共に死なない、お産の学び〟とか、〝疱瘡禁忌〟とかで、産婆流や医者による疱瘡治療の心得違い等、相当他人様の非難をしてるじゃないか。ま、未熟な俺にはまだ早すぎるってことだろうけど——

賢作はお悦の言動の矛盾に行き当たって面白くなかった。

このところ、賢作が心に疲れを感じてきている理由は、子どもの死に立ち会うことが多いせいであった。恢復期に急変した患者に対して、お悦から伝授された冷水治療を施しても、息を吹き返した例はたった一例だけであった。死にゆく疱瘡患者たちは、頭や顔だけではなく、四肢の先端まで冷たくなってしまうのである。患者の観察に長けたお悦なら助けられたかもしれないと思うと、賢作は自分の無力さが腹立たしく情けなかった。自分では気がついていなかったが、賢作は生きてきた中で、これ以上はないと思われるほど深く傷つき、悩んでいたのである。

——お悦先生だって、力及ばぬ新米の頃はあったはず。どうやって乗り越えてきたのだろうか? それとも、先生は生まれつき医術の天才だったのか——

賢作は思いきってお悦にこのことを訊いてみた。

するとお悦は、

「これといってできることがなかったので、お大尽で助平な卒中患者に、望まれるままに腰巻きを解きましたっけ」

真顔で告げた。

賢作は聞き違えたのかと耳を疑い、もう一度聞き直したが答えは同じだった。

──これは何だ？　男でありながら医術の未熟な俺へのお悦先生一流の当てつけか？──

この時、賢作は自分が傷ついたとはっきり感じて、気分のもやもやに似ていた憤怒はお悦へ向かった。

清悦庵の裏庭には大きな石造りの塚がある。ここに人が弔われているわけではないのだが、お悦は朝夕、その前で汲み立ての水を供えて手を合わせている。当初は賢作も倣った。

「助けられなかった患者さんたちの魂を供養しているのよ」

盆月の今は、提灯や茄子や蓮の葉等の供物で塚が彩られているが、お悦に腹を立てている賢作は倣うのを止めた。

倣っていた時もそれについて何も言わなかったお悦は、倣わなくなっても何も言わなかった。

──ようは俺なんて、下働きに毛の生えたようなものなんだろう──

夏の盛りだというのに、賢作は毎日、少しずつ清悦庵に着くのが遅くなり、その日は酒を過ごしたせいもあって、昼近くになって目を醒ました。

わざと遠回りをして市中を歩いていると、列ができていて、

「出た、出た、ついに滅多に出ない瓦版の増し刷が出たよぉ、人気だよぉ、飛ぶような売れ行きだよぉ、待ってましたぁ、いよっ、疱瘡神。ほんとにいたんだよな、これが町娘の形《なり》でたいした別嬪だってさ。それだけじゃない、なんでも、疱瘡で死んだ子の声を聞かせてくれるんだってよ、ほんとだよ、ほんと」

瓦版屋の大声が聞こえてきた。

賢作は疱瘡で死んだ子の声を聞かせるという件《くだり》で立ち止まった。

――苦しみながら死んでいったあの子たちは、この世や俺たちにどんな想いを残しているのだろうか？――

賢作は列に並んでその瓦版を買い、だらだらと歩きながら、惹き込まれて読んだ。

〈口寄せの疱瘡神、女医者のいかがわしい治療に物申す〉

昨今、疱瘡で命を落とす子どもが多く、親たちの涙を絞っているのだが、大伝馬町の瀬戸物問屋清水《しみず》屋の女主美登里《みどり》が、訪れた客で横山町の骨董屋伊丹堂の内儀、雅江を応対中、急に倒れて一瞬、人事不省になった後、起き上がって幼い女児の言

葉を話し始めたという。

一人娘のお春を疱瘡で亡くしたばかりの雅江は、「苦しい、苦しい、おっかさん、助けて、助けて」と訴える美登里の声に、「おっかさんだよ、おっかさん、大丈夫、ここにいるから。でも、どうしたらいいの？　どうしたら苦しいのを取ってあげられるの？」と応えた。しかし、お春は「苦しい、助けて」と言うばかり。

この時、雅江は周囲に、この声は確かに亡き娘のものだと告げていて、「娘はまだ成仏できていないのではないでしょうか？　死ぬべき寿命ではなかったのかもしれません」とも洩らし、お春の臨終に立ち会った清悦庵の女医者お悦と、その助手の手当てに疑いを抱く言葉を口にした。

すると、また突然、お春の声が野太い男の声に代わり、「我は疱瘡神なり、この世での姿は清水屋美登里と定めたが、我こそが疱瘡神なり。疱瘡にて生きるも死ぬも我の胸三寸にあり、以後心せよ」と言い放ったという。

雅江が夢中で「疱瘡神様、うちのお春をお召し上げになりましたか？」と訊くと、「そのつもりはなかったが、この世の愚かな者たちのいかがわしい治療で冥途送りとなった。哀れゆえ、ねんごろに成仏させてやる」と言い、何やら聞いたことのない唄が歌われて、疱瘡神の身体はまた一瞬気を失い、しばらくして、元の女主美登里に戻っていたという。

ちなみに美登里はこの間のことを一切覚えていないと話している。

今後は疱瘡神にさげすまれた清悦庵とお悦の医術の技量が案じられる。〝母子共に死なない、お産の学び〟や〝疱瘡禁忌〟は果たして本当なのか？

――これじゃ、この前、褒め千切って掛けた梯子《はしご》を外すようなもんじゃないか、酷い――

賢作は顔からすーっと血が引き、清悦庵に向かって駆け出した。

「先生」

座敷に走り込むとすでに畳の上には、賢作が手にしているのと同じ瓦版が十枚ほど重ねられていた。

六

お悦は先客の定町廻り同心細貝一太郎を黒いなりとそばがきでもてなしていた。

黒いなりとは揚げを白砂糖ではなく、黒砂糖を加えた出汁で煮上げて酢飯を詰めたいなりずしである。甘味が強くて滋養があり、これを食べると疲れていても力が出てくる、お悦の得意料理の一つであった。

「さて、どちらを先に食したものか」

細貝が考え込んでいる膝の上には、賢作が手にしているのと同じ瓦版が載っていた。

「わたしは黒いなりからいきますよ」

昼時なのでお悦の前にも膳が置かれていた。お悦は重箱の黒いなりを皿に取ると、ふん、ふんと鼻歌を歌いながら腹に収め、

「佐伯さんの分も用意しましょう」

厨へ立ちかけると、

「わたしは結構です。腹が空いていません」

賢作は瓦版をお悦に差し出した。

「俺も、まだちょっと」

細貝は手にしていた箸を置いた。

「まあまあ、皆さん、なんて柔《やわ》なんでしょう。でも、こういう時こそ、まずは腹拵えが大事。食べなきゃ、闘えませんよ」

言い切ったお悦が賢作の膳を運んできて、

「さて、甘い黒いなりの後はしょっぱいそばがきで締めなきゃ」

箸を動かし続けるのを見て、細貝と賢作も知らずと倣っていた。たしかにお悦の言う通り、黒いなりはややずっしりとしたこくのある旨さで、そばがきの方はさらりと軽い美味であり、二人とも大いに力づけられた。ぴんと張り詰めていた賢作の心も幾分落ち着いてきていた。

三人が茶を啜り終えたところで、

「これからどうなるんです？」

賢作が切り出すと、

「この瓦版の束は今日の朝からここの庭に次々と投げ込まれたものよ。いつもは朝餉の終わる頃には往診を頼みに人が来るというのに、今日はまだ一人も来ていない。当分はこうなんでしょうね」

お悦は悠揚迫らざる態度で答えた。

「幸いにも奉行所の方はこれ一枚きりだった」

そう言いながらも細貝は緊張の面持ちで、

「それでも、相手が名乗って清悦庵とお悦先生をいかがわしいと訴えてくれれば、さすがに奉行所も見過ごすことができなくなるかもしれない」

目を伏せた。

「それって、間違った治療をした咎で俺たちがお縄になって、牢に入れられ、裁きを受けるってことですか？」

賢作の言葉に、

「ですな」

細貝は蚊の鳴くような声で相づちを打った。

「でも、まあ、そうと決まるまでは今まで通り、治療に精を出すとしましょう」

お悦の声は湿っていない。

——医者馬鹿というか、なんて楽天的なんだろう——

呆れつつも、無性に腹が立ってきた賢作は、

「先生が女でよかったですよ、囚われても同じ牢ではありませんから。牢に居る時ぐらい先生から離れていたいもんです」

支離滅裂な物言いをしたが、お悦は涼しい顔で、

「それはそうと、おみ乃さんもそろそろ帰ってくる頃よね。きっといつものようにお腹空かして――。この瓦版のせいで〝もう、要らない、帰れ〟って、先様《さきさま》に叩き出されても不思議はないもの」

おみ乃の昼餉の心配をしていた。

するとそこへ、

「ご免くださーい」

来訪を告げる女の声がした。

賢作が玄関へ急ぐと、

「高砂屋のりんです。いつぞやは大変お世話になりました」

水色の地に青紫色の朝顔がすっきりと描かれている、涼しげな絽《ろ》の着物を纏った、裕福な商家の内儀らしい若い女が頭を垂れた。

――天王町の蕎麦屋でお悦先生が赤子を取り上げた相手だ――

「坊やは元気にしていますか？」

「おかげさまで、沢山乳を飲み、よく眠るよい子です。旦那様もおとっつぁん、おっかさんも、もう赤子に夢中で、わたしたち一家は幸せです」

おりんの顔がほころんだ。

「それは何よりです」

「あの時、あなたもおられましたよね」

おりんが首をかしげて、

「あなたのお産をこの目で見て感動してお悦先生へ弟子入りしたんです」

賢作が答えたところで、

「佐伯さん、あなたは座敷に戻って。お客さんには外から庭へ回って、縁側に腰掛けてもらって」

お悦の甲高い声が響いた。

賢作はそれでは少々、礼を欠くような気がしたが、

「先生のおっしゃるようにいたします」

おりんは庭に回り、縁側に腰掛けて、離れた襖の前に座ったお悦と話をすること

となった。

「申しわけないけど、お茶一つお出しできないのよ。わたしたちはこのところ、疱瘡の患家を行き来しているので、気をつけてここでも風通しや手洗いに努めていますが、とにかく疱瘡毒は強いのであなたに伝染って、坊やが発病したら大変。赤子では疱瘡を患うのは早すぎますからね。ですからここで失礼させてもらいますね」

「実は、坊やは疱瘡になる人がここ三十年いないという、ばあやの在所の田舎に移しました」

「それは賢明です」

お悦は大きく頷いた。

「先生の産婆流への批判や、良しとされている疱瘡治療は実は大間違いだという意見を、配られていたもので目にしていました。あの時、迅速、的確に母子とも助けていただいたので、先生のおっしゃることは全て偽りのない真実だと思いました。遠藤陶益先生は祖父の代からの主治医なので、辞めていただくわけにはいかない、とおとっつぁんが言っているのですが、遠藤先生のおっしゃっている疱瘡除けは、いくら埃が積もっても部屋の掃除をしてはいけないし、病衣は取り替えてはいけないし、夏でも火鉢で部屋を暖めて赤い頭巾を被せるようにとか、極めつきはまだ罹ってもいないうちから念のため、名薬を使うようにとか、首をかしげることばかりでした。それで、あたしは遠藤先生のおっしゃることの逆さまをやれば、今年の疱瘡禍は切り抜けられる、とおとっつぁんを説得したんです。結果、坊やを遠藤先生のいらっしゃらない、そして、疱瘡禍に見舞われることが稀な土地に移しました」

「何よりです。でも、よくお父様を説き伏せられましたね」

お悦は首をかしげずにはいられなかった。

「あたし、腹帯をきつく巻くのが苦しくて嫌で嫌で、ずっと少し緩く巻いていたんです」

「感心、感心、そのおかげでお腹の子が偏ったり、逆さまになったりしていなかったのね」

お悦は手を叩いた。

「先生の配った紙に書かれていたことと、わたしの無事な出産がぴったりと合ったので、おとっつぁんを頷かせることができたんです。もちろん、お産に立ち会ってくれた旦那様の助太刀もありました」

おりんは母になった喜びに溢れた笑顔を染めた。

「それとおとっつぁんと中島屋さんのご主人は碁仲間なんです。中島屋さんが亡きお内儀さんのために誂えた座椅子を燃やしたと聞いて、おとっつぁんもあたしが同様のことをしたいと言っても許してくれました。高砂屋《うち》も中島屋さんもお悦先生とこの清悦庵に感謝しているのです」

「あの後すぐ、大番頭さんにお訪ねいただいて過分な薬礼をいただきました。当然のことをしただけですのに、こちらこそ恐縮しています」

お悦は頭を下げた。

「あたし、すぐにもここへ飛んできて、じきじきにお礼を申し上げたかったんです。でも、大番頭の役目を取ってはいけないと、おとっつぁんに叱られたので今まで我慢していたんです。先生を讃える瓦版が出た時は、自分のことのようにうれしかったです。けれども、今朝の瓦版を読んだ時は怒りが込み上げてきて、もうどうにかなりそうでした。先生のどこがいったい、いかがわしいというんです？　夢中でおとっつぁんに談判してここへ来ることを得心してもらったんです。おとっつぁんも旦那様もあたしも今こそ、真の恩返しに先生のお力になろうと——。まずは瓦版に書かれた心ない誹謗中傷なんぞには決して惑わされないよう、おとっつぁんは中島屋さんを始め、縁者知り合いを諭すことにしました」

「うちには中島屋さん、高砂屋さんにご紹介いただいた患者さんもおられます。ご丁寧なおとりなしありがとうございました」

お悦は感激の面持ちで重ねて頭を垂れた。

「あんな瓦版なんかに負けないで頑張ってください」

おりんは励ましの言葉と一緒に小僧に運ばせた、カステーラほどもある、井戸水でよく冷やした特別誂えの水羊羹を暑気払いに、と置いて帰った。

「ありがたいことね、これでここ何日か、中島屋さんの口利きで、遠縁の方のお産を診ているおみ乃さんも戻ってこないですむわ」

お悦は水羊羹を切り分けて各々の小皿に移して菓子楊枝を添えた。

「ですな」

襖を開けて入ってきた細貝が、ぱくりと一口で結構大きな一切れの水羊羹を呑み込んだ。賢作が一瞬、呆気にとられていると、

「こればかりは時をかけて食べると温まって不味い」

言い訳を口にしたので、お悦と賢作も細貝の食べ方を倣った。

――こんな時だというのに、よくも次から次へと腹に入るものだな――

水羊羹の冷たさが平静を取り戻させたのか、賢作はもう一度、瓦版を改めて読み返してみた。

「おりんさんは先生がいかがわしいと言われたことに腹を立ててました。清水屋の女主の美登里が、頼まれもしないのに死んだ子どもの口寄せをしたり、疱瘡神だなどと名乗ったりさえしなければ、子どもの母親だってあのように騒ぎ立てたりはしなかったわけですよね。これは凝りに凝って仕掛けた先生への嫌がらせですよ」

断じた賢作にうんと細貝は大きく頷いて、

「高砂屋のおりんの殊勝な恩返しにはほっとした。おかげでここも閑古鳥が鳴かずにすむ。そして、俺もやっと、この一件について胸にあるもやもやを吐き出すことができる。俺にはこれが今回の胆のように思える」

ごほんと一つ咳払いした。

「勿体つけずに早く話してください」

賢作は苛立った。

「清水屋の女主は三年前までは奈津実《なつみ》と名乗っていた。名を変えたのは酷い不幸に見舞われたからだ。その頃、清水屋では娘を甘やかして育てた両親が、ある男を客人扱いして長逗留させていた。娘の奈津実が熱を上げてしまったその男は、たいそうな男前でこそあったが、素性が知れず、両親は、そいつと添いたい、許してくれなければ駆け落ちするときかない娘に心労を募らせていた。ありがちな話だ。そうこうしているうちに、男は狼の本性を現して、奉公人たちが藪入りで暇を取っていた隙を狙って、深夜、両親を出刃で滅多刺しにして殺した。男は喧嘩太助と異名を取った、女たらしの入墨者だとわかり、当人も罪を認めて即刻打ち首になった。両親も好きな相手も同時に失った奈津実は、この事件が応えてしばらく口がきけず、家から一歩も出られなかった。目まで見えなくなったという噂も一時あった。そんな哀れさだったので、美登里と名を変え、女主になって商いを始め、生まれ変わったつもりで店を切り盛りしていると耳にした時は、よかった、よかったと誰もが胸を撫で下ろしたものだった」

細貝の話を聞いていたお悦は、

「思い出した、あれは近松の浄瑠璃にちなんで、〝両親殺し瀬戸物地獄〟なんて言われてたわね。わたしも奈津実さん、いえ、美登里さんのことは気にかかっていたんですよ。大変な不幸が一時に降りかかってきてしまい、重い心の病を患っているようだったから。せっかく治って商いに精を出していたというのに――」

やや眉を寄せて美登里を案じた。

「同情は禁物です。その美登里のせいでこの清悦庵にまでとばっちりが来てるんですよ」

――お悦先生は一にも二にも患者なのだな――

賢作はふうとため息をついた。

「ところで、お悦さん、美登里が口寄せをしたり、疱瘡神を名乗ったりしているのは、不幸で壊れかけ、薄紙一枚で何とか修復できていた心に、大きなひびが入ったからですかね？それとも承知の芝居？芝居だとすると、こいつは世間を欺くれっきとした騙《かた》りですぞ。疱瘡の流行で疲弊している世の親たちを、騙すとは言語道断、悪質です。役目上、われらはこれを厳しく取り締まらねばなりません」

細貝は気負い立っている。

――清悦庵を引き合いに出して誹謗中傷するための芝居なら必ず後ろで糸を引い

ている者がいるはず。経験豊富な先生なら、病か嘘かの見極めがつくのでは？——

賢作は一瞬、息を止めてお悦の答えを待った。

「わかりませんよ、そんなこと。美登里さんを診てみなければわからないし、迂闊なことは言えません」

お悦は笑い顔である。

——笑っている場合か？——

賢作と細貝は互いのしかめっ面を見合わせた。

「ならば、お悦さんに自称疱瘡神の美登里と会って、じっくりと診てもらいたい。この通り、お願いします」

細貝はお悦に頭を垂れた。

「あら、それは無理というものよ」

お悦は困った顔になって頬杖をついた。

「だって、芝居だとしたら、わたしたちに仕掛けられた罠なんでしょう？　きっとわたしはもう顔を知られてるから、狙いであるわたしが出向いたところで、金輪際、絶対尻尾は出さないはずよ。となると、心の病は熱など出さないだろうし、わたしじゃ、とても見極められない。ないかしらね、何かいい案は――」

――さすが肝心なことはわかっている――

ほっと息をついた賢作を、

「清水屋は大変な金持ちで、とかくうるさい親戚縁者は市中におらず、一人娘の美登里が身代をそっくり受け継いでいる。その上、見ればわかるが、男なら誰でも息を呑むような華やかな美貌の持ち主で、刑死した想い男に操を立てているのか、今も独り身。そんな美登里を男たちが放っておくわけがない。いい女と金、両方を手にできるのだからな。それで、清水屋の厨には、美登里と添って清水屋の婿になりたいという下心を抱いた男たちが、入れ替わり立ち替わりやってきていると聞いている」

細貝はじっと見つめた。

「どうして出入りするのが厨なんです？」

賢作は気になって、訊かずにはいられなかった。

「美登里が無類の菓子好きだと知っていてのご機嫌取りだ。ある時、入り婿狙いの一人が、何としても心を動かそうと、菓子屋にコツを聞いて酒饅頭を美登里の目の前で拵えたことがあった。あいにく美登里は酒が一滴も飲めないので、できた酒饅頭は口にしなかったが、自分のために拵えてくれたことにはいたく感激した。といって、美登里がその男になびいたわけではないが。以後、男たちは見倣って、自分で拵えたという触れ込みで、それぞれ知り合いの菓子屋で拵えさせた、一点物の菓子を茶の稽古の日に届けているのだ。こうした菓子は厨にいる奉公人たちにもたっぷり配られるので、皆、口を揃えて、『ここで拵えました』と女主に告げて、男たちの拵えたふりに一役買っているようだ」

――菓子代くらいで大店の婿になれれば安いものだな。けれど、よほどの馬鹿でない限り、美登里は奉公人たちの言葉など鵜呑みにしてはいないだろう――

「佐伯さんなら、入り婿志願のふりができて、美登里さんに近づけるのではないかしら？」

お悦の視線が賢作に注がれた。

「ですな」

細貝が頷いた。

「と、とんでもない。きっと女主に言い寄る男たちは美丈夫だとか、面白い話で相手を飽きさせないとか、それなりの自信があるんでしょう？　駆け出しの医者でしかない俺にその手の取り柄はありません」

謙遜の言葉とは裏腹に賢作は憮然として言いきった。

──女と富にすがって生きる男たちと一緒にしてほしくない──

「でも、他に手立てはなさそうよ」

お悦は頬杖を外し、

「ですな」

細貝は絶妙な相づちを打って先を続けた。

「ここで一芝居打って先手を取り、美登里が病なのか操られているのかを見極めないと、いずれ、この清悦庵を畳むことになりかねない。今は高砂屋のおりんや中島屋の主が庇ってくれて一息つけても、悪い噂というのは、あっという間に広がる。そのうち、ここを頼みにする家は一軒もなくなるかもしれない。温かくも怖くもあるのが世間だ」

「意に染まないことは承知してますよ。けれど、今はあなたにお願いするほかないの」

あろうことか、お悦は賢作に頭を垂れた。

「わかりました。やってみます」

しぶしぶ賢作が請け合うことになると、

「前はそこそこ客がついていたが、今は見るかげもないほどさびれた、飛鳥山の旅籠《はたご》を一軒知っている。そこの若旦那が傾いた店を再興するために、美登里の力を頼るというのならわからぬ話ではない。それには、まず身形を整えないと。落ちぶれた若旦那なら古着で間に合うだろう」

細貝は、すぐに古着屋へ走るようにと言った。

古着屋から戻ると、美登里に届ける菓子を拵えねばならなかった。

――若旦那に化ける古着で金を使い果たしてしまった。菓子屋に頼む金などないからここは自ら拵えよう――

生家へ立ち寄って兄嫁の美佳におはぎの拵え方を教えてもらおうかと考えたり、高砂屋の水羊羹なら、おりんに事情を話せば菓子職人たちの仕事ぶりを見せてもらえそうだとも思ったが、ただしどちらもあまりにありふれすぎている。

ふと、幼い時に父に言われた言葉を思い出した。大きい懐のような人柄が取り柄だと言われる前のことである。

「賢作には兄の恢作にはない思いつきの面白さがあるな。これは案外尊いものだぞ」

――よし、あれでいこう――

賢作は清悦庵の厨を借りて、煮出した麦湯に砂糖を混ぜて寒天で固め、井戸で冷やして賽の目に切り揃えただけの麦湯かんを拵えた。

これを、お悦が納戸から見つけてきた大きなギヤマンの鉢に盛りつけ、汲み上げてすぐの冷たい井戸水を湛えた小さな盥に浮かべて掲げ持ちつつ、賢作は休み休み清水屋へと向かった。

勝手口で細貝から聞かされた旅籠の名を口にして、用向きを告げると、古着姿の若旦那の身形の賢作と麦湯かんの入った鉢を見た奉公人の一人は、

「何だい、それは？」

横柄に訊いてきて、

「麦湯かんです。是非、ここのご主人に召し上がってほしくて」

「ふーん、ま、無駄だと思うけど置いてきな」

盥を一瞥しただけで、手元の二つの重箱の蓋をそれぞれ取って、そばにある短冊に顎をしゃくった。

一つ目の重箱には、瓢簞《ひょうたん》形に抜かれた寒天の中に、賽の目に切った白い銀真桑《ぎんまくわ》が氷のように散らしてある。

もう一方には、薄い水色に色付けし、縦に細かな線を渓流の細波《さざなみ》のように入れて、川に模された煉り切りが二つ折にされて、小さく丸めた漉《こ》し餡をくるりと挟んでならんでいる。

短冊には〝あてなるもの。削り氷にあまづら入れて、新しきかなまりに入れたる。水晶の数珠。藤の花〟とあった。

――何だ、これは――

賢作が目を伏せていると、大番頭と思われる年嵩の小柄な男が、

「清少納言の枕草子の一節ですよ。甘く味付けしたかき氷を、あの清少納言が食べていたそうです。〝あてなるもの〟とは、上品なものという意味で、氷が盛りつけられた様は、水晶や藤の花と同様に上品だと表現しています。今、上様やお大名でもない限り、かき氷は滅多に口にできませんが、せめて、この一節に通じるような、

典雅な夏菓子をということです」

したり顔ではあったが、菓子好きが高じて失った前歯を隠し隠し話してくれた。

この後、奉公人たちは、

「月とすっぽん」

重箱の中身と賢作の麦湯かんを指さしてさざめくように笑い合い、さすがに、

「いい加減になさい」

先ほどの年嵩の男が窘めて、

「主は今、奥座敷におります。重箱をお持ちになった皆様もそちらにおいでです。あなたもどうぞ。そうすればきっと気持ちのけじめもつきましょう」

廊下に出て賢作を奥座敷まで案内した。

そこには、すでに異様な雰囲気が漂っていた。床の間には疱瘡神が描かれた大きな掛け軸が掛けられていて、その前では美登里らしき白装束の女が赤子のように蹲《うずくま》っていたかと思うと、急に跳ね起き、掛け軸の疱瘡神に向けて両手を合わせて拝み続けている。

この美登里を挟んで、向かって左側には、粋でお洒落な若旦那ならではの小袖と

対の羽織を着込んだ三十路半ばの男と、十徳を着ている四十路の医者が真面目くさった顔で座っている。右側は身形はいいものの、窶《やつ》れた様子の夫婦者であった。賢作は部屋の端に離れて座った。

「疱瘡神様っ、お願いです、死んだ倅の声を聞かせてください、お願いです」

「何としても、成仏させてやりたいんです」

夫婦は髪を乱して叫んだ。

すると、ほどなく美登里が、がばと上体を起こして、

「おとっつぁん、おっかさん」

甲高い子どもの声を響かせ、

「死ぬ時は薬をくれず何もしてくれなかった女のお医者のせいで、苦しくて、辛かったし、死んでおとっつぁん、おっかさんに会えなくなったのは寂しかった。二人とも話しかけても、全然応えてくれないんだもん」

泣き声混じりの話を続けた。

「ごめんね、応えてやれなくて」

母親は謝り、

「あんなヤブ医者にさえ診せなければ――」

父親は歯ぎしりして恨み言を洩らした。

「けど、もう大丈夫、今は疱瘡神様のところにいるんだ、守ってもらってる。だから心配しないで。疱瘡神様はね、どんな子でも分け隔てなく可愛がってくれるんだよ」

子どもの声が明るくなって途切れたところで、

「我は疱瘡神であるぞ」

割れるような大声と共に立ち上がった美登里の顔は、口の両端と両目、目尻が般若のようにつり上がった、美形であるだけに凄まじい形相であった。

七

「疱瘡神様」

「疱瘡神様」

病死した子どもの両親は畳に這いつくばって泡を噴きかけている。

「それではそろそろこれで――」

立ち上がった若旦那は子どもの両親のために、右隣の部屋に続く襖を開けた。

――ややっ、何だ、これは？――

部屋の奥に、菓子折等の贈答品だけではなく、袱紗に包まれてはいるが、一目で重ねられた小判とわかる包みが所狭しと置かれている。

「ご苦労さまでした」

若旦那は襖を閉めて元の所に座った。

代わって立ち上がった医者が左側の襖を開けた。部屋には、何組かの夫婦が肩を寄せ合って座っているが、中には小さな位牌を抱きしめて涙に暮れている母親の姿もあった。身形はさまざまでおそらく暮らしぶりも各々、異なっているように見受けられた。

――口寄せで死んだ子どもの声を聞きたがる親たちだ――

江戸八百八町、どこにでもいそうな四角い大きな顔のぱっとしない四十路男もいた。

「神田は三島町のげじげじ長屋地主、下司助はいますか」

「はい」

答えた男は恭《うやうや》しく頭を垂れた。

――げじげじ長屋の地主、下司助だと？　俺の住んでるところの持ち主は仕様もない蓑虫好きだが、こいつも下司助と名乗るくらいだから、えらくげじげじ好きなんだろう。気がしれない――

賢作は呆れ返った。

「どうぞ、疱瘡神様のもとへ」

医者に呼ばれて下司助は立ち上がり、もの凄い形相の疱瘡神、美登里と向かい合った。

――こいつ、いったい何しに来たんだろう？――

この時の賢作は緊張よりも好奇心が勝っていた。

「わしに何用か？」

疱瘡神は下司助を睨み据えた。

「昨日の朝、わたしのげじげじ様が夢に出てきて、『ほどなく神田鍋町で蔓延する疱瘡は、風に乗っておまえのげじげじ長屋にもやってくる。わしはまだ疱瘡を患っておらぬゆえ、いよいよこの病を得て死ぬかもしれぬ。死んではおまえやおまえのげじげじ長屋を守れぬぞ、何とかせい』とおっしゃったんです。人の口や瓦版によれば、疱瘡神様は疱瘡に罹った人の生死を決めるお力があるとのこと、何とか、げじげじ様とわたしのげじげじ長屋を疱瘡禍からお守りいただけませんか？　そのためには何も惜しくはありません。お願いでございます」

下司助は冷や汗を掻きつつ、先ほどの両親同様疱瘡神の前に平たくなった。

「鍋町とおまえのげじげじ長屋には疱瘡禍が見舞うとすでに決めてある。疱瘡に罹ったことのない者は皆死ぬ」

疱瘡神は凄みのある声で告げた。

「そこを何とか――」

平たくなっている下司助の背中が泣いているように見えた。

「お願いします、げじげじ様だけは死なせないでください」

「それは無理な相談だ、疱瘡禍は燃えつくすまで勢いを止めない炎に似ていて、近隣はすべて死の静寂に呑み込まれるのだ」

疱瘡神はそこで話を止めて蹲り、競うようににじり寄った若旦那と医者が、代わる代わるその口元に各々の耳を寄せた。

若旦那は、

「疱瘡神様はこのようにおっしゃっている。『同じ神として、おまえがげじげじ神に手厚いのは殊勝と感じた。おそらくわしにもよき信心を捧げてくれるだろう』と」

疱瘡神の声音を真似て告げ、医者の方は、

「さらに、『よし、わかった、何としてもげじげじ長屋だけは守る』と仰せです」

力強く言い切った。

「ほんとですか」

ほっと安堵した下司助の頭が上がった。

「それでは」

手慣れた様子でぱんぱんと手が叩かれると、控えていた下司助の供の者が、切り餅が二つ載った三方を恭しく掲げ持って入ってきた。

すると若旦那が立ち上がり、右側の襖を開けると、下司助と三方を掲げ持った供の者が襖の向こう側に入り、若旦那が襖を閉めた。次には医者が立ち上がり左側の

襖を開け、

「疱瘡神様がお疲れになりました。本日はこれでお引き取りいただきます。明日、またいらしてください」

　部屋の中に向かって形ばかり、丁重に頭を下げた。

　他方、疱瘡神の美登里は賢作の後ろから現れた若者に支えられて、その場を去り、賢作は若旦那と医者の後について厨へと戻った。

「〝雪ひょうたん〟の味はどうだった？」

　若旦那の問い掛けに、

「ちょいと銀真桑の甘味が足りなかったね」

　奉公人の一人が評し、

「〝夏流れ〟の方はいい味なんだけど、形がいかついやね」

　医者の方を見てもう一人も口を開いた。

「ま、こいつよりはずっとましだけどさ」

　何人もが賢作の麦湯かんに向けて顎をしゃくり、若旦那と医者の二人も加わって薄く笑った。

半刻（約一時間）ほど過ぎて、さっきまで疱瘡神だった美登里が厨に入ってきた。白装束から着替えて、髪を整え、麻の葉模様の草木染めの単衣をすっきりと着こなしている。

その顔は華やかだが品位があり、疱瘡神の時に見せた人離れした怖さなど微塵もなかった。

――女は怖いとよく言われるけど、まさにそれだな――

美登里の美しさに見惚れながらも、賢作は背筋のあたりがまだ少々冷たい。

「甘いものがほしくなって――」

無邪気に言い放った美登里は二つの重箱を開けて、〝雪ひょうたん〟と〝夏流れ〟を一口ずつ食べた後、

「なあに、これ？」

賢作の麦湯かんに菓子楊枝を刺した。

「あら、美味しい、それに面白い」

次々に美登里の口の中に焦げ茶色の賽の目が消えていった。

「これを拵えたのはどなた?」

「わたしです」

賢作は深山屋《みやまや》達吉《たつきち》と名乗った。

「初めておいでの方ね、このお菓子についてお話が聞きたくなったわ。奥へいらっしゃい」

美登里は賢作を自分の居室へと案内した。

――運がよかった――

賢作は心の中で安堵しつつ緊張した。

途中、奥座敷の前の廊下を通った。疱瘡神の大きな掛け軸はそのままである。

「可愛い子どもたちが沢山亡くなってしまう、疱瘡の流行が早く終わるといいわね」

ちらとその絵を見た美登里は美しい眉を寄せて、とんとんと片手で肩を叩きながら、

「このところ、わたしもなぜか疲れが酷くて。お医者の大村純庵《おおむらじゅんあん》先生は大事ないと言ってくだすっているんですけど」

ふうとため息を洩らした。

――まさか、さっきの出来事をまるで覚えていない？　これも芝居なのか？――

賢作は目と耳を美登里の動きに集中させた。

「ごめんなさい、つまらない話をして。深山屋さんといえば新緑や紅葉の綺麗なお宿よね。素敵なところで商いができて羨ましいわ。それからお持ちいただいたお菓子も、なつかしいしみじみとした味わいでたまらない。拵え方を教えてください」

美登里の居室に入り、賢作が教えるのも憚られるほど簡単な作り方を口にしはじめると、

「待ってね、今、書き留めるから」

硯箱と紙を取りに立ち上がろうとして、畳の縁に躓き、懐から鉄製の鍵がどしりと落ち、続いて、赤い紐のついた金色の鈴が畳の上に転がった。

「あら、いけない」

美登里が拾い上げると、その鈴は賢作が今まで聞いたことのないよい音色で鳴った。

「よほど大事なもののようですね」

賢作は再び美登里の懐に収まった鍵に、赤い染みがこびりついているのを見逃さなかった。

――血ではないか？――

「こんなものをわたしがまだ持っていては、おとっつぁん、おっかさんの供養にならないからと皆に捨てるように言われるのだけれど、あの男《ひと》がわざわざわたしのために作ってくれた、金の鈴同様、この鍵も何物にも代え難い形見なの。あら、話が逸れてしまったわ、麦湯かんの拵え方をお聞きしなければ――」

「後でお教えします。それより、形見をあなたに遺した男の話が聞きたいです」

「御存じでしょうに――」

美登里は目を伏せた。

「少しは――。でも、世間の言うなりではなしに、あなたの口から聞きたいのです」

賢作は熱っぽい目を美登里に向けた。

「わたしたち三年前の放生会《ほうじょうえ》で出会ったんです」

葉月に行われる放生会とは、飼っている亀や鳥などの生き物を川や空に解き放って、生命を慈しむという古くからの行事である。

「わたしは家の池の亀でしたが、あの男《ひと》は巣から落ちたのを、親鳥代わりに育てた雀を空に帰していました。優しい男でしょう？　新太郎さんっていうんです。わたしたち、それからたびたび出会った川の畔《ほとり》で逢瀬を重ねました。そして、おとっぁんとおっかさんに話したんです。でも、新太郎さんの入墨のせいで猛反対、駆け落ちを覚悟しました」

「あんな惨事が起きたのは、あなたの想いと新太郎さんの狙いが違っていたからでしょう？」

「世間では今でも打ち首になった新太郎さんを、跡継ぎ娘のわたしに取り入っての身代狙い、大悪党と見なしています。でも、わたしは新太郎さんにあんな酷いことができたとは、とても思えないんです。両親を殺《あや》めた下手人は絶対ほかにいます」

美登里は唇を嚙みしめて言い切った。

「その鍵はこの清水屋のものでしょう？」

「ええ、もうとっくに替えられてしまっていますが蔵の鍵です。血まみれの出刃包丁を手にしていた新太郎さんが、片袖の中に隠し持っていたとお役人から聞きました。入り婿になって、わたしと祝言を挙げることができそうもないので、蔵の金を盗んで逃げるつもりだったと――。そんなこと、とても信じられません。ああ、でも、わたし時折――」

美登里は頭を抱えて蹲った。その姿は口寄せの時の動作に似ていなくもない。

「血にまみれた包丁を手にして蔵の前でぼーっと立っている新太郎さんを、今でもまだ夢で見るんです。それから、悲鳴一つあげずに刺されて血を流している両親の姿も――」

――それは両親殺しの新太郎が下手人だからだろうが――

賢作はそう告げる代わりに、

「ところで新太郎さんには稼ぎがあったのでしょうか？」

核心に向かって攻め始めた。

「器用で綺麗なものが好きな新太郎さんはかざり職を目指していたんですけれど、なかなか思うようにいかなくて――」

――かざり職の修業は厳しい上に、よほどの腕にならないと仕事に恵まれない。男前の新太郎の稼業はヒモだったのでは？――

さすがにヒモという言葉は口には出せなかったものの、

「大した働きもないのに、金《きん》をもとめて鈴に拵えかえるとは、どこにそんな余裕があったんでしょうか？」


あったんでしょうか？」

賢作が辛辣《しんらつ》な物言いをすると、

「新太郎さんは前にもとめておいた、とっておきの金を、わたしのために使ってくれたんです」

美登里は気を悪くした様子もなく真顔で答えて微笑んだ。

――この邪心のない微笑みも芝居とは到底思えない――

「あなたの想いは変わらず新太郎さんに傾いている。それでは、入り婿選びのために男たちに菓子を届けさせるのは何のためです？」

賢作は若旦那や医者について、美登里がどう思っているかを聞きたかった。

「大番頭の松蔵《まつぞう》の思いつきです。両親殺しの下手人として仕置きされた相手を、わたしがまだ思いきれずにいると世間にわかると、この清水屋の評判が落ちて、客足も遠のくと案じて、考えた一計です。皆さん、入れ替わり立ち替わり届けてくださいますが、二度ほど届けて甲斐がないとお止めになります。続いているのは出雲屋の若旦那の与次郎《よじろう》さんと大村純庵先生だけです。与次郎さんはたしかに、両親が決めたわたしの許婚《いいなずけ》です。ただし、わたしの想いはたぶん、ずっとこのままですので、この先、与次郎さんが入り婿になるようなことはないと思います。与次郎さんには申しわけないので、いつか、きちんとお話ししなければなりませんが、松蔵は今はその時ではないと言うのです」

「医者の大村先生は？」

「大村純庵先生までお菓子を届けてこられるのには驚きました。連れ合いを亡くされてまだ間がないのでお寂しいのかもしれません」

「そして、今はわたしも加わっています」

「諦めていただくために、新太郎さんのことをお話ししました」

「なるほど、わかりました。しかし、諦めませんよ」

半ば本気の賢作は、潮時だと感じて立ち上がった。

清水屋を出て歩き始めると、

「深山屋さん、深山屋さん」

片手を前歯の抜けた口元にかざしながら、大番頭の松蔵が追いついてきた。

足を止めた賢作は通り過ぎた稲荷堂に引き返して中へと入った。

――この男、只で高価な菓子を胃の腑におさめるだけではなく、何か魂胆があるのでは？　少々、年嵩の大番頭が婿狙いであってもおかしくはない――

「あなた様にお願いしたいことがございまして」

お堂の中で二人は向かい合った。

「何も知らない男たちを巻き込んで高価な菓子を貢がせるのはよくないという、清い考えを持っている主は、菓子好きのてまえが考えた絡繰《からく》りを、あなたにお話ししたでしょう？」

松蔵は探るような目を向けている。

「わたしの菓子は高価ではないのですが、美登里さんの気持ちはよくわかりました」

「主は与次郎さん、純庵先生以外の方にはいつも、あなた様にしたようなお話、本当のことをお話しになります」

「そして、あなたがこうして追いかけてきて、主の話は聞かなかったことにしてほしいと口止めをするんですね」

「はい、お人によっては、〝清水屋の女主は益々、菓子に執心してきていて、婿選びも菓子の美味さで決まるようだ〟と噂を流していただくこともございます。もちろん、その時はお礼をいたしますが」

「出雲屋の与次郎さん、大村先生に限って、菓子届けを止めさせないのはなぜです？」

「その前にこの話は忘れると約束してくださいますね」

「もちろん。ただし、偽りの吹聴はご免なのでお礼は不要です」

「それでは申し上げます。純庵先生には主に内緒で菓子届けをお願いしています。一人、二人は続けてくれていないと噂を続けられませんから。それとあのお二人が疱瘡神になった主の前でなさっていることは、ごらんになったでしょう？」

「過分な謝礼を持参してくる人たちの応対をこなしていて、正直、驚きました。あの二人が与次郎さんと大村純庵先生なのですね。では、疱瘡神頼みの人たちが持参する菓子折りや金子《きんす》の行方は？　まさかあの二人が――」

「いやいや、篤実な純庵先生に限ってそんなことはありません。疱瘡神になっているのは当店の主ですので、こちらにちゃんといただいています。菓子折りはてまえがいただきますが、金子は清水屋の蔵に収めます。与次郎さんに異存はないようです。というのは、自信家の与次郎さんは許婚である事を名目にして、入り婿となり、ゆくゆくは美しい主と清水屋、両方を手中におさめるつもりだからです」

「美登里さんはいずれ、見込みはないと告げると言っていましたよ」

「あの与次郎さんに何を言っても、もう、聞く耳を持たないはずです」

「揉め事が起きますよ、それでいいんでしょうか？」

「以前の惨事のように、頭に血が上った与次郎さんが今度は主を？　惚れた腫れたは時に邪《よこしま》なものを生む。一度あることは二度、三度あるとも言いますから、あり得ないとは言いきれないでしょうが、その時はその時です。何年か後にはてまえが主になって、江戸一の入れ歯をお見せできるかもしれませんよ」

松蔵はふっ、ふっと前歯の抜けた口を隠さずに笑った。

八

清水屋の入り婿狙いを装った賢作は、清悦庵に戻ると早速、見聞した一部始終を待っていたお悦と細貝に話した。

「俺は美登里の奇怪な疱瘡神化けは芝居ではなく、両親殺しで仕置きされた男を忘れられないがゆえの心の病だと思います。是非とも治してあげたい」

賢作の診たてに、

「これだから若い男は困るのよね。美人には弱いんだから」

「そんなんじゃありませんよ。俺は、ただ医者として――。第一、探ってこいと言ったのは、先生じゃありませんか」

賢作は顔だけでなく耳まで赤くなった。

「わかったわ。でも、蹲った後、両親を殺した時の相手の様子を思い出したり、誰もが恐れつつ、忌み嫌う疱瘡神になってしまう。これはきっと両親の死に対する自責の念が大きすぎるゆえなのでしょうね」

お悦は感慨深げに頷き、

「美登里に執心しているのは出雲屋の若旦那で許婚の与次郎だけではあるまい。医者まで丸め込んで菓子を届けさせている大番頭の松蔵は食えない奴だ。案外、あれやこれや吹き込んで、美登里の心に罪の意識を刻みつけ、疱瘡神を名乗らせるまでしているのは、そやつかもしれぬが証の摑みようがない」

細貝はうーむと両腕を組み合わせた。

こうした話の流れの中で、疱瘡神に変わった美登里が告げた、疱瘡禍についての懸念は誰も抱かなかった。

――げじげじ長屋の持ち主が見たというげじげじ神の夢が正夢にならないように馬鹿げたことに多額の金子が供えられた。しかし、あれは美登里の病が言わせた出鱈目なお告げにすぎない。もし万が一芝居だったとしても、自在に疱瘡を特定の場所で流行らせたり、免れさせたりなどできるものじゃない。お悦先生や細貝様も同様に思っているはずだ――

賢作はこの判断に絶対の自信を抱いていたが、二十日ほど過ぎて、終息へ向かったと見えていた疱瘡がまた勢いをぶり返すという変事が起きた。

「おかしいわね、疱瘡は火事に似ていて、燃え始めると止められない代わりに、山を越えると燃え尽きたがごとく、自然に退いていくものなのに」

首をかしげたお悦の言いつけで日々、疱瘡の流行場所に注意を払い、新しくどこそこに広まったと聞くと、足を向けて調べていた賢作は、

「神田鍋町界隈で子どもが立て続けに死んでいます。初期、水疱期、膿疱期の者、死ぬ時期に別はありません。高熱に耐えられず弱って死んでいきます」

青い顔で告げた。

「今年はいつもの年よりも死者が少なかったはず――」

お悦は大きく眉を寄せた。

「鍋町は疱瘡神が流行らせると告げた所です。そして、げじげじ長屋の持ち主の願い事は叶わず、三島町でもほぼ同じ頃から子どもたちが疱瘡に罹っています」

賢作は目を伏せた。

――こんなことがあっていいものなのか？　それとも疱瘡神は本当にいるのか？


「疱瘡神はいるのかもしれないと思い詰めていない？」

図星を指された賢作が頷くと、

「それではこれが疱瘡神のなせる業なのかどうか、これから突き止めてみましょう」

身支度をすでに整えているお悦は賢作を促して、まずは鍋町へと向かった。

一軒一軒、疱瘡で病む子どもがいる家を回ろうと、長屋の井戸端にいた職人風の男に声をかけると、

「そっとしといてやってくれよ」

沈んだ声が返ってきた。

「ご愁傷さまでした。ですが――」

賢作が言葉を継ごうとすると、油障子が開き、筵を掛けられ戸板に乗せられた小さな骸が運び出されてきた。後には看病疲れの目立つ母親らしき若い女と痘痕面《あばたづら》の男の子が続いた。

「骸も骸が着ていた物も焼くのですね」

賢作が呟いた時、

「おしゅん姉ちゃーん、おしゅん姉ちゃーん。おいらを置いてかないでくれよ。おいらも行くよ」

隣から幼い男の子が顔を覗かせた。

「駄目。子どもは見るもんじゃない」

油障子がバタンと音を立てて閉められた。

その場に居た者たちが骸に手を合わせる中、戸板は進み、木戸門を抜けて行った。

病との闘いに敗れた命に接することに、慣れというものはない。救えなかった命を目の前にして、賢作は打ちのめされた。お悦も沈痛な面持ちでいたが、おもむろに顔を上げると、

「ほかに疱瘡を病む子がいるところはありませんか」

声を上げた。

しかし、集まっていた人々はその声が聞こえなかったように、さっさとそれぞれの油障子の向こうに入っていった。入り際、一人のかみさんが、

「あの女先生かい——」

凄い形相で睨み付け、

「見ただろう。あんたなんかの来るところじゃないよ。さっさと帰っとくれ」

怒声を残して、油障子を閉めた。

隣の長屋でも、その向かいの長屋でも、人々の様子は同じであった。訪いを口にして名乗った途端、塩をまかれたりもした。瓦版が禍していたのである。

二人は仕方なく三島町のげじげじ長屋へと向かうことにした。

げじげじ長屋ではげじげじ様と称されている、木戸門を入ってすぐの細長く大きな石が、持ち主の下司助の指示により、真っ赤な布でぐるぐると巻かれて珍妙な姿になっていた。

疱瘡患者がいるところはどこかと、井戸端に集まっているかみさんたちに賢作が訊くと、居合わせた全員がじろりとお悦の方を睨んで、

「ヤブ医者なら要らないよ」

「帰った、帰った」

箒を手にする者までいた。

「ここは匂います」

お悦の言葉に、

「どうせここは貧乏長屋だからね。でも、いいことだってある。ここじゃ、疱瘡が出たってぇのに、まだ一人の子も死んじゃあいないんだから」

かみさんの一人が胸を張った。

「匂うと言ったのは、酢のことです。もしや、治療に酢が使われているのでは？」

「そうともさ、これもあんたと違って、仏様みたいなお医者のおかげってもんだよ、

おかげでここの子どもたち、たいして熱が出ず、三度の飯も食べられる。ほんと疱瘡が軽く済んでんのよ。あんたも少しは反省して、仏様を見倣ってほしいもんだね」

言い放たれたその言葉に、居並ぶかみさんたちは一様に大きく頷いた。

「全くその通りです。わたしは思い上がっていたんです。恥ずかしい——」

お悦は深く頭を垂れ、

「助手のわたしもです」

賢作も倣った。二人ともしばらくそのままでいた。

「わかればいいのよ」

「頭、上げなさいよ」

「あの瓦版の尻馬に乗って、とことん虐めようってぇんじゃや、ないんだから」

「あんた、助からないことの多いお産で無事に赤子をとりあげたり、沢山の人が毒で死にかけたのを防いだっていうじゃない？　あたしたちと違って腕のある女なんだから、しょげてないでしっかりしなさいよ」

「そうよ、そうよ」

「いつも謙虚に」

「皆さんのおっしゃる通りです、温かい励まし、うれしいわ」

頭を上げたお悦は両目に溜めた空涙を手の甲で拭った。

――先生に役者の才まであったとは――

ともすれば笑いが込み上げてきそうで、賢作はきつく唇を嚙みしめた。

「謙虚を心がけます、決して忘れません。ついては、患者さんに会わせてくれませんか？　会うだけです。治療の成果をこの目で見て、ここにいらしているというお医者様の尊いお心がけに触れたいんです、お願いします、この通りです」

お悦はさらに深く頭を垂れた。

この後、かみさんたちは互いの耳に口を当てて、ひそひそ話を終えると、

「会うだけにしてよ、金輪際、瓦版にあったようなおかしな治療はよしてちょうだいね」

きつく念を押してお悦と賢作に患家を廻らせた。

一軒目の時、二人はお悦が「あっ」と叫びかけた。その患者の顔には一つの水疱も見当たらなかったからである。

「身体に沢山、出ているのでは?」

「うん、このあたりとここ」

子どもは頷いて背中と腰を指さしたが、二人に厳しい目を向けている母親は、

「見せては駄目」

そそくさと夜着を着せ掛けた。

二軒目、三軒目では顔にも多少は赤く出ていたが、患者たちはやはり、

「身体にはもっとできてる」

「痒い」

しきりに訴え、四軒目の子は二人が入って行くと、

「暑くて痒くてたまんない。早く、あの赤い水を付けてよ、少し眠りたいんだから」

姉らしき若い娘を急かした。

強い酢の匂いが家中に籠もっている。

すでにこの患者の背中と腰、腹、二の腕は真っ赤な水疱がぽつぽつと出ている。

「赤い酢水が特効薬なのね」

お悦は娘に訊いた。

「ええ。これはあの疱瘡の特効薬のテリアカと同じくらい効き目があるんですって。テリアカは高くて手が届かないけど、これなら誰でも作って使えるって、おっかさんもみんなも喜んでた。熱や水疱がちょっとでも出てきたら、すぐにこれを付けるの。そうすれば、絶対死んだりしないって。この特効薬、痒みにもよくて、少しは痒いの、止まるみたい。でもね、厄介なのは次から次へと痒みの袋が湧いて出てくること――。たまらずに引っ掻いたりしないよう、見張ってなきゃなんないし、いったい、いつになったら、痒みがなくなって、ゆっくり眠らせてあげられるのかしら？」

「わたしにも塗るのを手伝わせてください」

お悦は素早く患者に近づいた。

賢作も手伝ったので、水疱を潰さないよう、一粒一粒、赤い酢水で湿らしたことよりの先でそっと塗布する、根気のいるこの手当ては、思ったより早く終わった。

やがて塗りおえて患者がすやすやと寝息を立てたところで、二人はその家を出て帰路についた。

──どうして、お悦先生は仏様と皆が讃えている医者の名を訊かないのだろう

──

賢作は不審には感じたが黙っていた。他に気になって仕様がないことがあったからである。

「げじげじ長屋の疱瘡は何だか変です。赤い酢水を付けなければ水疱は赤くないし、大きさも大小さまざまで、掌にも出てないし、疱瘡のように一斉に噴き出してもいない。それに──」

「それに?」

お悦が先を促した。

「疱疹《ほうしん》、膿疱、痂皮《かひ》(かさぶた)が交ざっていました。疱瘡のように一斉に同じ状態のものが噴出してはいませんでした」

「ということは?」

お悦は賢作をじっと見つめた。

「疱瘡ではなく水疱瘡なのかと──」

とうとう賢作が洩らすと、

「そう、あれは疱瘡じゃなくて、水疱瘡。たいした熱も出ないで、顔よりも身体に多く出て、食も衰えず、五臓六腑に内攻もしないので案じることなく治癒する。死ぬ子がいないのは当たり前よ」

お悦は言い切った。

「鍋町のは間違いなく死ぬ子が立て続いた疱瘡で、げじげじ長屋のは、特効薬の赤い酢水を付けさせて疱瘡と見せかけ、実は一人も死なない水疱瘡だということは——」

「鍋町では疱瘡が蔓延し、げじげじ長屋では、子どもたちを疱瘡死から免れさせて、疱瘡神のお告げの通りに見せかけたってことね。つまり、疱瘡が流行っていると聞いている親たちは我が子が罹ることを怖がっているから、似た症状が出ると疱瘡だと思い込んでしまう。そこを利用したのよ。親が子を愛しむ心《いつく》につけ込んだのよ。疱瘡なら水疱はぱんぱんに張って、どれも赤い絹糸で根を巻いたように、赤味がくっきりするでしょ。だから、ご丁寧に赤い酢水を使ったのよ。こんなことができるのは医者以外にはいないはずよ」

お悦の目に不動明王が宿った。

――そこまでわかっていたから名を訊かなかったのか、さすが――

お悦の足は清悦庵へではなく、細貝がいる番屋へと向かった。

話を聞いた細貝は翌早朝、大村純庵を捕縛した。純庵の家の納戸から鍋町に持ち込んで流行らせたと思われる、疱瘡患者の血膿の付いた病衣が見つかり、血まみれの美登里の着物までもが床下から見つかった。

これを突きつけられた純庵は万事休すと悟り次のように白状した。

「親が決めた亡き妻との間には子もなく、わたしは一心に美登里さんを想ってきました。幼い頃からずっと見てきて、どんな時の美登里さんも好きでした。年頃になって、出雲屋の与次郎さんを入り婿にという話が出た時、目の前が真っ暗になりました。それでも、あの入墨者の新太郎よりはまだ幾らかましだと思えました。与次郎さんなら似合いですし、諦めもついたのです。けれども、美登里さんは新太郎との仲を御両親が許してくれないと悩み、駆け落ちをしかねない様子でした。それが日々、案じられて、とうとう、わたしは清水屋の主夫婦に胸の裡を明かしました。妻がいる身では言い出せないことでしたので、可哀想ではありましたが、妻には毒を用いて死んでもらいました。そこまでしたというのに、主夫婦は〝先生のような何代も続いている名家のお医者様からのお申し出は身に余る光栄ですが、娘があそこまで好きならば、仕方がないと思うようになりました。わたしたちは一人しかいない娘を失いたくないのです〟と言って、二人の仲を許すつもりになっていました。この時、わたしの頭の中は炎だらけになって、何も考えられなくなりました」

そこで純庵はふうと自嘲の嗤《わら》いを洩らした。

「それからはもう、己が己でないようでした。祖父の代から主治医を務めている清水屋は勝手知ったるところです。深夜、忍び込んで厨から出刃包丁を、納戸から蔵の鍵を盗みました。すでに隙を見て、美登里さんの部屋の簞笥から、着物を一枚拝借してありました。主夫婦を手に掛けた後、その着物で出刃を拭い、鍵にも血を付けて、話があると呼び出しておいた新太郎に、それらを見せて『美登里さんがあなたと添うためにやむに止まれず御両親を——』と告げると、相手は黙ってわたしの手から出刃と鍵を受け取りました。出刃と鍵が動かぬ証となって新太郎は死罪となり、わたしは美登里さんの心を捉えたいと想い続けました。ですから、美登里さんが心を病んで、自分が疱瘡神だなどと言い出した時は、こんないい機会はないと思いました。口寄せをしたり、疱瘡神になる時が増えれば、いずれ心が疲れきって、わたしに頼るしかなくなるだろうと期待したのです。そう思うと幸せでした。もちろん、邪魔な与次郎さんはそのうち殺すつもりでした」

純庵はまた微笑ったが、これは気味の悪いほど明るい、満ち足りたものだった。

「それにはこの疱瘡神騒動を続けて、疱瘡神のお告げをその通りにしなければなりません。鍋町で疱瘡を流行らせた方法は、お察しの通りわたしが仕組んだことで、家族が焼こうとしていた患者の病衣を貰い受け、鍋町まで出向き、子どもの好きな飴にこすりつけて配りました。水疱瘡の方は罹った子どもを見つけ、只で治療してやると親に言い含めて連れ帰り、熱もなかったので毎日、げじげじ長屋で何の細工もしてない飴を配らせました。水疱瘡も疱瘡同様、罹ったことのない子どもはあっという間に罹ってしまう病です。赤い酢水を特効薬として薦めたのは、赤が疱瘡を遠ざけるという俗信に則《のっと》って、ただ水のように透けているだけの水疱瘡を、赤味の強い疱瘡の水疱に似せるためでした。ただ、酢には痒みを癒したりの殺菌作用があり、そう的外れの処方ではなかったはずです」

こうして純庵は淡々と自身の罪を語り終えた。

人々が中秋の名月を愛《め》でる頃、すでに純庵は刑場の露と消えており、美登里は次のような文を遺して毒死した。覚悟の自害であった。

両親を手に掛けたのはわたしです。純庵先生が隠していたという着物を目にした時、まざまざとその時のことが頭の中に蘇りました。全て思い出しました。新太郎さんと添うならば、勘当すると言われたのが悲しくて、辛くて、そして悔しくて、甘やかされて我が儘いっぱいに育ったわたしは、どうしてここまで無体なことが言えるのかと両親がたまらなく憎かったのです。

純庵先生はわたしが両親を刺し殺したところにおいでになりました。血まみれの包丁を手にしていたのはわたしで先生ではありません。鍵を見つけて持っていたのもわたしです。わたしは両親を殺した後、蔵の金を持ち出して新太郎さんと逃げるつもりでした。

わたしの代わりに罪を着てくれた新太郎さんは一切何も関わっていません。あの夜、わたしは新太郎さんと店の裏口で会う約束をしていました。

わたしが、うっすらとはいえ、出刃を手にしている新太郎さんの姿を覚えているように思えたのは、後で純庵先生が繰り返しわたしに話したからだと思います。

わたしは大罪を犯したにもかかわらず、ずっと庇われていたのですね。ですが、もうそうと知ってしまったからには、償いをするべきだと気づきました。

わたしにはまだ、疱瘡神の大声が聞こえます。今はわたしに〝死ね、死ね、死ね〟と命じている声が——。

それだけではありません、疱瘡で亡くなった子どもたちだけではなく、両親や新太郎さん、純庵先生の声も聞こえているのです。〝おいで、おいで、おいで〟と——。

——取り返しのつかない罪を犯しながら、忘却という心の病に逃げて、想う相手をも死なせてしまった美登里……。世に忌み嫌われる疱瘡神とは、良心の呵責ゆえに心の奥底で育っていた、恐ろしい己の姿だったのかもしれない。それにしても、死しか救いがなかったとは——

何ともやりきれないお悦や賢作を前にして、おみ乃は、

「あの世では疱瘡なんかの病、入墨者への差別や想いゆえの醜い嫉妬もなくて、美登里さん、幸せに暮らしてほしいわ」

呟いて手を合わせ、これを伝えに訪れていた細貝まで、知らずと皆に倣って瞑目していた。

市中は秋風が心地よく吹き渡るようになって萩の花が咲きこぼれ、やっと疱瘡の流行は終息をみた。

そして疱瘡神の噂をする者もいなくなった。

第五話　母子《おやこ》つなぎ

一

市中のそこかしこでさまざまな種類の菊の花が咲き誇る時季ではあったが、

「一度ぐらい、それはそれは見事だという巣鴨《すがも》の染井《そめい》村の菊細工を見てみたいわ」

おみ乃を嘆かせるほど清悦庵は忙しかった。

高砂屋の父子や中島屋の薦めで顧客、特に妊産婦の数が増えていたからである。

潮が引くがごとく疱瘡が終息してしまうと、お悦にも救えなかった命があったが、瓦版が誹謗中傷の片棒を担いだことなどなかったかのように人々は、

「横倒しになった駕籠の中にいた身重女を助け出して、近くの蕎麦屋で子を産ませるなんぞ、たいした腕だぜ」

「腕だけじゃぁねえ。何でも、トリカブトの毒が入ったハチミツとやらを見破って、

何人も命拾いしたってぇじゃないか。清悦庵のお悦は頭も切れるんだよ」

しきりに賞賛していた。

「人の噂って、やっぱり怖いもんですね」

疱瘡神騒ぎで市中が沸いて、こちらに石つぶてが投げられんばかりだった時のことを思い出した賢作は手放しでは喜べなかった。

お悦は変わらず、朝一番に裏庭にある石の塚に手を合わせている。

「あの塚の周りに小石が並べられてるのに気がつかなかった？　あれ、おっかさんのお腹の中で死んでたり、死んで生まれた赤子を含めて、先生が助けられなかった子どもたちなのよ。毎年、疱瘡が流行った後には小石がぐんと増えるの」

おお悦に倣って拝むのを日課にしているおみ乃が告げた。

賢作はまだ見倣う気にはならなかったが、いずれは自分も日々、その塚の前に立ちそうな予感はしていた。

人手不足とあって、賢作は整胎術なるものを学んでいる。すでにおみ乃はこの術を完全に我がものとしていた。

「おみ乃さんに教えてもらって」

とにかくお悦は往診で忙しい。

「整胎術って、ようは、お腹の中で下がりすぎている胎児を上に引き上げ、右または左に偏りすぎている場合は真ん中へ押し戻すだけのこと、引き上げと押し戻し」

おみ乃に一言で説明されると簡単な施術のようだが、いざ賢作が往診先で実践してみると、目の前の妊婦を前に、無事やり遂げなければならないという思いで、身体は緊張し、頭はかーっとのぼせてしまって指が強ばってしまい、ぎこちないものになりがちであったので、見かねたおみ乃が施術を代わった。

この後、清悦庵で賢作は特訓を受けることになり、

「あたしを妊婦さんだと思ってやってみて」

おみ乃は座敷の畳の上に仰向けに寝た。

「あなたはあたしの左横に座って。あのね、まず言っておくけど、施術を受ける妊婦さんだって、不安で身体はがちがちなのよ。だから、最初は妊婦さんの心を落ち着かせること。それには、今のあたしみたいに仰向けになってもらって、妊婦さんの胸から腹に右の掌を撫で下ろして落ち着かせなければ。そうそう、その調子

——」

賢作は秋も深いというのに汗だくである。

——こういう施術は女同士の方がよさそうだ。男に不利な施術とも言える——

賢作は蕎麦屋でおりんに拒まれていた遠藤陶益の太い指を思い出した。

——笑えないし身につまされる——

遠藤ほど太くはないが、節くれ立っている自分の手をしみじみと見つめた。

「続けて。その後、人差し指と中指で肋骨に沿って、左右の章門《しょうもん》（肋骨と骨盤の間）まで撫で下ろし、足の付け根までをよく揉みほぐしてみて。ああ、いい気持ち、あなたの指も掌もなかなかのものよ。さあ、これからが正念場、妊婦さんがすっかり落ち着いたところで、胎児の偏りを触診するの」

ここからは施術中のおみ乃を何度も見ていてわかっていた。

両手を重ねて妊婦の下腹部と恥骨の間に差し入れて、胎児を上の方へと引き上げるのである。

まずは、左手だけをその位置に置いたまま、胎児が左右のどちらに偏っているかを見極める。右に偏っている場合は右手の四本の指先で真ん中へ押し戻し、左に偏っている時は右の掌全体で向こうへ押して真ん中に押し戻す。その後ゆっくりと腹部の左右、上下を揉みさすって、胎児の位置が理想的な真ん中に落ち着いたところで、右手を左手に重ねて整胎を終了する。

「まあまあだけど、ちょっと指先に力が入りすぎてて、力任せだわ。力は指先にではなくて腰だけに入れて。力が抜けた指先って誰でもしなやかなものだって、先生が言ってたから。〝わたしの手を神の手だなんて言ってくれる向きもあるけど、必死で鍛え上げればどんな手も神の手になれるのよ〟って。だから、男女の差はないはずよ」

おみ乃は賢作が抱いていたやや僻《ひが》みの混じった危惧を打ち砕いた。

「じゃあ、ここまでのおさらいをするわよ。臨月近くで偏りが治らず、お腹も胎児も下がりすぎてる場合は？」

「横になっていたら恥骨の間に指先が入らないので、膝を立ててもらえば必ず入る」

「その先の引き上げと押し戻しは？」

「妊婦と向かい合って座り、こちらの両手を相手の背中に回し、左右から手前の腹

の真ん中へ集めるように撫でさすること数十回。これは妊婦の心を落ち着かせるた
めだ」

――なるほど、これにはそういう目的があったのだな。なぜだ、なぜだと思って
いたが、やっとわかった――

愁眉を開いた賢作は、

「その後、両手の親指を肋骨に沿わせつつ、章門の方へと撫で下ろし、両手を仰向
けて恥骨の上へと差し入れて引き上げる。そして、左右どちらかの傾いている側を
真ん中へ押し戻す。下から整胎するには両掌を用いる」

おみ乃の矢継ぎ早の質問にも自信に満ちた物言いですらすらと答えた。

「それでは最後に、妊婦が高いところから落ちたり、転んだりして、胎児が大きく
偏った時の整胎は?」

「それはまだ――。蕎麦屋での先生の活躍はたいしたものだったけれど、腹帯を緩
く巻いていたおりんさんのお腹の子は偏ってなどいなかったし、あなたとの往診先
でも、まだ、そこまでの妊婦に出会っていない」

賢作のこの答えに、

「一度だけ、雪の日に転んでここに担ぎ込まれた妊婦さんを、先生が整胎するのを見たことがあるの。胎児が偏って膨れている方を上向きにして寝かせると、先生はその後ろへ回って、自分の片脚を伸ばして妊婦さんの脚の間に差し入れたの。こうして、妊婦さんの脚を自分の膝で受けると、片手を股の間から回して、下から胎児を引き上げつつ、もう一方の手で上の方から偏っているのを真ん中へ押し戻していた。この時の先生の手技は惚れ惚れするほど見事で、どっちも利き手に見えたわ。そして、この時は整胎後、すぐに産気づいて無事出産。〃ただし、これが間に合わなくて、むざむざお腹の子を死なせてしまったことが、何回もあるのよ〃って言ってた先生の顔、相当怖かったわよ。まるで怒りを一身に集めたあの不動明王みたいで――」

思い出したおみ乃の言葉が震えた。

「先生ほどの手技で助けられないなんて考えられない。お腹の子を助けられなかったのは産婆流の腹帯のせいだろう？」

賢作は念を押さずにはいられなかった。

「如何なる理由があっても、助けられなかった命には黙って頭を垂れ続けるべきで、ああだこうだと言い訳するのは、医術に関わる者にとって、本末転倒だっていうのが先生の考えなのよ。だから、くわしくは話してくれなかったけど、さっき話した妊婦さんが担ぎ込まれた時、腹帯を取り去ろうとしていたあたしに、〝もたもたしないでっ、早くしてっ〟って先生は怒鳴って、〝早く、腹帯を取らなきゃ、早くしなきゃ、とにかく、早く〟って、自分に言い聞かせるみたいに呟いて包丁を取りに厨へ走ったの。結局、鋏と包丁の両方を使って、胸の下からきつーくがちがちに巻いてあった腹帯を親の仇みたいにずたずたにしたの。そして、母子共にお産を乗り越えられたとわかったあの時、先生は腹帯の残骸をじっと見据えて、〝この腹帯は諸悪の根源ね、このせいで死ななくてもいい命が幾つも奪われる、何とかしなきゃ〟ってはっきり言い切ってた」

「産婆流を是が非でも止めさせようとしている、〝母子共に死なない、お産の学び〟には、先生のよくよくの思いが込められてるんだな」

「先生は神業的な整胎の手技で、妊婦さんを難産から救って当人や家族に感謝されるたびに、ちょっと苦い顔をするのよ。理由を訊いたら、〝胸から咎人みたいに締め上げる腹帯さえこの世になかったら、滅多なことでは、胎児は下がりすぎないし、偏ることもないんだから、整胎なんてほとんど無用になる〟って言ってた」

「座椅子の方も然《しか》りだ」

「〝伸び伸びと横になって、たっぷり眠ることこそ、産後の最も効き目のある養生だと、当人も周りも悟ってその通りにしてくれれば、産婆の座椅子貸しや、これが元凶で患うさまざまな病で儲ける医者も不要になるだろう〟って」

「なかなか辛辣だが小気味いい」

賢作は両手を打ち合わせたい気分だったが、

「たしかにその通りだけど、それだけにあたし心配なのよ。このところ、清悦庵は疱瘡が流行り、瓦版に叩かれて、閑古鳥が鳴いてた時とは打って変わって大忙しでしょう？　その分、他の産婆さんの仕事が減ってるはず」

「俺たちの知らないところで、何か企まれているのかもしれないな」

賢作はお悦がごろつきたちに襲われて、投げ飛ばした時のことを思い出していた。

――後ろに遠藤がいるのはわかっているが、お兼もたぶん黒幕の一人だろう。だとしたら、仕返しも兼ねてあいつらがまた、襲ってくるかもしれない――

「注意しましょう、あたしたちで先生を守らなければ――」

「そうだな」

相づちを打ったものの、

——お悦先生はたとえごろつきたち相手でも、身を守ることのできる女《ひと》だ。あの時、逆に守ってもらったに等しい俺に何ができるというのだろう——

到底、自分が役立つとは思いがたかったが、考えあぐねた末、質流れしかかっていた刀を何とか取り戻し、お悦に知られないよう清悦庵の押し入れに隠した。

——刀さえ手にできれば守ることができる——

「あたしはなるべく清悦庵に泊まり込むことにするわ。先生が柔術の達人だったのはこの間のことで初めて知ったけど、こう見えてもあたし、骨継ぎに必要な整復を囓った際に、護身術を少々習って、腕に覚えがあるのよ」

腕まくりしたおみ乃が、小さくてしなやかな両手に似合わない、引き締まった二の腕を見せてくれて、思わず賢作はどきんと胸が鳴った。

そんなある夜のこと、帰りが遅いおみ乃を待って、賢作は四ツ（午後十時頃）まで清悦庵にいた。昨夜から寝ずで難産に立ち会っていたお悦は自分の部屋で安らかな寝息を立てている。

――いくら柔術にまで秀でているお悦先生でも、疲れて寝入っているところを襲われれば、ひとたまりもないだろう。俺たちが先生を一人にしないようにしなければ――

決意を新たにした時のことである。ふと異臭が賢作の鼻をついた。薪が焼ける匂いであった。裏手にある厨の方から漂ってきている。賢作は厨へと走った。勝手口が開け放たれていて、炎が燃え上がり、すでに厨には煙が立ちこめている。

――付け火だ――

賢作は咄嗟に厨にあった大きな水瓶を抱え持つと、炎に向かって投げるように水を掛けた。幸いなことにこれで炎の勢いが少しばかり弱まった。

「もっと水を掛けないと」

丁度帰ってきたおみ乃が井戸から大盥に水を汲み上げ、それを受け取った賢作が残っている炎めがけて投げつける。

この間に、起き出してきたお悦も手伝って、盥の数と水を掛ける回数が増えた。

こうして、完全に炎が消えて黒い炭の塊だけになると、

「ご苦労様」

お悦に労われ、賢作は安堵のあまり、へなへなとその場にしゃがみ込んでしまった。

その後、三人は座敷で夜が明けるのを待った。

「まあ、こんな時は火のつくものは火鉢でも嫌だし、煮炊きもしたくないし、秋の夜長に温まるにはこれしかないわね」

お悦が湯呑みで酒を振る舞ってくれた。

この湯呑み酒を一気に空けたおみ乃は、

「あたし、見てしまったんです」

やや青ざめた顔で思い詰めた様子である。

「何を見たの？」

お悦はゆっくりと酒を啜っている。

「お兼さんです。お兼さんが走って逃げるのを見たんです」

「間違いないのね」

お悦は厳しい目で念を押した。

「間違いありません」

おみ乃は言い切り、困惑顔のお悦はふうと大きなため息をついた。

「あたしは奉行所に届けた方がいいと思います」

さらに言い募ったおみ乃に向けて、

「俺もそう思います」

賢作は大きく頷いた。

「この件を奉行所に届けるとどうなるのかしら？」

お悦は二人の顔を交互に見据えた。

「付け火は市中引き回しの上、火刑の大罪ですから、あたしが見たといえば、当然お兼さんには厳しいお沙汰が下るはず。でもそれは自業自得、仕方ないと思います」

おみ乃は相づちをもとめるかのように賢作を見たが、

「でも、幸いにも消し止めて大事には到ってないし。この程度では、こちらが付け火と言い立てても、夜間のこととて、おみ乃さんが勝手口にいた者を、自分と見間違ったのだとお兼さんは言い通し、知らぬ存ぜぬでしょう。それに、お兼さんは産婆たちを束ねているから、夜間、お兼さんと一緒だったと口を揃える産婆たちが大勢出てくるにちがいないわ。自分のところで火を出しておきながら、付け火だと言い立てたということにでもなれば、お縄になるのはこっちよ」

お悦の言葉に二人が不承不承頷くと、

「とにかく、この件はここだけの話にしておいてちょうだい」

お悦はぴしりと逆らい難い物言いをした。

二

朝日が清悦庵の座敷を橙色に照らし出している。

「さあさ、今日もいつもと変わらない朝よ、一日頑張りましょう」

賢作とおみ乃が座ったまま、うとうとしている間に、お悦は梅干しとおかか、紫蘇の実の醬油漬けを芯にした握り飯と、葱だけが実の熱い味噌汁を手早く用意していた。

「では行ってきます」

賢作とおみ乃は整胎を頼まれている往診先へと向かうことになっている。

「大丈夫かしら？　やっぱり先生が心配、懇意にしてる細貝の旦那にだけは、昨夜の付け火のこと、話した方がいいんじゃないかと――」

とうとうおみ乃は途中で足を止めた。四つ角を右に曲がると奉行所である。

「そうは言っても細貝様は定町廻りのお役人だよ。付け火を含む市中の取り締まりがお役目なのだから、上に黙っていてくれるとは思えない」

「まあ、勝手なことをして、先生の耳に入れば破門されかねないわよね。でもねえ、あたしなんだか情けなくって」

おみ乃はほんの一瞬、片袖で目を拭うと、

「お兼さんがあんなことをしたのかって思うと、たまらない気持ちになるのよ。だって、このところ、次々に舞い込んでくる整胎の仕事、こなしきれない分は先生、お兼さんに譲ってたんだもの。どうして、あんな産婆流の親玉みたいな女に譲るのかって、あたし、先生に食ってかかったのよ。そしたら、先生、お兼さんの整胎の腕はなかなかのもので、悪いのは身体が軋むほど強く巻く腹帯と、座椅子なんだから、これらさえ当人が改めて止めてくれればいいんだって。怒鳴り込まれた上、ここまで酷い目に遭ってるのに寛容すぎるわよ」

もやついていた胸の裡を訴えた。

「お悦先生らしい理のある話だけど、俺がお兼さんだったら、敵から憐れみを受けたみたいで、益々むかつくかもしれないな」

ここでも賢作はおみ乃に同調しなかった。

「もう、いいっ。あんたは先生がどうなってもいいのねっ」

おみ乃は感情を吐き出して、すたすたと往診先への道を歩き始めた。

「待ってくれ」

追いついた賢作は、

「俺に一つ策がある。どんな策かまでは言えないが、これからそれをやってみる。だから、今日の往診は先に行っててくれ」

おみ乃に告げると、来た道を少し戻って、住まいのある蓑虫長屋へと走った。

木戸を入って三つ目が代書屋で、元は手習いの師匠だった老爺が一人で切り盛りしている。繁盛している証に時折、長屋には似つかわしくない様子の侍や町人たちが、そこから出てくるのを見かける。

文机の前に居住まいを正して座っている主は、この日の仕事を始めたばかりで、ゆっくり墨をすっている最中であった。賢作はこの主と何度か挨拶こそ交わしていたが、まさか代書を頼むようなことになろうとは思ってもみなかった。

「書いてほしい文があるんだ、大事な文だ」

――俺の稚拙な手跡ゆえに門番に突き返されたりしたら困る――

早速切り出して、文を出す先の名を口にすると、

「それはそれは恐れ多いお方で。ご心配は要りません。わたしの手跡には魂が宿っておりますので――」

相手は慇懃無礼な物腰で、二朱という法外な代書代を示した。

「そこまではとても払えない、百文でもやっとだ」

賢作は気落ちしたが、相手は笑顔を無理やり貼り付けた顔で、

「そのような向きにでもお手伝いはいたします」

賢作は主の勧めるままに、料紙だけを三十文で買い、筆はそこそこ上等のものを金を払って借りた。自分の家に帰ると、押し入れの柳行李から、ちびた墨と角が欠けている硯を取り出し、代書屋の主とは似ても似つかない慌てふためいた様子で、何とか墨汁の用意を終えた。

まずは市中で配られていた引き札の裏に用件を試し書きして、その後、間違うまいと心を引き締めて、全神経を集中し、高価だった紙に写すと次のような文となった。

襲撃、付け火と一度ならず、我が師に身の危険が迫っております。あなた様のお力でお守りいただきたいのです。わたしたち弟子の狭いつきあいの範囲では、あなた様しか、お悦先生を守っていただけるお方は思い当たりません。よろしくお願いします。

佐伯賢作

典薬頭今大路親信様

賢作はこの文を携えて今大路の屋敷へと向かった。

――直にお会いはできぬのだから、これしか手立てはない――

門番は相変わらず愛想なしで、賢作から差し出された文にふんと鼻を鳴らし、

「典薬頭様には折を見て渡しておくゆえ、早く帰れ」

早速追い払いにかかったが、

「今すぐ奥までお届けください。さもないと清悦庵に変事が起こり、あなたはお役御免になりますよ」

賢作は退かなかった。

「わかった、わかった」

門番がもう一人に、中に取り次ぐよう告げ、出て来た若党の手に無事、文が渡るのを見届けた賢作は、おみ乃の待つ往診先へと急いだ。

秋の夕暮れは釣瓶落としとはよく言ったもので、肌寒くなる夕闇が訪れた。

この時、お悦は往診先から帰り着いたところであった。すれちがった棒手振りが売り急いでいた秋刀魚を抱えている。常は表から入るのだが、昨夜のことが気になって勝手口へと廻った。勝手口の戸は焼け焦げて戸の体を成していず、風が吹き込んでいて、裏庭からは厨が見渡せる。

「すっかり忘れてしまってた。明日にでも大工さんに来てもらわなければ」

お悦がふと洩らすと、

「そうですよ、あまりに不用心すぎます」

手燭に火が灯ってぱっと明るくなった厨の中ほどに、典薬頭今大路親信が立っていた。

「いらしてたのですね」

「あなたの男弟子が伝えてきました」

「まあ、余計なことを」

「あなたの身を案じているのです。もちろんこれは大事なことです」

「それでも、ここはあなた様のようなお方が、おいでになるようなところではありません。そろそろお腹を空かせた二人も戻ってくる頃ですし、お帰りください」

「ならば、二人が戻ってくるまで、あなたの身を守ります」

親信は、ふふっと笑って、左手の親指を刀の鍔にかけた。

「大袈裟ですねえ。それに、まだ剣術をなさっていたとは――」

お悦も思わず、くすっと笑った。

「あなたに市井での医術を封じられましたからね。剣術の稽古は退屈な日々のせめてもの楽しみです」

痛いところを突かれたのか、

「仕方ありませんね」

　お悦は微笑んだ。

「お寒かったでしょう、今すぐお茶を淹れます」

「火鉢にはすでに火を熾してあります。茶はたぶん今でも淹れるのはわたしの方が上手ですから、酒にしませんか？　今夜はあなたと二人で昔の話がしたい気分です」

　親信は持参してきた大徳利をお悦に差し出した。

「お酒もいいですけれど、何か召し上がらないと」

　お悦は座敷で七輪に小鍋を掛けて、朝、買い置いた豆腐を湯豆腐に仕立て、

「お礼を申し上げるのを忘れていました。おかげで積年の課題だった産婆流の腹帯と座椅子の害が、やっと少しずつ市中に知れ渡ってきています」

　取り皿と箸を渡しながら頭を下げた。

「礼を言うならわたしからあなたにでしょう。そもそも、この市中の医療を何とかしたいと言い出したのは、わたしの方なのですから――」

　親信も頭を垂れた。

「当初はどうしたらいいのか、皆目見当がつきませんでしたね」

お悦は数年前に再会した親信が、老いた顔に苦悩の色を浮かべながら、医療についての疑問をぶちまけた時のことを思い出していた。

この時、親信は市中の医療は救いようのない重病に冒されているも同然だと言い、その悪の巣は法印の肩書きを持つ遠藤陶益を中心に、法眼、法橋《ほっきょう》の肩書きを持つ医者たちや、阿片や南蛮渡来の薬の横流しに関わっている武士や商人たちであるとお悦に告げた。

「まさか、こうした悪の巣に産婆までもが与《くみ》しているとは思ってもみませんでした。産婆流の腹帯や座椅子を改めない理由が、悪の巣を肥え太らせるためだったとは――」

お悦の言葉に、

「賄賂で法眼、法橋の肩書きを得たヤブ医者たちと産婆たちは、長い歳月の間、己たちの利益だけを追求してきたのです。ヤブ医者たちはたいそうな金子を受け取っても、出産に立ち会うのは形ばかりで、時に難産で死に瀕する母子を救う業を磨くことをしなかった。いや、なにゆえ、母子たちが死ななければならないのかということさえ、産婆もヤブ医者たちも考えてはいなかった。そこで、わたしは産婆やヤブ医者たちに、とりあげ（出産）に必要な技の試験制度を設けたいと思い、奔走しました。これで多少はヤブ医者たちの怠け心に活を入れられると思ったのです。ところが、そんなことをされては、試験に受かるような医者は市中に少ないので、落ちた大多数が大きな儲け口を失ってしまいます。そこで法印の肩書きを持つ遠藤が、医者が技を習得すれば産婆など要らなくなってしまうのだぞと、産婆の元締のお兼を脅し、悪の巣へと引きずり込んだものと思います。わたしはとりあげ試験だけではなく、薬の横流し禁止の令も、御老中方に申し上げたのですが、甘い汁が吸えなくなる役人や商人たちの強引な横槍で果たせずにいました。あなたと再び会うことがなければ、〝金輪際、医術に口出しは無用。そもそも典薬頭など所詮、代々お飾りではないか？　それのどこが不満か？〟と悪と金に屈した老中の言葉を受け容れていたかもしれません。あなたが悪の旗幟《きし》として、産婆流の腹帯と座椅子の害を指摘してくれたからこそ、ここまでこられたのです。やはり、礼はわたしから言わねばなりません」

親信は言い切った。

「あなた様のお話を聞いていて、たまたま思いついただけのことですよ。わたしには子がおりませんが、女ですから、お産は女の命懸けの難行にして最大の喜びの一つで、それだからこそ、産婆流の腹帯や座椅子の害ゆえに、失われる命の数を減らしたかったのです。長年、母子の悲しい報せを耳にするたびに、たまらない思いでおりました。疱瘡なぞの流行病では救える命も運任せのところがありますが、お産は産婆流さえ止めれば、確実に救える母子が多いのです。今のこの状況はわたしの信念の表れでもあるので、あなた様がわたしに礼なぞおっしゃることはありません。あなた様が気づかせてくださらなければ、たまらない思いを引きずりながら積み重ねているだけだったはずです。未練がましく墓場まで持っていくほかなかったかもしれません。この通りです」

お悦は頭を垂れたままでいた。

しばらく二人の間に無言が続いて、

「とはいえ、わたしはやはり、お悦さん、あなたの身が案じられます」

親信が口を開いた。

「佐伯さんが何を伝えたかわかりませんが、今では整復から柔術をも、我がものにしていうのですよ、わたしは大丈夫です」

お悦は明るい笑顔を向けて、

「さあ、そろそろ、暗くなってまいりましたし――」

相手に帰宅を促した。

「腹が空いていて帰れません」

「湯豆腐をあれだけ召し上がっておいて？　ああ、でも、大食漢は変わられてないのかもしれないですね。夜中に働いてくれる者も近くにいます。お屋敷へ走ってもらって、迎えの御駕籠に来ていただきましょうか？」

「駕籠はあまり好みませんし、わたしはもう、あの時のように騙されたくはないのです」

親信はじっとお悦を見つめた。

「えっ」

お悦は親信の視線から逃れるかのように、

「秋刀魚飯のこと、覚えていたのですか？　やっぱり食いしん坊の大食漢は変わりませんね」

そう言って、うつむいた。

――わたしだって、召し上がってほしかった。でも――

「あの時も秋でした。あなたはわたしが今大路の屋敷から戻ったら、とっておきの秋刀魚飯を馳走してくれるという約束をしてくれました。あの約束がまだ果たされていませんよ」

「あの時はあれしか道がなかったんです」

忘れもしない、愛しい男との別れを決断した時のことを、昨日のことのように思い出していた。

「あなた様は医療の頂点におられる典薬頭様の御嫡男でした」

「とはいえ、あなたと出会った時は市井で医術を学ぶと言い張って、今大路の父に勘当され、修業中の医者にすぎませんでした。実はわたしはそのままでよかった、あなたと添って、一緒に医術に励みたかった――」

親信の声が感慨深く湿った。

「斬られた子どもを助けられなかったわたしに、医術の道へと進むきっかけを作ってくださったのはたしかにあなた様でした。でもあなた様は高位の身分のお方。わたしは庄屋の家に生まれたとはいえ、跳ねっ返りで遊び好き、勝手気儘な上、旅回りの男前と駆け落ちをしたつもりが、お金だけ取られて相手に逃げられる始末。恥ずかしくて、もはや故郷《くに》に帰れるわけもなく、仕方なく、付添人などをして暮らしていましたが、金持ちの寝たきり患者に頼まれ、たいした罪とも思わず、腰巻きを取って見せることだってしてたんです。いいお金になりましたから。そんなあばずれと天下の典薬頭のご子息とでは、誰がどう考えたって、釣り合いがとれませんよ」

お悦は乾いた声で笑った。

「わたしは今でもそうは思っていません。わたしは、あなたが身を捨てて、止めていたことを、ただ漫然と見ていたんです。折しも、悪い風邪が流行って、ばたばたと人が亡くなっていました。その風邪にはチョウセンニンジンがよく効きました。けれども、あの時、腕や技は確かながら、頑固一徹のわたしの師匠は、患者に与える薬をもとめる金はもとより、暮らしのための米代にさえも事欠く始末でした。勘当された身のわたしにはどうすることもできなかったのに、あなたは身を挺していました。以来、わたしは見ているしかなかった自分を恥じる一方、あなたに深い尊敬を抱いてきたのです」

親信はお悦の前で項垂れた。

「たとえ、あなた様が許してくれていたとしても、やはり、わたしは、姿を隠したことでしょう。なぜかといえば、医療は真剣に修練さえ積めば上達して極めることができますが、あなた様のような、たとえ勘当されても、市井で一介の医師として働いてみようと考える、尊い人となりのお方が典薬頭の座に就くことなぞ、滅多にありはしないからです。あなた様は世の中の病に苦しんでいる、より多くの人たちのために、典薬頭として生きるべきだと思いました。あなた様なら、必ずや貧富の差を超えて、誰にとっても優しく、誠実な医療の形をつくってくださると——。あなた様との別れを決めた時、わたしには、助けられなかったあの男の子が、目を醒まし、笑って立ち上がる様が見えたような気さえしたのです」

そこまで話したお悦は、

「お腹が空いたあなた様のために秋刀魚飯をこれから拵えます、わたしも約束を守らないと——」

微笑みながら立ち上がった。

三

秋刀魚飯はどこの家でも、脂の多い秋刀魚を庭の角に七輪を持ち出して焼き上げてつくるので、かど飯とも呼ばれている。

洗った米に醤油と味醂、酒、生姜の絞り汁で水加減を調え、昆布を一切れ載せて炊きあげてから、焼きたての秋刀魚の身をほぐして加え、さっくりと混ぜて仕上げる。

「秋刀魚がこれほど美味いものだったとは――」

箸を取った親信は驚きのあまり、言葉が続かなかった。

「長く庶民の間で伝えられてきた工夫の料理です。今が出盛りの秋刀魚は安くて滋養があり、育ち盛りの子どもや働き盛りの男たちにうってつけですが、いつも焼き秋刀魚一辺倒では飽きもきますから。二膳目は大根おろしと合わせて召し上がってみてください」

お悦の勧めでたっぷりの大根おろしと秋刀魚飯とが混ぜ合わされると、

「まさにおろし大根秋刀魚飯ですね」

親信は嬉々としつつも、ゆっくりと箸を使った。

――この女がここにこうして居て、わたしのために約束を果たしてくれた。これほど貴重な時などほかにあるだろうか？　何とも時の経つのが惜しい――

「三膳目は大根おろしをかけずに、柚子の絞り汁を振りかけてみるのもよろしいかと。殊の外、柚子が香り立って少々京風で高貴な味わいになります」

「是非、それも味わってみたい」

親信は間髪を容れずにねだったが、

「あなた様にはこの味が一番ふさわしいような気もしますが、残念ながら、今ここに柚子はないのです」

お悦はほうじ茶を淹れて、さりげなく戸口の方を見た。

――わたしにそろそろ帰れということですね――

親信は悲しげな目でお悦を見た。

――もう、これ以上はないと思うほどの楽しい昔話でした――

お悦は感謝のまなざしを返すと、先に立ち上がって親信を促した。

「勝手戸の修繕はわたしに手配させてください。これだけはわたしに――このままではあなたのことが気になって、夜もろくろく眠れそうにありません」

親信は頑として譲らず、

「わかりました、ありがとうございます」

お悦は丁寧に頭を垂れて見送った。

賢作とおみ乃の二人は、初産に立ち会い、無事に出産を見届けて、昼過ぎに清悦庵に戻ってきた。

「往診先から戻ってやれやれって思っていたら、急に産気づいたって報せであわててまた行ったわけだけど、結構かかったわね。ああお腹すいた。あれれ？」

おみ乃が驚いたのは、勝手口の戸が新しく付けられていたことだった。お悦は往診に出向いていて不在だったが、いつもの重箱には秋刀魚飯が詰められていた。

早速、箸を取った二人は、

「美味しいわね、あたし、これ、大好物なのよ」

「しっかりした味で冷めても美味いのがまさにミソだな」

夢中で掻き込んで空腹を満たした。

「あら、大根おろしがある。へえ、先生は大根おろしまで用意してたのね、あ、でも、これと秋刀魚飯を合わせて美味しいのは温かいうちだけ。秋刀魚飯も冷めると大根おろしとは合わないのに――」

重箱を厨に片付けに行って戻ってきたおみ乃は一瞬首をかしげたが、

「わかった、わかった、勝手口の戸を直してくれた大工さんをもてなしたのよ、きっと。それにしても、しっかり見事な戸に替わったものね。大工さんの腕、相当なものよ」

すぐに合点していた。

それから一刻半（約三時間）ほど、おみ乃は座敷で、賢作は隣りの部屋で仮眠を取ると、

「さて、行くとしましょうね」

二人は予定している往診先である、与五郎長屋へと向かった。

神田八軒町にある与五郎長屋は蓑虫長屋ほど店賃が安くはないせいで、そこそこの広さもあり、亭主に一定の稼ぎがあって、一人、二人子どものいる夫婦が多く住

んでいる。

　二人は指物師の弥助《やすけ》の家の前に立った。

「清悦庵から来ました」

　おみ乃が告げると、

「はぁーい」

　油障子が開いて、五、六歳ほどの年頃の女の子が顔を出した。

「おっかさん居る?」

　おみ乃が訊くと、

「おとっつぁーん」

　女の子は奥に居る父親を呼んだ。

　年齢は三十歳ほどの弥助が器用そうな両手を着物の上で重ね合わせて頭を垂れた。

　二人と目を合わそうとしない。

「うちの奴、ここにはいねえんです」

「おでかけならお待ちしますよ」

　おみ乃は笑顔を向けている。

「今日の施術は結構です」

弥助は頭を下げたままで言った。

「あと少しでお産になるお時さんには、大事な治療のはずです。そもそも、〝うちの女房はお腹が人並み外れて大きいだけじゃなしに、偏りも半端じゃないから心配だ〟って、整胎を頼んできたのは御亭主のあなたでしょ？」

おみ乃の声が跳ね上がった。

「それはわかってます。でも、もう、清悦庵の整胎は要らねえんで——」

弥助はやっとおみ乃と目を合わせた。

「清悦庵《うち》の整胎が要らないって、いったいどういうことです？」

おみ乃が声高に言うと、弥助は無言だったが、

「おっかさん、本郷の偉い産婆さんとこに行ったんだよ」

女の子が口を挟んだ。

——本郷の偉い産婆といえば一人しかいない——

「お兼さんのところですね」

初めて賢作が口を開いた。

「そうです」

弥助は大きく頷き、

「でも、あそこは――」

思わずおみ乃は口走りかけた。とにかくお兼の施術は高額で知られている。

「なんでも、偉い産婆のお兼さんに思うところがあって、金持ちだけじゃなしに、あっしたちみてえなもんの子も、とりあげてくれることになったと聞いたんでさ。金は取らねえそうで。何より、偉《えれ》えお医者もついてるそうで。そうなりゃ、もう心配はねえ。只で金持ち並みのお産ができるんですからね。あっしも女房も田舎出です。今居るこの子や生まれてくる子のためにも、いつまでも長屋住まいじゃなしに、いつかは家を構えたいと思っていますし、ここは銭を惜しませてもらおうってことになりました。清悦庵さんには申し訳なかった。この通りです、どうか、許してください」

弥助は土間にぺたりと座って、両手をついて頭を下げた。

「そういう事情では仕方ありませんね」

賢作が話を打ち切って、二人は与五郎長屋を後にした。

「頭にきたし気落ちしたわ、先生と一緒に頑張ってきた〝母子共に死なない、お産の学び〟って、いったい何だったのかって。所詮はみんな我欲の塊で、いざとなるとこっちは裏切られちゃう。ここまでがっくり落ち込んだのは、生きてきて二度目よ」

呟いたおみ乃の足どりは重い。

——一度目は何だったんだろう？——

賢作は気に掛かったが、今はそれを訊く余裕はなかった。

「どこに行くの」

二人が御成街道に差し掛かった時、ついと賢作が街道を突っ切った。そのまま真っ直ぐ行けば本郷である。

「俺はお兼さんの善行には必ず裏があると思ってる」

賢作は言い切った。

四

産婆の元締であるお兼の産楽堂では、多産で知られている兎の石像が訪れる者たちを迎えている。清悦庵とは比べようもないほど立派な門構えであった。

「お願いしまーす」

おみ乃が大声をあげると、一番弟子と思われる、こざっぱりした白い筒袖上衣を羽織った中年増が現れて、

「お約束ですか？」

まずは丁重な物言いではあったが、賢作が違うと答えると、こちらをじろじろと見ながら、

「先生はお約束の方しか診ないんです。お帰りください」

高圧的な物言いで、けんもほろろに追い返そうとした。

「与五郎長屋の弥助さんのおかみさんに会わせてください。わたしは北町奉行所同心細貝一太郎様の手の者で、調べを頼まれております」

賢作が方便を使うと、

「それでは少しお待ちください」

相手は急に態度を変えて、

「どうぞ、こちらへ」

二人は中へと招き入れられた。

廊下を歩いている途中、

「細貝の旦那の名なんてどうして出したの？　往診先で顔を合わすことがあるから、あたしのこと、お兼さんは知ってるはずよ。あんただって、いったいどうやって辻褄を合わせるつもりなのよ？」

おみ乃が囁いてきて、

「何とかなるさ、それにああ言ったから、こうやって中へ入れたんじゃないか」

賢作は答えた。

二人が招き入れられたのはお兼の部屋であった。畳は新しくよい香りがして、並んでいる簞笥や鏡台等の調度品はどれも高価な唐物で、床の間に掛かっている掛け軸には、〝産土神《うぶすながみ》〟と書かれていて、表装はぴかぴかとよく光る金襴緞子《きんらんどんす》であった。

「清悦庵のみ乃です」

「同じく佐伯です」

二人は名乗ると、

「おみ乃さんとは顔馴染みだけれど、佐伯さん、いえ、殿方ゆえ佐伯先生とお呼びしましょうか？」

お兼は賢作におもねるような笑顔を向けてきた。

「いえ、お悦先生は師匠、おみ乃さんは姉弟子ですので、ただ、佐伯とだけ呼んでください」

賢作はさらりと躱して、掛け軸に目を留めた。

――よほどの能筆と言いたいのだろうな――

すると、お兼がこれは、嵯峨天皇や橘逸勢《たちばなのはやなり》と並んだ三筆であり、古式ゆかしき真言宗の祖である、空海の書だと告げた。

――墨はどう見ても新しいし、そんな凄いものがこんなところにあるわけないのだから、たいしたはったりだ――

賢作が呆れていると、

「あなた方は弥助さんの女房のお時さんに会いたいんでしたね」

お兼は念を押してきた。

これにはおみ乃が、弥助から聞いた事情を口にして、一度は頼まれた行きがかり上、お時の様子が気になっていると答えた。

「こちらで引き取らせてもらった以上、心配なんぞご無用なんだけどね」

お兼は目に一瞬宿った鋭い刃のような光を消すために微笑んだ。

「それにしても、薬礼を取らずに、とりあげの善行を施すというのは、素晴らしい試みですね。なかなかできないことです」

今度は賢作が相手におもねった。

「実は、あたしは食うや食わずの貧しい家の生まれでね。親はお女郎にするつもりで、村に来た女衒《ぜげん》に幼いあたしを押しつけたんだ。この娘は多少、器量がいいから何とか引き取ってもらえるだろうって。その年は飢饉が酷くて、どこの家でも女の子を売りたがってたんだ」

咄嗟に賢作は老醜漂うお兼の顔を見つめていた。

たるんだ皮膚がやや高めの頬骨に貼りついているお兼の狐顔は、陰険さ、意地の悪さと紙一重のしたたかさや我欲さえ滲み出ていなければ、かなり整った造作である。

——皺や染みがなく、人柄が顔に出ていなかった若い頃は、さぞかし美形であったことだろう——

お兼は話を続ける。

「あたしは怖くてお女郎になりたくなくてね。だって、お女郎になるために村から出て行った娘たちは、誰一人、帰ってはこなかったから。お化粧をして、綺麗な着物が着られる、美味しいものが食べられると聞かされても、心は動かなかったよ。お女郎になったら死ぬんだと思い込んでたんだ。たいていのお女郎は悪い病に取り憑かれて、ぼろぼろになって早死にするから、満更、的外れではなかったんだけど。それで、村を出て江戸までの間、女衒に泣いて必死にすがったんだ。〝お女郎になっても、暗い性分のあたしじゃ、そうは稼げない、あたしは向いてない、どんな仕事でもいいから、お女郎以外の仕事がしたい〟って」

——幼くして先が読めるとはさすがの利口さだ——

賢作は舌を巻いた。

「贅沢ができるお女郎になりたがってた娘たちが多かったから、女衒はあたしの願いを聞き届けてくれてね。〝年季奉公の見習いがほしいって言ってる産婆がいるんだが、どうだい?〃ってね。あたしは飛びついたよ。村の産婆は婆さんだったんで、産婆になればあの年齢まで生きられるって思ったんだ」

――ますます賢い――

「こうしてあたしは、暗いうちから夜遅くまで、叱り飛ばされながらこきつかわれる、産婆見習いになったんだよ。幸い、身体は頑丈だったんで、どんなに辛くても、何とか生き抜いてきた。とはいえ、正直、いつも先が不安でね。その不安と競うように、必死に働いて、いつかは人に仰がれるようになりたいとも思いつつ、年齢を重ね、念願叶って今では人を束ねている。ずっと上ばかり見てきて、やっとほっとできて、やり残したことが何だったか、わかったんだよ。下を見て情けをかけること。今までのあたしにはこれが欠けてたんだよね。自分だって、あれほど貧しかったんだから、ひとかどになった今は、下を思いやって助けてやらなければ――。生まれる赤子にはどの子にも無垢な可愛さがあって母親の一番の宝だ。そして、一人では大きくなれない赤子には、乳を含ませて慈しむ母親が要るんだよ。お悦さんじゃなくても、あたしだって、母子共に死なせたくなんてないんだ」

お兼は声を震わせ目を瞬かせた。

この後、二人は弥助の女房お時が起居しているという部屋に案内された。庭が見渡せる日当たりのいい部屋であった。

ちょうど早めの夕餉の膳が運ばれてきて、お時は何品もの菜を猛然と平らげたところであった。

おみ乃が清悦庵の者だと告げると、

「すいません、すっかりお手間をかけちゃって、ほんとにすいません」

お時は大きく突き出した臨月の腹に、自分の顔を押しつけんばかりにして謝った。

「具合はどうです？　腹帯はきつくない？」

おみ乃の目は吸い寄せられるように、お時の腹部と顔色を見比べていた。

「三度のご飯やおやつが楽しみで有り難くて、腹帯のきつさなんて、全然気になりません。このくらいきつく締めてないと、あたし、横綱みたいに太っちゃいますよ、きっと。とはいえ、うちの人や子どもにも食べさせてやりたいほどのこんなご馳走、もう、金輪際食べられないかもしれないから、ぺろっといただいちゃいますけどね。そうだ、ちょっとごめんなさいね――」

お時はどっこいしょっ、と掛け声をかけて立ち上がると、文机の上に置かれている大きな鈴を振った。

「お味はいかがでしたか？」

二人を出迎えた高弟が障子を開けた。

「天に昇りたくなるほど美味しかったです」

「それではお茶と食後の甘味をお持ちしましょうか？」

「よろしくお願いします」

こうして、世に名高い鈴代屋《すずしろや》欽兵衛《きんべえ》の羊羹が菓子楊枝を添えられて運ばれてきた。

菓子楊枝を手にしたお時の目はもう、おみ乃や賢作を見ていない。羊羹はみるみる残りが少なくなった。

「明日は甘味の方、何になさいます？」

「カステーラなんて贅沢すぎるかしら？」

お時がためらいがちに頼むと、

「とんでもない、身重の時は気に入ったものを赤子の分も食べなければ。かしこまりました、すぐに注文いたします。そして、必ず明日はカステーラをお持ちします」

　相手はにっこりと微笑んで障子を閉めた。

「わかったでしょう？　あたしが元気そのものだってこと。それでも、うちの人が心配してるようなら、どうかこんなに元気だって伝えてください。こんなにご馳走食べてるってわかったら、女に生まれりゃよかったって悔しがるかもしれないね。うちの人、ああ見えて案外、面白いところがあるんですよ」

　けらけらと笑い転げるお時は楽天的そのものであった。

「一つ、御亭主に訊きそびれてたことがあります。この産楽堂に引き取られてお産をすることになった経緯《いきさつ》は何だったのでしょう？」

　賢作は訊き、

「あたしの大きなお腹は長屋中に知れ渡っていました。それで、産楽堂が〝大きなお腹の身重の方に援助の朗報あり〟と書かれている紙を配っていたのに気がついた相長屋の人が産楽堂に行ってみてはと勧めてくれたんです。人並み以上に大きいお腹の妊婦で、援助の欲しい女たちが沢山集まってくるに決まってるから、どうせ駄目だろうと思ってたんですけど、選ばれて、あたし、とっても幸運でした」

話し終えたお時は、羊羹の最後の一切れを口に運んだ。

五

産楽堂を出て清悦庵への帰り道、

「あたし、すっかり頭の中がこんがらがっちゃった」

おみ乃は賢作に訴えた。

「どうこんがらがってるんだ？」

「お兼さんの貧しい妊婦を助けようって気持ち、満更嘘じゃない気がしたのよ。特に生まれてくる赤子や母親への思いやり——声まで湿ってて、あの女の涙、初めて見たわ。付け火のあった日、あの女が清悦庵から走って逃げたなんて、とても信じられない」

「まさか、見間違いでしたなんて言い出すんじゃないだろうな？」

「見間違うなんて絶対ないわ」

おみ乃はきっぱりと言い切って、

「でも、あの日のお兼さんは先生のところへ今までのやり方を改める話をしに来て、ちょうど何者かが付け火してるのを見て、このままじゃ、お悦先生と敵対してきた自分が下手人だと思われると考えて、あわてて逃げ帰ったってことも考えられるんじゃない？」

「害を改める気があるんなら、付け火を報せると俺は思うし、あんただってそうするだろ？　話がしたければ、今日、出向いた俺たちに先生の都合を訊くことだってできたはずだよ。お兼さんの話はたしかに感動ものだけど、飾ってあった偽の空海の書と同じで、おみ乃さんみたいな真っ直ぐな女の涙を絞る策の一つさ。俺はお兼さんが〝大きなお腹の身重の方に援助の朗報あり〟と配った紙が気になってる。与五郎長屋の人たちより、貧しい暮らしぶりの妊婦はいくらでもいる。どうして、よりによって、大きな腹の妊婦の助太刀をしたがるんだ？」

「妊婦が並みの体格なのに、並み外れてお腹が大きい場合、さまざまな病が考えられるし、病でなくても双子だったら、畜生腹と言われて忌まれるから、養子先を探さなければならないでしょう？　おっかさんのお乳で足りなかった場合、乳母まで雇わないまでも貰い乳をしなければならないし。お兼さんが大きなお腹の妊婦に限ったのは、並みのお腹の妊婦よりもより難産になりやすいからだと思う。助ける人を選ぶいい目安になってるのよ。ただ不安なのは――」

「不安？」

「お時さんのことだけど、これについては後で先生に話すからその時一緒に聞いて」

この後、おみ乃は口をつぐんでしまい、二人は早足で黙々と歩いて清悦庵に戻った。

お悦は自分を名指しで頼んできたにもかかわらず、待遇のいい産楽堂に乗り換えられた経緯については、

「骨折り損のくたびれ儲けだったわね、ご苦労さん」

と二人を労うと、

「それで並み外れてお腹の大きいお時さんは元気にしてたのね？」

やはり、何よりも妊婦のことが気がかりだった。

「それが――」

おみ乃は産楽堂での饗応ぶりを伝えた。

「あの八百良《やおりよう》に仕出しを頼んだと言われてもあたしは信じます」

八百良は市中で一番人気の高級料亭であった。金持ちたちが通い詰め、庶民は死ぬまでに一度は上がってみたいと憧れている。

「お時さんの顔色とお腹の様子は？」

お悦は怖いほど真剣な表情で訊いた。

「膳にお酒は上っていないのに、のぼせているような赤い顔で、お腹は左に大きな瘤ができてでもいるかのように偏っていました」

「産婆流の腹帯は付けてた？」

「お兼さんのところにいるのですから、胸からきっちりと巻いてる様子でした」

「心配ね」

「あたしもです」

お悦とおみ乃は大きく頷き合った。

「お兼さんは整胎で偏りを直すべきなんじゃないですか？」

賢作は思った通りのことを口にした。

「お兼さんは整胎の腕は確かなはずよ、だけど、日々美味しいものを過食の上、腹帯を胸からきつく巻いていては駄目。偏りを直しても元に戻って偏ってしまう。何のための整胎かわからない」

お悦はため息をついた。

「お時さんの産婆流の腹帯と過食ぶりはあたしも気になりました。過食の方は双子ゆえかもしれないけれど」

おみ乃もため息をついた。

「妊婦は日々の摂生が必要。滋養不足もいけないけれど、特にお菓子等の美味しいものの過食は大敵。産婆流の腹帯と過食が重なった妊婦は便秘になりやすく、便秘は五臓六腑の力を弱めて、それが身体を流れる血にも、子宮にも及ぶので、とかく難産になりやすいものよ。特に双子がお腹にいるかもしれないとなればなおさらです。わたしならお腹の子のためにも、青物や豆腐、白米ではなく雑穀を勧めるわ。これを続けると産後の乳の出もよくなるはず」

お時が案じられてたまらないお悦は、さらにまた、ふうと大きく息を洩らした。

「お兼さんは整胎はそこその達人だけれど、妊婦の身体や摂生については素人ってことですか?」

賢作はお兼に対しての腹だたしさが骨頂に達した。

「妊婦の病は医者の領域と厳しく決められています。〝見て見ぬふり〟〝知って知らぬふり〟〝気づいて気づかぬふり〟という言葉があるけど、今まで産婆たちは、医者たちの損にならないようにこれを続けてきたのよ。産婆たちがなまじ摂生をさせて、妊婦が病になりにくくなれば、医者たちは高い薬を与えて儲けられない。そうなると産婆たちにどんな仕打ちが降ってくるかしれない。医者の位は高く、取り入り方次第ではどんな偉い方々にも会えるのだから――。それで持ちつ持たれつ、極端に言えば、下位の産婆は上位の医者に対して、ひたすら馬鹿を装い続けてきたというわけね。お兼さんはそんな利口な産婆たちの元締なのよ」

お悦は淡々とした口調で思いの丈を話してくれた。

「やっぱり、お兼さんってよくない女だったんですね」

お兼の苦労話に感激したおみ乃は肩を落とした。

「いい、悪いじゃなくて、お兼さんはそういう生き方を選んだというだけのこと。わたしとは考えや生き方が違うので、対立するのは仕方ないけれど、憎くは思っていない。お兼さんが元締として頑張ってきたおかげで、仕事ができて暮らしが立って家族も養えた、ようは助けられた産婆さんたちが沢山いるんでしょうから」

「それ、世の中は、先生みたいな人もお兼さんみたいな奴もいて、成り立ってるってことですか？」

賢作の言葉に、

「なかなか言い得てるじゃないの」

お悦は笑顔になった。

「でも、お兼さんは自分たち産婆のことしか考えてないじゃありませんか。勝手すぎます。先生は人が好《よ》すぎです」

おみ乃は不満を露わにしたが、

——人にはいろいろな生き方がある。確かにそうだ。そして、人の上に立つっていうことは自分の想いばかりにとらわれるのではなく、広く、多くのことに想いをめぐらし、身勝手な奴のことも考えるってことなんだろうが、難しいな——

賢作は深く考え込んでしまった。

それから何日かが過ぎたある日の昼時、清悦庵では珍しく、寝ずの付き添い・治療から戻った三人が顔を揃えていた。

「皆が顔を揃えるのは今年はこれが最後になるのかも」

お悦が秋刀魚飯を拵えて、皆で舌鼓を打っていると、細貝からの使いが文を届けてきた。目を通したお悦は、

「産楽堂に引き取られていた大きなお腹の妊婦は、与五郎長屋のお時さんだったわね」

二人に念を押すと、

「今日の早朝、百本杭《ひゃっぽんぐい》で骸で見つかったとのこと、死んだ理由を知りたいので、すぐに番屋に来てほしいと書かれてる」

身支度を始めた。

「あのお時さんが？」

おみ乃は手にしていた箸を取り落とし、

「どうして、そんなところで見つかったんです？」

賢作も唖然とした。

「とにかく行ってきます」

お悦は番屋へと向かった。

六

お悦は番屋の腰高障子を開けた。

「ご免ください」

「待っていたぞ、先生。忙しいところを申しわけない、この通り」

迎えた細貝は浅く頭を下げた。

「わたしでお役に立つことでしたら、と飛んでまいりました」

「ありがたい、何せ、死んで見つかったのはこの通り臨月の妊婦なんでね」

細貝は土間に屈み込んで骸に掛けられている筵を取り去った。

骸は身体の半分ほどが腹ではないかと思われるほど、大きな腹をしている。

「目立つ身体なんで、身元はすぐにわかった。産婆の元締お兼の善行の一つで、産楽堂に引き取られ、無事出産を終えるまで只で世話をされていたんだ。これはお時の亭主の弥助だけではなく、お時に産楽堂に行くように勧めた、相長屋の女たちも口を揃えている。だが、わからないのは、どうしてお時が大川の百本杭で骸で見つかったかなのだ。亭主も相長屋の連中も、産楽堂での贅沢三昧な満ち足りた暮らしぶりが書かれた、お時の文を受け取っている。女房が死んだと告げると、亭主の弥助は〝そんなはずはない、そんなはずはない〟と、なかなか信じようとはしなかった。お時はなにゆえ、産楽堂を抜け出して大川辺りを歩いていたのだろう？　もし、これが身重が祟っての死ではなく、殺されたのだとしたら、俺はそ奴の首が落ちるのを見るまで、到底腹の虫がおさまりそうにない。母親だけではなく、腹の子まで命を絶たれたのだから。とにかく死の因を突き止めてほしい」

一瞬細貝の目に不動明王の焰が宿った。

「調べてみます」

お悦は骸の横に屈んで座り、手を合わせた。

まずは着ている物を脱がせる。

「この身幅の広い着物、新しい上に上等の木綿です。産楽堂で誂《あつら》えてくれたものでしょう」

お時は産婆流のきりきりと胸から巻き付ける腹帯を付けていなかった。

「実を言うと、お時さんのお産は清悦庵がお世話することになっていました。産楽堂さんへ行ったと聞いて、気掛かりに思った清悦庵《うち》の者たちが産楽堂さんまでお時さんに会いに行ったところ、きつく締めた腹帯を付けていたということでした。産婆流の腹帯が解かれるのは、いよいよ出産となった時だけです」

お悦はお時の身体に傷はないかと仔細に調べた後、両目を診て、

「卒中を起こしている」

さらに両手で口を開かせると、

「子癇《しかん》も併発している。お時さんに痙攣が起き、舌を噛み切ろうとしたので、付いていた者が止めようとしたようです」

布を口から引き出した。

「おそらく——」

お悦は産道に片手を差し入れた。ここからも、血まみれの晒しの布が次から次へと出てきた。

「出血が止まらなくなっていたのね。ここまでになると、残念ながら、母子共に助かる見込みはほとんどない」

お悦は言い切り、最後に左に偏ったまま石のように固まっている、冷たい瘤《こぶ》のよ

うな腹部に両手を這わせ、

「頭が二つあるから、死んだ赤子は間違いなく双子よ」

死児たちを掻き抱くかのような姿勢でしばらく瞑目した。

「すると、死の因は難産によるものだな」

細貝は念を押し、

「間違いありません」

頷いたお悦だったが、ふと気がついて薬籠から銀の匙を出すと、骸の口に入れた。出してみると、銀の匙が黒く変化している。

「ややっ、それは毒の証」

細貝は身を乗り出したが、

「用い方によっては死を招く、附子や麻黄《まおう》等が使われている薬は数多く、妊婦に用いて体力を増強させるのだという強壮剤にも含まれています。ですから、これだけで毒が作用して母子の命が奪われたとは断じられないわ。ただし、わたしは贅沢な食べ物同様、毒性のある強壮剤は、妊婦の健康の妨げ以外の何ものでもないと思う」

お悦は理解を示しつつも持論を主張した。

「ですな」

細貝は小さな声で呟きの相づちを打ち、お悦は井戸から水を汲んでくると、丁寧に骸を清めて着物を着せ直し、崩れた髷も結い直した。

するとそこへ、

「お邪魔します」

腰高障子が開けられて、

「女房の骸を引き取りにきました」

弥助が入ってきた。

「それでな――」

細貝はお悦の骸検《あらた》めの結果を、血の染みた布や銀の匙の変化については端折《はしょ》って弥助に聞かせた。

「だから、これはおまえが案じたような殺しではないとわかったゆえ、俺たちはこれ以上、調べることはできない」

細貝が言い渡すと、

「もういいんです。どうして女房があんなに気に入ってた産楽堂から、大川縁《べり》なんかに出かけたのかわからないって、知らせを受けた時は言いましたけど、うちの奴、やっぱり、俺や娘に会いたかったんだと思うことにしたんです。うちの奴はよく道に迷ってましたから、それであんなところまで——」

一瞬、弥助は言葉に詰まったが、すぐに先を続け、

「産楽堂のお兼さんが来て、〃あたしたちさえ、出て行くのに気がついていれば——〃って、何度も謝ってくれた上、葬式代や墓代を持たせてほしいと言ってくれました。だから、もう、いいんです。外に大八車を待たせていますし、娘も待ってますから、これで」

骸になったお時を大八車に乗せて帰って行った。

清悦庵に戻ったお悦はこうした事情や成り行きを賢作とおみ乃に話し終えると、

「さあ、今日も仕事、仕事。病もお産も待ってくれないのよ」

二人を往診に追い立てた。

往診先への途中、

「あたし、お時さんの御亭主が葬式代や墓代で丸めこまれちゃった気がして、とっ

ても不愉快っ」

おみ乃は堪えていた鬱憤を賢作にぶつけた。

「治療が施された痕があったって、先生は言ってた。どう考えたって治療したのは、産楽堂だよな。何とか助けたかったけど、もうどうにもならなかったんだろう」

「なのに、どうして、百本杭に気の毒だった母子の骸を捨てちゃった上、お時さんが産楽堂から勝手に出てったなんて嘘、言うのよ？」

「鳴り物入りで引き取っておいて、難産でしたんで、死なせましたなんていうのは、評判に関わるんだよ」

「それだけのこと？」

「今のところはね」

「どういう意味？」

「俺はまだ、大きなお腹の身重の方っていうのに拘ってるんだ。産楽堂に一緒に行った時、お時さんの他に妊婦がいる気配はなかった」

「たしかにそうだったわね。あたしは貧しい妊婦に善行を施すっていう話だから、もっと沢山いるものだとばかり思ってたもの――。ほんとに、何でお時さんじゃなきゃいけなかったのかしら?」

「ところで、おみ乃さんは手で触れただけで、双子かどうかの見分けがつくのかな?」

賢作が思いきって訊くと、

「馬鹿にしないで。経験を積んだ優れた産婆なら、臨月の妊婦のお腹の中に、双子がいるかどうかなんてこと、わからないわけないじゃない。そんなこと訊いてくるあんたは、まだまだ新米だわね」

おみ乃は怒りを通り越して苦笑いした。

「すると、お兼さんなら絶対間違わないわけだ」

「それはそうよ」

「お兼さんには双子の妊婦を探して無事出産させなければならない、よんどころない理由があったんじゃないかと思う」

「そもそも、双子は無事に生まれても喜ばれないものよ。どうしてお兼さんがそんなことするのよ」

「そればかりはわからない」

「よんどころない理由を説明してくれて、なるほどと得心できれば、あんたの説に賛成してあげる」

往診先の商家が見えてきたこともあり、ここで二人の話は途切れた。

七

この日、お悦は〃母子共に死なない、お産の学び〃のために一日清悦庵に居た。腹帯の正しい巻き方の実習や座椅子の害についての話を終えて、集まってきていた妊婦たちが帰ってほどなくすると、定町廻り同心の細貝一太郎が戸口に立った。

「まあ、酷く青い顔をなさって」

お悦は驚いて細貝を座敷に招き入れた。

細貝は青ざめているだけではなく、額から冷や汗を流している。いつものお役目ゆえの心労極まっての持病であった。

「さあさ、まずはいつものそばがきを召し上がって」

すぐにお悦は蕎麦粉を湯で練って作るそばがきを拵えた。

「今日は新しい蕎麦粉で作ったんで、風味がよいはずよ」

細貝は木の葉形につくられた椀のそばがきを箸で口に運び、蕎麦を啜るかのように残りの蕎麦湯をずずっと啜った。

「ああ、やっと人心地着きました」

細貝の顔はいくぶん赤味を取り戻した。

「よほど応えるお役目なのかしら？」

お悦は訊いた。

こんな時、細貝にはそばがきだけではなく話し相手が必要だった。

「犬です」

「犬？」

「雌犬がいなくなりまして——。この犬は身籠もっていて、もうそろそろ仔犬が生まれる頃だったのだ」

「あなたが犬捜しをするからには、よほど珍しいか、立派な方が飼主の出自のよろしい犬なのでしょう」

「いいえ、飼主は按摩の彦市で、犬はそうは珍しくない土佐犬との雑種。なのでこの犬捜しはお役目ではない」

「彦市さんか、その犬によほどの想いがあるのですね」

「犬は朝日という名です。捕り物の際、思ってもみなかった反撃にあい、突き飛ばされて十手を取り落とし、賊の匕首が俺の喉元に突き付けられた時でした。偶然、彦市と朝日が通りかかり、朝日が賊に飛びかかって引き倒してくれて、事なきを得たんです。彦市も朝日も俺の恩人なのだ。以後、なにくれと親しくつきあっているんです」

「それでは、さぞかしご心配でしょう」

お悦は真顔で頷いた。

「いや、もう心配はしていない」

細貝は弱々しく答えた後、

「身籠もっている犬を捕らえて、あのような酷い仕打ちをするとは——そ奴には人の血が流れてなどいないはず。断じて、許せぬ、許せぬ」

悲しみに打ちひしがれている己を奮起させようとでもするかのように、憤怒の限りを言葉に込めた。

「朝日の身に何が起きたのです?」

「それを先生に教えてもらいたくて、ここへ来た」

「わかりました」

お悦は身支度を調えると、細貝の案内で芝は金杉通りの安楽寺裏手に広がる松林の中へと赴いた。

松林を進んで行くと、細貝のお手先と思われる者たち二人が両手を高く上げて振り続けている。そこまで辿り着くと鼻を突く血の臭いが極まって、血にまみれて倒れている大きな犬の姿があった。息がもうない証に蠅がぶんぶんと羽音を立てて、犬の骸に群がっている。

「可哀想に、変わり果てた朝日です」

細貝は洟を啜った。

お悦はお時の骸を診た時同様、朝日の横に屈み込んで、腹部の切り傷を確かめた。

「これは刀傷ではないわ。蘭方医が使う施術用の小刀によるもの。深く切り込んでいて、仔犬たちが取り出されている」

「朝日はさぞかし苦しんだことだろう」

細貝は目を瞬かせ、お悦は朝日の口に鼻を近づけた。

「これはたぶん、異国から渡ってきたもので、一時、患者は深く眠ってしまい、痛みを感じないうちに手術を終えられるという、麻酔とかいう薬の匂いではないかと思う。嗅がされた朝日はお腹を切られた時、すでに深い眠りについていて、痛みも苦しみもなく、そのまま血を失って死んだのでしょう」

お悦は細貝の気持ちを考えてこのように話したが、その実、

——我が子を慈しむのは人も犬も同じ。身籠もって母親になろうとしていた朝日は、どれだけ、お腹の仔たちのことを気遣っていたかしれない。犬の嗅覚は鋭く、毒餌かどうかを嗅ぎ分けることができると聞いている。眠りに引き込む麻酔薬を嗅がされた時、朝日は自分たち母子に降りかかる危険を察知したはず、どれだけ恐ろしかったか——

母犬に憐憫の眼差しを送っていた。

すると、居合わせていた岡っ引きと下っ引きがひそひそ声で話を始めた。

「こんなことした奴は何がねらいでやしたんでしょうね？　親分」

「馬鹿、腹の仔が取られてるってことは、それがねらいに決まってんだろう？」

「けど、しばらく待ってりゃ、こんな手間かけなくたって、仔を産みますよ。盗みたいほどいい仔犬を産む母犬なら、飼い慣らしてまた産ませりゃあいい。殺しちゃ損でしょうが」

「そりゃあ、理屈だよ、理屈にすぎねえ。悪党ってぇもんの中には、やり口に凝る連中がいるんだよ。こればっかしは、こちとらの当たり前の考えを当てはめられねえ。長く悪党とつきあってりゃあ段々わかってくる」

「そんなもんですかね」

「これだから、若い奴は駄目なんだ」

「先生はどう思います？」

この話を細貝も聞いていた。

「ついてきてくださいな」

お悦は林の中を歩き出した。

「人も犬も血にまみれて生まれるんですよ。血なんていうとまがまがしいけれど、ようはおっかさんの身体からの滋味が血に溶け込んでて、そのおかげで子は育つのね」

お悦は母犬の骸のある場所から続いている血の痕を辿っていく。

「仔犬の鳴き声が聞こえる」

最初に気がついたのは細貝だった。

「行きましょう」

ここからは鳴き声のする方へと皆ひた走った。

松の木の根元に五匹の仔犬たちが、互いに重なり合うようにしてかたまっていた。

きゅーん、きゅーんと心細げに鳴き続けている。

「こいつらは腹を空かしてる。親を亡くした仔犬の乳やりなら、犬好きのうちのかかあに任せてくだせえ。なに、乳の出ない人の子と同じで、米の粉を水で溶いて温めたもんでいいんですよ」

岡っ引きは目を細め、仔犬たちを懐に抱きかかえようとして、数が多すぎるとわかると、

「理屈ばっかしこねてねえで、おまえも手伝うんだ」

残りを下っ引きに抱かせ、

「今は仔犬が先ですが、朝日って犬の骸は後で番屋にちゃんと運びますから、ご安

心くだせえ」

　細貝に挨拶して松林を出て行った。

「これで朝日をあんな目に遭わせた奴は、仔犬がねらいではなかったとわかった。だとしたら、何であんなことをしたのか、皆目わからない」

　細貝はお悦を前に頭を抱えた。

「質《たち》の悪い、悪戯と考えることもできるわ。けれども、それなら蘭方医の使う小刀や麻酔薬を揃えたりはしないように思う。これらはどこにでも売られているものではない上、高額ですから。これは用意周到に計画されたもので、ねらいはまだ生きている母犬の腹を割き、生きたまま犬の仔を取り出すことではなかったかと――」

　お悦は思うところを口にした。

「ならば、なぜ、あのようなところへ捨て置いたのだ？」

「先ほどわたしは生きている母犬から、生きたまま仔犬を取り出すことがねらいだと言ったわね。ただ、それだけのことだったのだと思う」

「身籠もっている犬の腹を割いて、仔が無事に生まれ出るものかどうか、試したというのか？」

細貝は両手を拳に握りしめた。

「飼い主の彦市さんには告げてほしくない憶測です」

「だが、まだわからない。なにゆえ、そのようなことをする？　そうだ、相手は正気を失った蘭方医にちがいない」

細貝は自問自答した。

「正気を失っているかどうかまでは分からないけど、麻酔と手術刀を操れる蘭方医である可能性は高いわ。武蔵国の伊古田《いこ》純道《だじゅんどう》という医者が、難産で瀕死の妊婦の腹部を麻酔薬なしで割いて、死児を取りだし、母親の命を救ったことがある。この事実を踏まえて、麻酔と細部までよく切れる手術刀を蘭方流に用いれば、子どもの方を生かせると考えても不思議はないのではないかしら。我こそはと、新しい医術の技を見せつけようとしているのよ」

「すると、そ奴は近いうちに、臨月の妊婦を拐《かど》かして麻酔薬とやらで眠らせ腹を割く。犬で試して人で成し遂げようとしているというのですな。しかし、それは母親殺しになります」

細貝はぶるっと全身を震わせた。

「お願い、命が奪われるのだけは防いで」

「ですな。もちろん」

細貝は知らずと得意の相づちを打って、

「よし、これから急いで蘭方医を片っぱしから調べてみます。ただ、擦り傷やちょっとした火傷の手当てができるだけで、蘭方医と名乗る輩が多いので、手を焼くでしょうが――。この細貝一太郎、何としても朝日の仇を取ってやるぞ」

大きな拳に決意を込めた。

お悦はこの話を賢作とおみ乃に伝えた。

「犬で試して人でやるっていう先生の予想は当たってると思います。朝日って母犬は殺されて捨てられたわけでしょう？　お時さんも川に捨てられてた。俺はこの二件がどこかでつながっているような気がしてなりません」

賢作はお時の一件に結びつけ、

「それと犬の仔は五匹だったんですよね、お時さんのお腹の子も双子、どっちも多胎だということも一緒だわ」

おみ乃は賢作に向けて大きく頷いた。

「まあまあ、清悦庵はいつから岡っ引きの家になったんでしょう?」

お悦は二人の詮索熱に少々水を差したが、

「なるほど、一理はあるわね」

珍しく同調した。

それから細貝の訪れがないまま何日かが過ぎて、往診の組み合わせが替わった。

「のぼせが酷く、十中八九、近々に子癇を起こす患者がいるので、しばらくはわたしがおみ乃さんと組みます。佐伯さんは一人で、妊娠半ばで安定している妊婦の整胎や、風邪や腹痛等、やや症状の軽い患者さんをお願いします」

——おみ乃さんなしの一人かぁ——

賢作は心細くもあったが、他方、何ともわからない淋しさが心の中に広がった。

——しかし、一人はいい勉強になる——

我と我が身を励ました。

お悦が診ることになった臨月の妊婦は、お大尽で知られている呉服問屋吉沢屋の後添いお光であった。前身は、これほど華美華麗な花魁《おいらん》道中はなかったと、今でも吉原で語り継がれている花魁であった。ありがちなことだが、後添いにおさまっても、贅沢三昧と我が儘が止まず、もちろんそれが食べ物にも及んで、妊娠前からののぼせ症（高血圧症）が妊娠中に悪化してきていた。

お光の子癇はお悦が案じていた通り、臨月に入ってすぐに起きた。深夜、目覚めたお光は手足が震え、頭痛、眩暈がして起きられないと騒ぎ出した。

このような状態になったら、すぐに報せてほしいと家族に言い置いてあったので、小僧が二丁の駕籠を用意して報せに来た。駕籠舁きを急がせて吉沢屋に着いてみると、すでにお光は、

「怖い、怖い、助けて、助けて、あっ、痛っ、頭が、頭が――」

錯乱した言葉を叫び続けていて、

「ずっとこんな風です。お、お願いします、な、何とか」

半白髷の老いた主は動揺しきっていて、目をしょぼつかせつつ、お悦たちに頭を垂れた。

まだ痙攣が始まっていなかった。

――よかったわね――

――ええ――

お悦とおみ乃は目と目で安堵を伝え合った。

お光の手を握っていた亭主の手が力一杯弾かれて、主はごろんと畳の上を転がって障子に頭をぶつけた。

お光がぶるっと大きく身体を震わせたかと思うと、黄色く異臭の漂う汁をがばりと口から吐いた。

いよいよ痙攣が始まったのである。

——これはよくないわ、胃の腑が痙攣してる——

——早くお産を終わらせないと——

二人の顔に緊張が走った。

「大事ありませんか？」

おみ乃が主を労ると、

「大丈夫です、それよりお光を」

答えた主はあまりの異臭にごぼごぼとむせながら、妻の凄まじい苦悶の表情から目を離せない。

「陣痛が始まってるんです」

　おみ乃が応えると、

「ああ、そうですか」

　主はほっと安堵した。

　痙攣は陣痛と共に始まることが多い。

「大丈夫ですから、ご主人はお休みになっていてください」

　お悦の有無を言わせぬ物言いに、

「よろしく頼みます」

　主は妻の部屋を出て行った。

　さてこれからが正念場であった。

　お悦は横になっているお光の左に座って、右の膝を産婦の肋骨の端に当て、拳で突き上げてくるものをしっかりと押さえつけて、その勢いをそぐようにする。突き上げが激しく、女一人では力の及ばないこともあったが、お光の突き上げはさほどでもなかったのでおみ乃に任せ、お悦は産門に手を差し入れることができた。

「幸いお腹の子は偏っていない。頭が出てきてる、大丈夫よ」

　次の瞬間、赤子はお悦に抱かれて元気のいい泣き声を上げげた。

「おっかさんそっくりの別嬪さん」

おみ乃が話しかけると、

「ここじゃ、女の子は間に合ってるの。欲しいのは跡継ぎの男の子だったのに――」

礼も言わずにお光は、痛みも痙攣も嘘のようにおさまっているにもかかわらず不機嫌であった。

二人は夜がまだ明けきらないうちに吉沢屋をあとにした。

八

「いいものですね、出産に立ち会うのって。何度繰り返してもいつも感動しちゃいます。でも、たいていどこでも、生まれたのが女児だと、跡継ぎや働き手になる男児ほど喜ばれない。生まれてくる命は同じなのに――。それとあんなに不機嫌だった産婦さん、ちゃんと赤ちゃんの世話をするのかしら？」

清悦庵への道を辿りながら、おみ乃はやや不安そうに呟いた。

「あんな風に言うおっかさんほど、とかく娘に夢中になるものよ。〝母子共に死なない、お産の学び〟にだって、近頃は妊婦の実家《さと》のおっかさんが付いてきてるじゃないの？　おっかさんは自分と同じお産を経験しなければならないってだけで、娘のことがことさら案じられいとおしいものだもの」

「きっと、そうなんでしょうね」

おみ乃の声が急に湿った。

「あら、いけない、ごめんなさい。わたし余計な話をしてしまったわ」

お悦はあわてたが、

「いいんです、ずいぶん前のことですもの、どうか、あたしにもう気なんて遣わないでください」

おみ乃は無理やり笑った。

二人が人気のない草地に差し掛かった時、行く手に数え切れないほどの人影がひしめいているのが見えた。二人は足を止めた。暗い闇夜だが、人影たちは提灯を手にして、ぐんぐんと近づいてくる。

「間違いない」

「清悦庵」

人影たちは口々に叫ぶとばらばらとお悦たちに向かって襲いかかってきた。二十人、いや三十人はいるだろう。

「お悦」

「逃げるのよ」

お悦は駆け出し、おみ乃もそれに倣った。しかし、ほどなく、

「な、なにするの？　止めてぇ――。きゃあああ」

おみ乃の悲鳴が上がり、お悦は立ち止まって振り返った。

「逃げて」

おみ乃の悲痛な叫びに促されてお悦は再び走り出し、かなりの遠回りをして清悦庵に辿り着いた。

「先生」

息を切らしているお悦に賢作が駆け寄った。

「み、水をちょうだい」

お悦は汲み立ての井戸水を飲み干して、やっと話ができた。

「では、おみ乃さんは――」

「連れて行かれたと思う」

「ううっ」

「とにかく暗かったから、わたしとおみ乃さんを間違えたんじゃないかと思う」

「ということは、それに気づいて、またやりますよ。今度こそ間違えずに先生を拐かしますよ」

――でも、そうなると、おみ乃さんは？　まさか……。いやだ、いやだ。このままおみ乃さんに会えなくなるのはいやだ――

「待ちましょう」

「拐かされるのを待つんですか？」

「まあ、そんなところね」

それから朝までお悦はずっと口を閉ざし続けた。

「先生、少しは寝た方がいいですよ」

焦れた賢作が声を掛けると、

「おみ乃さんが辛く怖い想いをしてるっていうのに、わたしだけ枕を高くするなんてできないわ。それに、もうじきお客様が見えるわ。あの時、枯れ草の匂いに混じって髪油の芳しい匂いがしたから、お客様は女の方々よ」

——先生は、待ち伏せしておみ乃さんを拐かした相手が女たちだと知っている。その女たちはいったい何者なのか？——

賢作の不安は募り、座敷に座したままのお悦は思い詰めたその目に怒りとも決意ともつかない炎を燃え立たせていた。

一番鶏が鳴き、明け六ツの鐘が鳴った。

賢作は清悦庵の庭に人の気配を感じた。一人、二人ではない大勢にぐるりと取り囲まれている。

「おはようございます」

凛と通る声が来訪を告げた。

——相手が女だからと侮ると酷い目に遭いそうだ——

賢作は恐る恐る戸口を開けた。

「いつぞやは——」

立っていたのはお兼の産楽堂で賢作とおみ乃を出迎え、双子を身籠もっていたお時の世話をしていたあの高弟だった。

「八重と申します。先生に代わってお願いにまいりました」

「お願い――ですか?」

人を掠《さら》っておいてお願いもあったものではないと賢作は内心腹が立った。

「ええ、たってのお願いでございます。お悦先生にお目通りさせてください」

――この女一人なら、たとえ、先生に飛びかかっても、何とかなるだろう――

「こちらへどうぞ」

賢作は八重をお悦のいる座敷へと案内した。あえて人払いもされなかったので、賢作は部屋の隅で二人の話に耳を傾けている。

「あなた様を日の本一の整胎の名手と見込んでのお願いです。どうか、我が師、兼を助けてください。あなた様においでいただかないと、兼は生きてはいられないのです。どうか、命を助けると思ってお引き受けくださいませ」

八重は必死にお悦にとりすがった。

「わたしが言うことを聞かないと、おみ乃は二度とここへは帰ってこれなくなるのですね」

お悦はしごく冷静に念を押した。

「おみ乃さんをお悦先生と偽るしかなくなります。先方にはとてもむずかしい産婦がおります。それゆえ、先方が望んでいるのはお悦先生の卓越した整胎の手技であり、的確な判断による治療ですので、おみ乃さんにはまだ荷が重いはずです。しくじるようなことになれば、兼ともども、即刻、斬り捨てられます」

八重の物言いは率直であった。

「わかりました」

お悦は大きく頷いて、

「その代わり、先におみ乃をこちらへ返してください。それが条件です」

「わかりました」

今度は八重が承知して、閉められていた座敷の障子を開けて縁側に立った。

縁先には駕籠が一丁置かれている。産婆と思われる老若の女たちと一緒に駕籠舁きが並んで控えていたが、そこに、お兼の姿はなかった。

「早く」

お悦が促し、八重が縁先に向けて頷くと、駕籠の垂れが上げられ、縛られて猿ぐつわを噛まされたおみ乃の姿が見えた。

「悪かったね」

　年配の産婆が縄を解き、手拭いをおみ乃の口から外した。

「先生っ」

　おみ乃は泣きながらお悦に抱きついてきた。

「よく頑張ったわね、ご苦労様」

「でも、先生、あたしのために先生が――」

　おみ乃はしゃくり上げて、泣き止むことができない。

「わたしなら大丈夫」

　お悦は微笑んだ。

「それでは――」

　八重に促されたお悦は身支度を整え、賢作に履物を持ってこさせると、

「佐伯さん、おみ乃さん、後を頼みますよ。あ、それから、わたしは金輪際逃げやしないから、縛ったりはしないでちょうだいね」

　ひょいと駕籠に乗った。

　駕籠はすぐには動き出さずに、

「ありがとうございます」

「ありがとうございます」

並み居る産婆たちの念仏のような合唱が続く中、駕籠を見送る賢作とおみ乃はしっかと手をつないでいた。

九

清悦庵を出て、しばらく行くと、駕籠が地面の上に下ろされ、駕籠舁きたちが走り去る気配をお悦は感じた。枯れ草の匂いがしている。

垂れが上げられ、見知ったごろつきたちの顔が迫った。

「久しぶりだな、先生」

お悦が柔術で次から次へと投げ飛ばした連中である。

「まずはちょいと痛めつけて礼を返させてもらおうか」

首領格の大男がぽきぽきと指を鳴らした。

「それよか、ここは昼間でも人っ子一人通りゃしねえ。大年増だが、よくよく見りゃあ、そう不味い器量でもねえから、ここは一つ、味見で遊ばせてもらいてえもんだ」

　にやけた一人が言い出し、

「それもいいやな、たっぷり楽しませてもらおうか」

　大男は酷薄に笑って、駕籠からお悦を引きずり出そうとした。お悦は反射的に相手の腕を取って思いきり捻ると、

「また、やりやがったな」

　匕首が抜かれた。

　すると突然、

「止めろ」

　大声が降ってきた。

　年齢の頃は二十代半ばの男がごろつきたちを押しのけてお悦の前に進み出た。

「この女は神の手を持つ大事な身体ゆえ、滅多な手出しは許さぬ」

　そう叱って男は総髪を揺らした。

　――もしや、この男が――

お悦がはっと気がついたとたん、近づいた男の手は小さな鞠《まり》のような物を握った。

これを操って、お悦の鼻めがけて甘い匂いの霧を吹きつけた。

――これが噂にきく麻酔とやらね――

お悦が覚えていたのはそこまでであった。

気がついた時、辺りは暗く湿った黴《かび》と薬の混じり合った匂いがしていた。

――蔵の中だわ――

お悦は手足を縛られ、口に手拭いを嚙まされて転がされている。目隠しはされていないとわかったので固く目をつぶった。

男たちの話し声が聞こえたからである。

「まあ、これで我らの思惑通りだ」

遠藤陶益の声であった。

「遠藤先生、そのお話はここでは――」

もう一人の声は低く、くぐもっている。

「先ほど見た時は麻酔とやらでよく眠っていたぞ。かまわぬではないか、どうせ、この女、いずれは始末される身――」

「そう伺って安心いたしました」

「それに蔵の中の壁に耳はないぞ」

「まあ、そうなのではございますが」

「しかし、利兵衛、あの毒入りハチミツの一件ではこの女が役に立ったはずだが、このような仕打ちをするのは、いささか後ろめたいのではないか？」

――もう一人は競争相手がトリカブト毒の入ったハチミツ飴を配って店仕舞いになったおかげで、江戸一になった薬種問屋坂本屋だわ――

「いえいえ、何事も商いが大事でございますよ」

坂本屋の主利兵衛はひっひっひと喉を鳴らして笑った。

――二人とも相当な悪ね――

「こちらも医は仁術などと綺麗事を言っていたら、患者に代わって餓死するか、首を吊らねばならぬ。上様はお若いが御病弱ゆえ、お子に恵まれず、いつ何があるかわからない。困るのは上様が代わられて、何かとこちらが不便を感じるようになることだ」

「そもそも、今の商いや売買等の決まり事やお役目は、前の上様が将軍になられた時、一新させて定められたものでしたな」

「何事も時が経てば澱むものだ。だが澱んだ水は生ぬるくてなかなか心地よい」

「左様でございますとも」

利兵衛はひっひと笑った。

「おまえの方は笑いが止まらないだけだろうが、こちらはちと難儀しておる」

遠藤は言葉に恨みを込めた。

「典薬頭様、出しゃばりの今大路親信様でございましょう」

「典薬頭など所詮、京の公家同様、代々お家が続いているだけでよいはずなのだが、あの御仁は市中の医療に口を出される。なまじ医術を身につけておられるのでなかなかうるさい。その上、なぜか、あの好き嫌いの激しい上様に好かれておる」

遠藤は嫉妬を露わに吐き出した。

「医療の中には薬の売買も含まれますので、典薬頭様が上様を動かせば、てまえどもとて対岸の火事ではすまされません。薬ほど美味しい取り引きはございませんので、何としても典薬頭様の動きは封じていただかないと困ります――」

「麻酔とやらは量を過ごすと死に到ると聞いている。そうだ、麻酔を操るあの蘭方医影沼竜三郎《かげぬまりゅうざぶろう》に命じて、典薬頭を亡き者にしてもいい。知る者の少ない南蛮渡来の麻酔ならば殺しの証は残るまい」

遠藤の思いきった案を、

「典薬頭様への鬱憤、よくよくわかります。けれども、麻酔とあの蘭方医を使うのはお止めになってください。妾腹の部屋住みとはいえ、影沼様は長崎奉行影沼帯刀《たてわき》様の御三男ですし、後で殺しの見返りにとこちらは旨味の少ない商いを強いられるやもしれません。帯刀様は歴代の長崎奉行の中でも、商才に優れ、最も多く財を成すのではないかという評判の方ですから」

利兵衛はやんわりと、しかし、しごく的を射た物言いで躱した。

「まあ、あの女に一働きしてもらえば、どんなに典薬頭が悔しがっても、もはや、上様を動かすことはできず、我らも安泰、わしも溜飲が下がろうというものだ」

遠藤は転がされているお悦に顎をしゃくり、

「全てはこの女次第なのでございますね」

利兵衛はお悦をじっと見つめた。

――まあ、凄い薬と香の匂い、ここの匂いはこの男のものもあったのね、それにしても匂いで息が詰まりそう――

　お悦は利兵衛が離れるまで息を止めた。

　蔵の中にいたお悦には、どれだけ時が過ぎたのかはわからなかったが、遠藤と利兵衛が出て行ってしばらく経った後、お悦の鼻めがけて甘い匂いの霧を吹きつけた総髪の男が入って来た。

「飲め」

　口から手拭いが外されて、竹筒の水が勧められた。

　ごくごくと飲んで喉を潤したお悦が、

「承知で囚われているのですから、わたしに逃げる気はありません。縄を解いてくれませんか。両手を縛られていると血流が悪くなって、思うように動かせなくなり、手技の出来に関わりますよ、影沼先生」

　と言うと、

「噂にたがわず、なかなか胆が据わっている」

　影沼は手術刀を取り出して、手足の縄を断ち切った。

「俺のことを知っても何も訊かぬのか？」

影沼はお悦を見据えた。

「先ほどお仲間たちの話を聞き、最後は殺されるとわかったので。しかし、どうしてわたしが要り用なのかだけは知りたいものですね」

「あの連中はどこまで話した？」

「上様のお力を削ぐことなく、腐りきった我が世の春を堪能するために、わたしの力を頼むのだと言っていましたが、何をどうさせるつもりなのかは皆目見当がつかないわ」

「ならば話してやろう。上様にはお子がいらっしゃらない。この分では次の上様は御三家からお迎えすることになる。そうなると、さまざまな利得の仕組みががらりと変わって万事やりにくくなろう。しかし、血を分けたお世継ぎさえできれば、次の上様中心に立ち動くことができて、そう不自由ではなくなる。おまえの仕事は、やっと上様のお胤《たね》を宿した御側室お咲の方様の御出産に立ち会うことだ。お咲の方様は町家《ちょうか》の出だが、大奥へ上がり御末《おすえ》として御奉公していた時、大奥総取締役、恒川様に気に入られ、部屋子となり、上様のお目に留まったのだ。お咲の方様にお世継ぎが誕生すれば、恒川様の権勢は揺るぎなきものとなる。ただし、このお産、大変むずかしい」

影沼の目が手術刀のようにぎらりと光った。

「お方様は双子を身籠もっておられるのでしょう？　酷くも市井の者と犬とで多胎を試しましたね」

お悦は怒りの籠もった不動明王の目を向けた。

「母犬は俺が掠って麻酔を嗅がせて腹を割いたが、双子の母親を診たのはお兼だ。あの女は決して俺の目を見ようとはしなかった。市中一の産婆とは名ばかりで腰が引けていたのだ」

影沼はお兼をあざ笑い、お悦を見据えた。しばし、強い光と光がぶつかり合って、

「おまえの強さ、意気込みならお方様母子を救うことができるかもしれない」

影沼はふっと笑い、再びあの小さな鞠のような物を、お悦の鼻に向けて操った。

十

目を覚ますと、蔵に長持ちが用意され、影沼がお悦の目の前に立っていた。

「今日は坂本屋が菓子作りの好きな上様のために、砂糖屋や菓子屋の品など足元にも及ばない、極上の砂糖を献上することになっている。おまえは砂糖代わりになるのだ」

お悦は影沼に指図されて、長持ちの中に潜んだ。思った通り、ここは坂本屋の蔵だったのだとお悦は確信した。やはりこの時も長いと思うだけで、どれほどの時が過ぎたのかまではわからなかった。

「出なさい」

細いが鋭い声が掛かって、長持ちの蓋が開けられた。

青々とした畳の上に、小袖を重ねて裾を引き、髪を大きく結い上げた大年増がお悦を見下げている。縁側の障子から射し込む日で日中だとわかった。

「そなた、名を言うてみよ」

大年増は高圧的であった。

「荒っぽいのは出迎え方だけではないのですね。名の尋ね方にも礼がないわ」

お悦も負けてはいない。

「無礼者。ここをどこと思うてか」

「双子のお産を目前に控えた産婦のいるところ」

「そうだ。それでよい。わたくしは大奥総取締役恒川じゃ」

「市中の病人や妊婦を診ている清悦庵の主、悦」

お悦は恒川の顔をまっすぐ見て、答えた。

「お役目はわかっておろうな」

恒川の細い目が吹き矢のようにきらりと光った。

「もちろん」

「それでは早速、お方様への目通りを許す。ついて参れ」

恒川は先に立って廊下を歩き始め、ある部屋の前で立ち止まると裾を引き寄せて恭しく座った。お悦もこれに倣う。

「お咲の方様、恒川でございます」

「入れ」

か細い声に招き入れられた。

世継ぎを身籠もった側室とあって、お咲の方の部屋は、調度品から夜着に到るまでまばゆい豪華絢爛さであった。

お悦は部屋の様子には目もくれず、布団の上で身体を起こしているお咲の方の顔色を凝視していた。

——のぼせて赤くないのは何より——

「お方様、ご不自由はございませんか？」

恒川の問い掛けに、

「もう充分。今もお届けいただいた、上様手ずからお作りになられたカステーラをいただいたところです」

美人というよりも童女のような、愛らしい面立ちのお咲の方はにっこりと笑った。

「殊の外、美味しそうに召し上がられました」

お咲の方の部屋子が相づちを打った。

「それはようございました。今日はお方様の御出産に立ち会う者を連れて参りました。名は悦」

恒川の言葉を受けて、

「よろしくお願い申し上げます」

お悦は深く頭を垂れ、

「どちらも大儀でした」

お咲の方は二人の顔を交互に見た。

「さっそくお身体のご様子を拝見させていただきます」

お悦はお咲の方の左側に座った。

「では――」

お咲の方が目配せすると部屋子は立ち上がった。

「先生と二人にさせてほしい」

お咲の方の言葉に、

「わたくしはここにおります」

恒川は頑として動こうとしなかった。だが、

「ならば診てはいただきません。皆に大きなお腹を見られるのは恥ずかしくて耐えられません」

お咲の方も譲らない。

「それでは廊下におりましょう」

部屋子を出た恒川と部屋子は閉めた障子の前に座った。

「拝見させていただきます」

お悦はお咲の方から、総刺繡で草花が刺されている夜着を取り除けた。

──これは──

双子にしても腹部が大きすぎた。

「何か──」

不安でならないお咲の方は、お悦の顔に表れる、どんな仔細な変化も見逃すまいとしている。

「今はもう、このままでおられるよりも、お立ちになった方がお楽でしょう」

お悦は手を貸してそろそろとお咲の方を立たせると、背中から両手を腹の上に回し、手を合わせようとして、ずっしりとした持ちごたえを確かめた。

「双子に間違いありません」

「やはり、そうなのですね」

お咲の方はふーっと大きなため息をついて、

「お願いです。双子は難産だと聞いています。何とか、先生のお力でわらわのお腹の子たちを、二人とも無事に産ませてください、痛いのは怖いし、お腹の子が死んで生まれるのも嫌、だからお願い」

倒れ込むようにお悦の胸に抱きついてきた。

お悦は抱え込むようにしてお咲の方の身体を布団の上に横たえ、両手で腹部に触れて子たちの様子を確かめようとした。

──それにしても羊水が多すぎる──

羊水が多いとなかなかお腹の子の胎位がわからず、出産前の整胎は不可能であった。

──これは予想のつかない難産になる──

「お産は産ませてもらうものではありません、母親が自分で産むものです。どんなお産も命懸けの厳しい試練です」

お悦は言葉を取り繕わなかった。

──まずはしっかり心構えをしてほしい──

「わかりました」

お咲の方は大きく頷いて、

「おっかさんになるんだってこと、忘れてました」

目に涙を溜めた。

「そうですよ、お産はおっかさんが痛みに苦しむだけではなく、狭い産道を通って生まれてくるお腹の子だってとても苦しいのです。そして、わたしにできるのはおっかさんと子どもを励ますことぐらいなのです。一緒に頑張りましょう」

お悦はお咲の方の手を取って握りしめた。

十一

お悦が自分に代わって駕籠で連れ去られて行った後、賢作とおみ乃は慌ててつないでいた手を離した。

「あっ、あの、その、あの、清悦庵はこれからどうなるのかしら?」

頬を赤らめたおみ乃が上ずった声で案じる言葉を口にしたが、

「お悦先生だったら、こんな時いつものように、〝さあさ、病は待ってくれないのよ。仕事、仕事〟って言うだろうよ。だから仕事に行かないと——」

賢作は、わりに落ち着いていた。

「そう、そうよね」

「ここはひとつ、俺に任せてほしい」

賢作は胸を叩いてみせた。

「たしか、あなた、この間もそんなこと言ってたわね。この期に及んで、誰か助けてくれる当てでもあるの？」

いつもの調子に戻って、首をかしげるおみ乃に、賢作は厨に向かって顎をしゃくった。

「ある。焼けた勝手口の戸があんなに早く直ったんだからね。しかも前より丈夫そうだ」

賢作はあの戸を直す手配をしたのは典薬頭今大路親信だと確信していた。

「いったい誰が？」

「それは言えないけど、俺は掛け合うしかないと思っている。だから、今日の仕事はおみ乃さんにお願いします」

賢作は頭を下げたが、おみ乃の手の温もりを思い出し、頰は緩んでいた。

そうして、おみ乃を送り出した賢作は今大路邸へと走った。文を書く暇もその気もなく、代わりに押し入れに隠しておいた刀を手にしている。親信に会わせてくれなければ、門前で腹を切ると門番を脅すつもりでいた。

ところが、賢作が自分の名を告げたとたん、門番はすぐに奥へと取り次いでくれて、用人を名乗る身形のいい老爺が出てきて、

「佐伯様ですね、どうぞ、こちらへ。何しろ親信様は剣術がお好きで、お好きで――」

ゆったりとした物言いで話しかけ、剣の稽古のための板の間へと誘った。

そこでは、親信が木刀を手にして素振りに励んでいた。

「親信様、お相手がおいでです」

「やっと来たか」

親信は素振りを止めずに、目配せして、

「ならば、早速お相手いただこう」

賢作に木刀を手にするよう促した。

「爺はもういいぞ」

「いえいえ、親信様が勝負をされるお姿など、滅多に見られるものではございませ

んゆえ」

二人の打ち合いを見物する気満々である。木刀と木刀がぶつかって、二人の距離が縮まるたびに、

「こうして押しかけてきたのは急用だからです」

賢作は相手の耳に囁きかけ、

「わかっている。お悦さんの身に何か？」

「とうとう掠われました」

「誰にっ？」

親信は顔をさっと青ざめさせたが、木刀を振る手は乱れてはいない。

「産婆たちですが、首謀者は元締のお兼だと思います。皆、お兼に操られているのです」

すると突然、

「悪いが打たれてくれ」

親信の言葉に賢作が一瞬怯むと、

「やあっ」

掛け声と共に賢作の利き手が痺れ、木刀が板敷きの端にすっ飛んだ。

「お見事、お見事」

目を細めた用人が両手を打ち合わせた。

「客人に茶の用意を頼む」

「かしこまりました」

用人が下がり、賢作は親信と二人になることができた。

「市中で妊婦や出産と関わりのある事件はなかったろうか？」

親信に訊かれた賢作は、双子を身籠もっていてお兼の産楽堂に引き取られ、大川で骸になって見つかったお時の顚末や、按摩の出産近かった飼い犬が麻酔をかけられ、腹から仔を取り出されて惨殺された話をした。

すると、

「悪党たちのおおよその筋書きがわかった。たしかにこれは急を要する、報せてくれたこと、礼を申す。この通りだ」

あろうことか、親信は賢作に深々と頭を垂れた。

「それより、お悦先生を助けてください」

「もちろんだ」

親信は大きく頷くと用人を呼んだ。

「すぐに城に急いでくれ。我らも後を追いかける」

「かしこまりましてございます、当家では、市中のどんな駕籠舁きよりも速く、それがしをお城まで送り届けることのできる者たちを、常に待たせておりますので、どうか、ご心配なく。たしかに、このところ紅葉の色づきが鮮やかになってきていて、そろそろではないかと上様も楽しみにお待ちになっておられるはずです」

生き甲斐に満ちて矍鑠《かくしゃく》としている用人は、にこにこと笑って、

「あなた様も実は上様の風流友達なのでございましょう？　お役目ご苦労様です」

またしても賢作は相手に頭を下げられた。

親信は賢作を促して玄関口に出ると、用人が乗物に乗り込んで裏門から出て行くのを待って早足で歩き出した。

「何が何やらわかりません」

親信の早足はかなりの速さで、賢作は走らなければ追いつくことができない。しかし、前を行く乗物は二人の比ではなく、すぐにはるか彼方の点となった。

「爺の乗った当家の乗物が、上様がお決めになられた城の或る御門前に止まるだけでよいのだ。我らが着く頃には、上様に取り次がれていて、秘密裏にお目通りできる」

「どうしてそのような恐れ多いことが叶うのです？」

賢作は信じがたい思いであった。

「遠い先祖は京の公家だと言われている今大路家は代々、四季折々の風流を愛でることに限って、上様との格別な謁見を許されているのだ。ただし、爺の乗った乗物が目くらましになるのは、今の上様とわたしの代だけであろう。先祖が引き継いできた謁見の折、急に上様が倒れられ、重い疱瘡とわかって、わたしは一月以上、城に留まって治療とお世話をした。上様は恢復されたが、わたしが屋敷に残してきた妻と生まれて一年と経たない赤子は疱瘡で死んだ。これを上様はいたく気にされていて、また、わたしの医術への全幅の信頼もあって、いつでもどんな時でも、爺が当家の乗物で登城すれば、お目通りが叶うという特例をつくってくださった。奥医師たちでは頼りにならない場合も、上様の方からそっと文が届いて、わたしが治療に出向いて行くのだが、この時もやはり、風流を装って爺が先に着いている」

「ところで、上様はお悦先生のために何をしてくださるのでしょう？」

賢作には何よりそれが肝心であった。

「上様にお許しをいただき、お悦さんのいるであろう大奥へ出向くつもりだ。大奥には身籠もって、そろそろ御出産近いという御側室がいると聞いている。上様にはまだお子が一人もおられないので、周囲の期待はいかばかりかと思われる」

「お悦先生の腕を見込んでのことですね。でも、それなら、掠わずとも頼みにくればいいのでは？」

賢作が首をかしげると、

「そなたの話から推測したところ、御側室は双子を身籠もっているようだ。双子を無事に産ませるのはむずかしい」

親信はさらなる緊張の面持ちになった。

「双子だって何だってあのお悦先生なら絶対母子共に死なせません。そもそも先生は卓越した手技をお持ちなんですから、感謝こそされ、大丈夫ですよね」

賢作は親信にそうだと言ってもらいたかったが、

「そう考えるのが普通だが、生まれる子が将軍のお世継ぎになる若様かもしれないとなると、とかく大きな波風が立つものだ。それでなくとも女ばかりの大奥は伏魔殿のようなところ、とても一筋縄ではいかぬ――」

相手は眉を寄せた。

十二

大奥ではお咲の方のお産が始まっていた。産室にはお咲の方とお悦が入り、隣りの部屋には、大奥総取締役の恒川と主治医の遠藤、なぜか蘭方医の影沼竜三郎までもが詰めている。

遠藤が産室に入っていないのは、双子出産の手技にお悦と意見の対立があったからである。

双子はその多くが一順一逆と言われている。第一児は頭から正常に生まれても、その後、子宮に隙間ができるせいで、第二児は自然には正しく回転せず、足が下になりがちで逆子となりやすい。お悦ならば、瞬時に整胎を施して逆子を正しく回転させ、頭から誕生させることはさほどむずかしくはなかったが、お咲の方の問題は羊水にあった。羊水が多すぎると正確な胎児の様子がわからない。

「双子のお産は急がないといかん。長引くと母親の胎内で死んでしまう例が多い」

遠藤はそのためには胎位を早く知って、整胎を施す必要があり、ここは手技で卵膜を破って破水させるべきだと主張した。

「それでは、二人の子の力の強弱を見極められなくなります」

双子では必ず、先に生まれ出ようとする勢いの強い子と、おっとり型の子との差がある。ところが故意に破水させてしまうと、先に生まれるはずの子の勢いが弱まって、後に生まれる子まで一緒に子宮口へと下がり、互いに重なり合って窒息しかねないのである。

「これは意外。おまえは己の鮮やかな整胎術を早く見せつけたいのだとばかり思っておったわ。そういうことなら、わしが立ち会うこともあるまい」

遠藤は当てこすりを洩らしたが、

「何よりも大事なのは母子の命にございます」

お悦は無視して、自然な破水を待った。

「ねんねんおころり、おころりよ。坊やはよい子だねんねしな」

お咲の方はお悦と共に歌って陣痛によく耐えた。やがて、破水が起きると、お悦はすぐに二人の子の胎位を探り当てた。

――よかった、第一児は無事、頭を下にしている――

「ねん、ねん、ねん、ねん、ねん――」

歌詞が滞って、

「ねっ、ねっ、ねっ――」

吐く息に似てくると赤子の頭が見えてきた。素早く引き出し、絹布にくるんで抱き上げる。おぎゃあという産声が上がった。

産室の襖が開いた。

「若様か、姫様か、どちらじゃ？　若様であれば後はもういい」

血相を変えた恒川が進み出て、お悦の手から赤子を奪おうとした。

「控えなされ。まだお産は終わっていません」

お悦は一喝して、お咲の方付きの部屋子に、先に生まれた赤子を託した。産湯を使わせて戻ってきた部屋子は、

「お方様そっくりの可愛い姫様にございます」

赤子に微笑みかけてお咲の方の隣りに寝かせた。

しかし、その言葉を聞いた遠藤が顔を出して、いらいらした口調で、

「何をぼやぼやしておるのだ？ 早くもう一人の御子を。もう一人は若様かもしれぬのだから」

大声でお悦を急かした。

一方、お咲の方は、

「ねぇ——ねぇ——ねぇ——」

懸命に息を吐きつつ、次なる陣痛に耐えていたがその声は弱々しかった。

「頑張って、さあ、また、一緒に歌いましょう。ねんねんおこーろり、おこーろりよぉ」

お悦は歌に加わった。すると、何とか、お咲の方の気力が持ち直して、合わせる歌声が大きくなった。ゆっくりと、二度、三度とそれが繰り返される。

歌いながらお悦はお咲の方の腹の上に両手を這わせ、しっかりと正確に押して、残っている胎児を腹の中央に向かわせた。

——さあ、準備はできたわ、生まれてちょうだい——

お悦は残っているもう一人の子に話しかけた。

「まだなのか？」

遠藤は真っ赤な顔で焦れて怒り、

「ぐずぐずせずに早く、早く産むのじゃ」

恒川は目も眉も吊り上げてお咲の方を睨み付けた。

「これ以上は待てぬぞ」

「待てぇーぬ」

遠藤と恒川がさらなる大声を上げて、ぎらつく手術刀を手にした影沼竜三郎が二人に並んだ。

「これ以上遅れると子どもがもたない。あと、三百数えて生まれなければやってくれ」

遠藤が命じ、

「はい」

影沼が腹を割くために手術刀を構え、

「やるのです。腹を割いて生まれ出た子が若様なら、先に生まれた姫様は、前世は男を誘った心中の大罪人ゆえ、見せしめに首を刎ねて殺すのじゃ、万事手筈通り、よいな」

恒川はにやりと酷薄な笑いを浮かべた。

お悦の背後には三人がいる。そして、目の前では我が子のために、一人の母親が長い痛みと苦しみに耐えていた。

――たとえ、我が身に替えても、この母子は守ってみせる――

お悦の背中が目になって、不動明王の焔を燃やしているかのようにぴんと張り詰めている。

背中で威嚇しつつ、お悦の両手はすっぽりとお咲の方の身体に入っていて、しなやかに素早く適確な手技が行われた。

この時である。

お悦の手技により赤子は頭から、するりと抜けるように生まれ出た。

おぎゃあ、おぎゃあ、おぎゃあ――。

先の子の産声よりも大きな声が部屋中に響き渡った。

「この声は間違いなく若様――」

恒川は喜色満面でお悦の腕の中を覗き込んだが、

「何と――」

一言洩らしてへなへなとその場に頽れてしまった。

遠藤は一瞬だけ、憤った表情になったが、

「姫もなかなかよろしい」

苦く笑って進み出ると、第二児の姫をお悦から抱き取ろうとした。

その刹那、影沼が遠藤に向かって動いた。手術刀が躍り、遠藤の首筋から血潮が噴き上がった。ツバメが飛ぶように走った手術刀で斬りつけられたのである。

遠藤がどうと倒れた。

火のついたように泣き出した姫を、お咲の方に預けたお悦が立ち上がった。

「静まれ。静まるのじゃ。ここをいずれと心得る」

恒川が驚きと恐怖に戦《おのの》きながら精一杯声を張り上げた。

「たわけ者」

お悦が影沼の利き手を払った。

手術刀がお咲の方の傍に滑った。

「あっ」

お咲の方が短く声を上げた。気づいたお悦はぴょんと飛んで、手術刀を足先で影沼の反対側へ払った。手術刀は恒川の前で止まった。すると、

「おのれ、裏切り者」

恒川は手術刀を両手で握りしめ、影沼に向けて突進していく。

「止めなさい」

恒川の前にお悦が両手を広げて立ちはだかった。

十三

止めに入ったお悦の胸に恒川の持つ手術刀が深々と突き刺さるのと、影沼が繰り出したもう一本の手術刀が恒川の眉間に刺さったのとはほとんど同時であった。

「あんたに恨みはないが、俺たちは急ぐ。悪いが手当てをしてやる時はない、許せ」

お悦が最後に見たのは、一人の赤子を抱いたお咲の方を背負い、もう一人の赤子

を抱きかかえて影沼が部屋を出て行く姿であった。

「ありがとう」

二人の子の母親になったお咲の方の笑顔が向けられると、

――よかった、これで守りきれた――

お悦はほっとして急に意識が遠のいた。

「お悦さん」

「先生」

親信と賢作の声が聞こえてきた。お悦は自分の死を覚悟した。

この後、お悦は胸に負った傷が因で、三日三晩生死の境を彷徨《さまよ》い続けた。将軍の命でお悦に部屋があてがわれ、親信と賢作が交代で寝ずの治療と看病で付き添った。

「お悦さん」

「先生」

二人は必死に声を掛けて、三途の川を渡ろうとしているお悦を引き留めた。親信に呼ばれるたびにお悦は、

「あなた様はお屋敷にお戻りにならなければなりません」

譫言《うわごと》で親信を案じた。

四日目に目覚め、ことの次第がわかったお悦がさらにまた案じると、

「わたしも天下の典薬頭ですからね、何か一つぐらい、あなたのお役に立たないと肩身が狭くていけません」

真顔で洩らして傍目も気にせずに、お悦の手を握り続けた。

こうしてお悦は恢復したが、遠藤陶益と恒川は共に即死だった。理由は突然の奇矯による、居合わせた蘭方医から手術刀を奪っての殺し合いとされ、それ以上の追及はされなかった。

お咲の方と生まれた女児二人、蘭方医の行方にも追っ手はかからず仕舞いだった。

その後、大奥で静養を続けているお悦に、お兼からの文が届いた。文には次のようにあった。


お咲の方様は、あたしと生まれて初めて好きになった女衒との間にできた子で、女衒は所帯持ちでしたので、あたし一人ではとても育てられず、泣く泣く日本橋の橘屋に養女に出すしかありませんでした。

このことは自分一人の胸にしまっていましたが、いつも遠くから、咲と名付けられた娘を見守り、幸せを願っていました。橘屋さん御夫婦はよい方達で商いも順調、お咲は幸せな娘でした。お咲が大奥に上がるきっかけは男でした。片時も娘の暮らしぶりから目を離していなかったあたしは、娘には互いに想い合っている男がいることを知っていました。娘は突然、何の断りもなく、長崎へ遊学してしまった相手の心が知れなくなり、半ば自棄《やけ》っぱちで大奥へ奉公に上がったんです。

法印の遠藤陶益と産婆の元締であるあたしとは、長きにわたって利益を分け合ってきた医者と産婆の馴れ合いそのものでした。遠藤が、どうしてあたしがお咲の生みの母と知ったかはわかりませんが、或る日、お咲が公方様の御側室となり、双子を身籠もり、難産になりそうだと報せてきました。遠藤は何としても、お咲にお世継ぎを産ませるのだと意気込み、お腹の子を助けるには手段は選ばない、とあたしを脅しました。

一方、あたしは産婆たちの今の利益を妨げる、清悦庵とお悦さんを憎んでいました。〝母子共に死なない、お産の学び〟が妊婦たちに広まり始めていたからです。思い余って、清悦庵に付け火をして、逃げる姿を遠藤の手先のごろつきに見られてしまいました。遠藤はこのことを楯に取り、さらに脅してきました。

　あたしは難産になるに違いない双子の出産を娘に無事に乗り越えさせたい、それが今のあたしにできるせめてもの母心だと思い詰め、双子を宿している妊婦を引き取り、贅沢な食べ物等、大奥にいる娘と同様の扱いで出産に臨ませましたが、母子共に死なせてしまいました。

　あたしに不信を抱いた遠藤は、母親が死んで子が助かる試みを、影沼竜三郎を騙る男を使って多胎の犬で試させました。お咲にも母犬と同様の酷い運命が待ち構えているかと思うと、矢も楯もたまらず、お悦さんの腕ならば、必ずや娘と孫たちを難産から救ってくれるだろうと思い、おみ乃さんをお悦さんと間違って拐かしました。後は御存じの通りです。

　あたしが双子を身籠もっている、お咲の方様の生みの母だと知っていると言って、影沼竜三郎を騙る男が訪ねてきて、〝実は影沼竜三郎とは長崎に居た頃、知り合った長崎奉行の倅の名だ。この名を騙れば、お咲を大奥から救い出せるかもしれない。双子とて兄弟姉妹は離して育てるべきではない〟と言っていましたが、最後まで自分の本当の名は明かしませんでした。

あたしはこの男が訪ねてきた後、味方だとわかりましたが、いざとなったら遠藤が娘のお腹を割いて殺すだろうと思い、頼りにはしていませんでした。

頼りにしていたのはお悦さんの手技だけでした。娘と孫たちが死ぬも生きるもお悦さん次第だと――。

助けていただいて本当にありがとうございました。どんなにお礼を申し上げても足りないほど感謝しています。

お詫びが最後になりました。

娘のことで取り乱し、ご迷惑をおかけしました。申しわけありませんでした。これについても、どんなに詫びても足りませんが――。それから、産婆流の腹帯や座椅子の害について決して認めず、自分たちの利益だけをもとめていた旧弊も、共にお詫びしたいと思います。

兼

お悦様

文を見せられた親信が将軍にここまでの話をすると、

「そうか——子どもは、わしに代わって、二人揃って自由気ままに生きさせてやりたいものよな。命がけで、お咲と子たちを連れて行った男は良き父親になるだろう」

穏やかにしみじみと呟いたと聞いて、

「一時はどうなることかと心配でしたが、先生が元気になられて本当によかった。それにしても、影沼某を騙った男はずいぶんと思い切ったことをしたものですね。そうだ、きっとそいつがお咲の方様の長崎へ行ってしまったという想い人だったにちがいありません」

賢作は、うんうんと一人で合点し、

「ところで」

親信とお悦の間柄を訊ねたかったが、親信が憮然としているのに気づいて、言葉を呑み込んだ。

親信は、まるで芝居を観た後のように、気持ちを高ぶらせている賢作の若さに呆れると同時に嫉妬を覚えていた。

しかし、

「あやつはとんでもない大罪を犯した。そのうえ、お子様の誕生をあんなに楽しみになさっていた上様のお心を完膚なきまでに傷つけた。上様は、どんなにか苦しく辛いお心持ちであられたことであろう。にもかかわらず、お構いなしとなさった。そのご器量、懐の深さに、わたしは感服しています」

とやんわり諭した。

二人の話を黙って聞いていたお悦は、

「お咲の方様は女の大役を無事果たされました。わたしはそのお手伝いができたことがとても嬉しいです。これからも手技を磨いて、妊産婦、患者のお役に立ちたいと思います。さあ、仕事、仕事」

と言って、親信を屋敷に帰るよう急かし、傷の治りが心配だからと言う親信と賢作の意を汲んで、駕籠に揺られて清悦庵に帰った。

お兼にはこれだけの騒動に加担していたというにもかかわらず、格別に寛大な沙汰が下って江戸所払いとなった。

母犬のお乳を知らずに育った朝日の仔犬たちは、飼い主だった按摩の彦市と犬好きの岡っ引きがそれぞれ一匹ずつ引き取った。

残った三匹は、若い妻と仔犬の折り合いは子どもが生まれても大丈夫だろうかなどと、細貝が役宅で飼うことを思案しつつ、番屋に置いて貰い手を探している。するとそれを誰がどこから聞きつけたものか、大きな袋いっぱいの野鳥や兎の干し肉が届けられた。

第六話　山茶花《さざんか》の仇討ち

一

朝、清悦庵へと急ぐ賢作の草履の下で土がしゃきしゃきと鳴った。江戸の霜月はその名の通り、霜が下りて霜柱が立つ。

清悦庵に着いた賢作はまずは裏庭にある、小さな石の塚に手を合わせる。石の塚には幾つもの小石が並べられている。これはお悦を始めとする清悦庵の者たちによる、救えなかった命を悼んでの供養の印であった。

――生きるも死ぬも運次第と言われる。夏の疱瘡の時はこれでもか、これでもかと小石が並べられてたまらなかったな――

賢作は無力感に打ちひしがれながら、小石を並べた時のことを思い出していた。

季節は秋から冬へと変わろうとしている。日々、外気が乾いて冷たい風が吹きつけてくる真冬になると、年によっては高熱による衰弱が命を奪う、流行風邪に見舞われることもあったが、今はまだその時季ではない。

このところ、お悦は十日毎の八ツ時往診に賢作を伴って行く。お悦はお産に伴う急変などものともしない凄腕の持ち主であるだけではなく、病の知識や対処法にも長けている。そんなお悦が日を決めて出向くからには、またしても驚かされて、目から鱗が落ちる施術が見られるものとばかり賢作は期待していた。ところが、期待に反して、お悦はもてなされた茶菓を口にしつつ、容態とは関係なく患者のよもやま話を聞き、最後に必ず、

「それでは翌月まで摂生、養生なさってください。くれぐれも風邪など引かぬように。大丈夫ですよ、大丈夫。長生きできますからね」

優しい目でじっと見つめて、包み込むようにそっと相手の手を握った。

「ありがとうございます」

患者たちは目を瞬かせ、

「おっしゃる通りにしてみて本当によかったです。あのままを続けていたらどうなっていたか――」

すがりつくようにお悦の手を強く握り返すのであった。

そんなのどかとも言える八ツ時往診の途中、

「お兼が江戸所払いとなり、悪徳医者の遠藤陶益が死んでも、市中の医療に光明が射して変わったとはとても思えません。お兼に替わる産婆の元締には早速名乗りを上げた者がいるし、ここぞとばかりに、遠藤たちと犬猿だった流派が盛り返して、上に立つ医者が法印に指名されそうだという噂を聞きました。これでは、首がすげ替わっただけですよ。チョウセンニンジンなどの薬代が高くて、医者にかかれず、死んで行く者たちの数は減りません」

とうとう賢作は不満を洩らした。茶菓を楽しんで、埒もない患者の話ばかり聞いている場合ではないのではないかという、強い思いを抑えきれなくなったのである。

「八ツ時往診がつまらないようですね」

お悦の目がふっと笑った。ただし、患者に向けた目と違ってほんの一瞬、不動明王の焔が宿る。

「八ツ時往診の患者たちは皆、元気そうに見えました。訴える症状も頭痛や耳鳴り、肩凝りばかりでしたし――。こんなの、病の内に入りませんよ」

「八ツ時往診の患者さんたちは、梅毒の病状が進んで今は小康状態を保っている、富裕層の方々ばかりです」

お悦のこの言葉に、

「あの人たちが梅毒患者――」

賢作は耳を疑った。

大陸から持ち込まれたため、唐瘡とも称される梅毒は、性交を通じて伝染る病で、ごく初期は陰部、口唇部、口腔内に無痛の塊ができて膿を出すようになり、塊はすぐ消えるが、稀に潰瘍となったり、足の付け根の部分が腫れたりする。

感染後三ヶ月から三年の間は、全身が腫れて痛むほかに、発熱、倦怠感、関節痛などの症状が出る場合や、赤く目立つ発疹が手足の裏から全身に広がり、顔面にも現れ、一月ほどで消失する。

以後は身体に内攻して潜伏し、感染後三年から十年で、皮膚や筋肉、骨などにゴムのような腫瘍が発生する。感染後十年以降は、多くの臓器に腫瘍を発生させたり、脳、脊髄、神経を侵して死に至らしめる。

「梅毒は変装の達人。肌に出る症状以外に、頭痛や耳鳴り、眩暈、肩凝り、関節痛、重度の物忘れ、胃腸不良、ものが見えにくくなる眼病、首のしこり等、ありとあらゆる病の症状を示すので、梅毒患者さんたちは、いつもどこか具合が悪いと訴えるものなのです」

「肌に出なくなったら治ってしまうのだとばかり思っていました」

「死ぬまで持病に苦しむ人の多くが梅毒だと言っても、言いすぎではないのよ。ただし、この病はさっき患者さんに言った通り、摂生次第で長生きができる。過度の疲労を避けて飲食を慎みさえすれば、自然と病と闘う力がついてくる。もちろん、病毒を撒き散らす色欲は御法度よ」

「先生は今言ったことだけを、ずっとあの患者たちに言い続けてきたんですか？」

――富裕層の患者たちが、果たして、養生訓のような治療で得心するだろうか？

「あの人たちを初めて診たのは、元の主治医に勧められた高価な、なげこみや薫薬療法で死にかけていた時だったわ」

なげこみとは歯に当てず、喉に投げ込んで服用する薬の意で、強い殺菌力のある塩化第一水銀の白色粉末を指す。これを鼻から吸わせるのが薫薬療法であった。接触した局部の細胞に作用して凝固、崩壊、壊疽《えそ》を起こさせ、梅毒の特効薬とされていたが、続けると飲食が進まなくなり中毒死する。

また、猛毒の砒素を含む礜石《よせき》を成分としている薬もあり、梅毒が治ったと喜ぶ間もなく吐血して死に到ることもあった。

「典薬頭様からの話だったんで、わたしが勧めた、水を飲み続けての解毒法におとなしく従ってくれたのでしょうね。解毒後は、養生と摂生を説いて、話を聞くだけでこれといった治療は何もしない。進んだこの病については、何もしない医者は中程度の医者でヤブ医者よりはましなのよ。友達みたいに話を聞くのは、内攻してぃる病のせいでどこかしら具合が悪く、いつか鼻が欠けるんじゃないかとも思い悩んで、鬱々となりやすい気持ちを癒すため――」

――養生と摂生さえ怠らなければ長生きできるのなら、疱瘡よりは救いのある病だ――

賢作が安堵のため息をつきかけると、

「とはいえ、発症時に手当てを受けないと、弱って命取りになることもある。この時期の梅毒は何もしないではすまされない」

お悦と賢作の足は根津権現門前の一角に広がる岡場所へと向いていた。

私娼窟の岡場所では、主も女郎たちも性病など、どこ吹く風といったような涼しい顔で客を取り続けていた。路地に踏み込んですぐの妓楼の戸をお悦が叩くと、

「そう珍しい病でもないっていうのに、あんたのせいで芙蓉ときたら大騒ぎして、昨日から自分の部屋で寝てるよ」

主の女将は露骨に嫌な顔をした。

「お邪魔します」

賢作を促して玄関を上がったお悦は、ずんずんと廊下を歩いて芙蓉の部屋の障子を開けた。

「先生――」

真っ白に塗りたくっても、まだ顔色の悪さを消せない芙蓉が枕から頭を上げた。掠れた声である。

「このくらい大丈夫だから、お客の相手をしろって、女将さんに言われて、支度はしたんですけど、どうにも痛くて辛くて――」

芙蓉は精一杯微笑もうとしたのだろうが、賢作には泣いているように見えた。

「どうなの？　具合は？」

お悦は芙蓉の額に手を当てた。

「酷い熱、寝汗でびしょびしょの襦袢も取り替えなければ――」

お悦は女将に掛け合って替えの襦袢と浴衣を数枚用意させた。

「これもツケとくからね」

苦い顔の女将は芙蓉に念を押すのを忘れなかった。

「芙蓉さんとは何日か前、往診帰りに近道をしようとして出会ったのよ。生きてる女の顔じゃあ、もうなかった。これはよくない病に罹っているとすぐわかった」

お悦は賢作に説明を始めた。

「あの時は診ていただいてほんとうにありがとうございました」

芙蓉はもう一度頭を上げかけて、

「無理をしては駄目」

止めたお悦は先を続けた。

「芙蓉さんは下っ腹にしこりができてて、日に日に腫れが酷くなり、手で押すと激しく痛むだけじゃなく、腰や股まで引き攣って歩けないほどだと訴えていたのよ。

女将さんに瘀血《おけつ》じゃないかって助言され、勧めてくれた乙字湯《おつじとう》をずっと飲んでいたのだけれど、お客に伝染された梅毒の内攻だったんだもの、さっぱり効き目がなかったというわけ」

瘀血は冷えや便秘が因とされていて、治療薬の乙字湯には血の流れを良くして身体を温め、鬱血を取り除き、便の通りを良くする効能があった。

「どうなってるか、診なけりゃなんないわね」

お悦は着替えをすませた芙蓉の足元に座り直し、局部を診た後、薬籠から黄連《おうれん》や山梔子《くちなし》等を配合した清毒解熱の薬を取り出して、枕元に置くと、

「まずはこれを後で煎じてもらって飲むこと。そうすれば直に熱が下がる。梅毒のせいでありのとわたり（会陰）に梅瘡（腫瘍）ができて膿みかけてる。長くこのままが続かないようにしないといけない。ありのとわたりには尿を出す管もあるので、梅瘡が広がって深くなり、そこから尿が洩れるほどになってしまうと、全身が弱り切ってもう起きられない。そうならないよう、梅瘡のあるありのとわたりをいつも綺麗に保つこと、少々沁みても小用を足した後は必ず、水で清めること――そうすれば必ず梅瘡が膿みきって、痛みはなくなる。わかった？」

てきぱきと畳みかけ、

「わかりました、この痛みがなくなるんですね」

芙蓉の顔が幾分明るくなった。

部屋を出ての帰り際、お悦は女将を呼び出すと、

「差し上げた煎じ薬をなくなるまで煎じて飲ませてあげること、日々の浴衣の取り替えは言うに及ばずね。それと、熱のある今はお粥や砂糖湯でかまわないけど、いずれ熱が下がってきたら、芙蓉さんには、せいぜい、精のつくものを食べさせてあげてよ。日に卵一個は必ず。ただしツケではなしに。こう見えても、わたしには八丁堀に知り合いがいて、ちょいと耳打ちさえすれば、吉原と違って御定法に適っていない、おたくの商いを止めさせることもできるんだからね」

厳しく釘を刺すのを忘れなかった。

清悦庵への帰途、

「さっき尿が洩れるほどになってしまうと、もう起きられないと言ってましたが、それだけで死ぬものでしょうか？」

賢作は疑問をお悦にぶつけた。

「尿を溜める場所から毒が全身に回り、熱が引かずに死ぬことはあるけれど、これは稀ね。梅瘡の悪化から梅毒性の労咳に罹るのだという説もあるけれど、わたしは梅瘡で弱り切った身体に労咳が取りつくと考えている」

お悦は明確に答え、

「先生の言いつけを守って、あの遊女の症状がなくなり、またお客を取るようになると、梅毒患者が増えるばかりですよ」

賢作はやや非難を込めた物言いをした。

「それ、世の遊女たちを憎んでいるかのようよ」

「だって、始終、病気を撒き散らしているんですから、充分悪いでしょう?」

賢作がムキになると、

「だったら、遊びに行って病気を貰って、女房に伝染す男たちは悪くないとでもいうの?」

語気を荒らげたお悦は受けて立った。

「それは――」

賢作が言葉に詰まると、

「もちろん、さっきの芙蓉さんも辛い目に遭ってると思う。けれど、世の中は遊女の数より素人のおかみさんの方が多いでしょ？　亭主から梅毒を伝染されたおかみさんは、誰にも言えずにさんざん身体を苛まれ、ついには深く心を病んでしまうことさえあるのよ。これはかなり酷いことよ。いい例が——」

言いかけたお悦は、

「それは、これからあなたも立ち会って、おいおいわかることだから——」

あえて説明しなかった。

何日かが過ぎて、賢作はおみ乃と太物問屋のお内儀の出産に立ち会うことになった。

——お悦先生が立ち会わないのだから、これは順調にして正常なお産なのだろう——

産婦であるまだ二十歳そこそこのお内儀は、肌の色艶も悪く老けた印象だった。

「前の二人は死産でしたんで、今度こそはと思ってるんです」

すがるような目で二人を見つめ、

「大丈夫ですよ」

おみ乃は笑顔を向けた。

気になる胎児の位置をおみ乃が整胎で直すと、やがて破水した。

「痛みが弱すぎるわ、前の時と同じ」

産婦は真っ青な顔を引き攣らせている。

「大丈夫、大丈夫」

おみ乃は必死で笑顔を貼りつかせている。

「さっきからずっとお腹の子が動かないの、どうして？」

さらに訊かれたおみ乃はもう、大丈夫と言い続けることができずに、袂に隠し持っていた鉗子をそっと取り出して右手に握った。

――まさか――

鉗子は難産の末、母体の中で命を落とした死児を取り出し、母親を大出血による死から救う施術に使われる。

お産に不案内な世の悪徳医者たちは、瀕死の胎児の頭に鉗子をかけ、殺して引き出し、母親の命を救ったと恩に着せる癖があったが、おみ乃がそれを真似ているはずなどあり得ない。

この時、産婦が動いた。あろうことか、立ち上がると、

「止めて、それだけは嫌、嫌」

おみ乃が手にしていた鉗子を叩き落とそうとしたのであった。

咄嗟に賢作が間に入り、こと無きを得たが、座り直した産婦は、

「痛みが来てるの、本当よ、ほんと。今度こそ、今度こそ、お願い、今度こそ」

二人を見つめて懇願しつつ、いきもうとした。

「大丈夫、でも、今は一生懸命生まれてこようとしているお腹の子によくないのでいきまないで」

おみ乃はお悦から教えられている子守歌を口にして、

「一緒に歌いましょうね、痛みで苦しくなったら、はっはっはと息をするの、ねんねんころりよ、おころりよ、はっはっは、いいわね？」

産婦は言われた通りに倣った。

ねんねんねん、はっはっはが続く。

——陣痛は止まってしまっていたはずなのに——

あろうことか、産道がじわじわと開いていく。賢作が産婦の病んだ心に痛ましさ

を感じつつ、再度鉗子を握るはずのおみ乃の手元を見つめていると、やがて、赤子の頭が見え隠れし始めた。

二

生まれた子は男児であったが、臨月まで母親のお腹の中で育っていたというのに、小さく痩せていて四半刻（約三十分）と息をしていなかった。

お内儀は、もはや布にくるまれて冷たくなっていく我が子の様子に気がつかず、

「曽太郎《そうたろう》という名をつけるのよ。これは丹後屋代々の跡取りが受け継ぐ名なんですよ。今は大事な旦那様の名前。あたしの曽太郎、いいえ、丹後屋曽太郎、なんていい響きなんでしょ」

にこにこと微笑み続けていた。

部屋に、お内儀の世話をしている小女を連れて舅が入ってきた。おみ乃と賢作に目礼すると、

「ご苦労様」

ぽつりと嫁を労いつつ、眉間に皺を寄せて、やれやれと口の中で呟き、ふうと重いため息をついた。

「旦那様は？」

お内儀は閉められていて見えない廊下の方を見た。

「曽太郎は品川まで仕事で出向いていて帰れない」

舅は目を伏せたまま、二人に向かって深々と頭を下げた。

これが潮時だと感じ、

「お大事にしてください」

告げたおみ乃と一緒に賢作は帰路についた。

「あのお内儀さんの旦那さんはね、遊び上手で、市中で五本の指に入るほどのいい男なんだけど、梅毒持ちなのよ。あのお内儀さんは、旦那さんから梅毒を伝染されてるんで、何度お産をしても子どもは死んで生まれるか、妊娠中にお腹の中で死んでしまう。今回もそうなるだろうってことだったの」

「だから先生は死児のせいで、母体まで命を落とさないよう、鉗子をおみ乃さんに託したんだね」

「そう。でも、あたし、鉗子を使わなくてよかったと思う」

「止まっていた陣痛が戻ってきたのには驚いた」

「あたしもびっくりしたわ。あの時、もしかしたら、これはお腹の子がおっかさんをがっかりさせないよう気遣って必死に頑張ってるんじゃないかって思ったほどよ」

おみ乃は泣きそうな顔で足を止め、

「生まれた男の子、僅かな時だったけど息をしてたな」

賢作はあまりの切なさで胸が塞がった。

「あのお内儀さん、きっとあのまま、あの子が生まれた時の中に、ずっと生き続けるような気がする。それもきっとお腹の子からの贈り物なのよね。そうなれば、もう悲しみはなく、喜びだけが続いていくもの――」

声を震わせたおみ乃に、

「そうだね」

賢作は相づちを打ったものの、

――それにしても、連れ合いがあそこまで辛い思いをしているというのに、駆け付けてきたのが舅だったとは――

梅毒持ちの亭主に対して憤懣やる方ない気分になり、〝亭主から梅毒を伝染されたおかみさんは、誰にも言えずにさんざん身体を苛まれ、ついには深く心を病んでしまうことさえあるのよ〟と憤っていたお悦の言葉を思い出した。

――梅毒を伝染されれば男も女も共に苦しむが、流産や死児出産、赤子の出生時死亡を繰り返すしかない堅気の女たちの苦しみは、計り知れないということなのだな。すると、やはり悪いのは俺が言い切った通り、遊女たちなのだが、先生に言わせれば、そもそも遊び好きな男たちがもとめなければ、遊女などこの世にいないということになる。このあたりはどっちが悪いとは決められないが、梅毒の亭主を持つ女房や子が寸分も悪くないのは事実だ――

なぜか、この時、賢作の脳裏に亡き父の背中が浮かんだ。

――医者の父が梅毒持ちだった？　それればかりは考えられない――

あわてて賢作は頭を振り、浮かんでいる悲しげな父の後ろ姿を掻き消した。

一方、清悦庵ではお悦が、立ち寄った細貝を小豆の粒餡を添えたそばがきでもてなしていた。

「甘さが程よく実に美味いなあ」

細貝は餡の粒を惜しみ惜しみ口に運んでいる。

「御新造様の味には及びませんよ」

お悦は抹茶を淹れた。

「茶まで素晴らしい」

細貝は感嘆し続けている。

そばがきに合わせる茶は、白砂糖や黒蜜をかける時にはほうじ茶との方が相性がよいのだが、小豆の粒餡となると断然抹茶である。

「何か、お悩み事でもあるのでは？」

お悦はいつものように水を向けた。

「まあ、たいしたことではないのです。俺さえ気にしなければ、どうということはないのです」

「お仲間のこと？」

細貝はふとがいという渾名に似ず、人と人との交わりに弱いのである。

「実はこの霜月から、定町廻りに小沢《おざわ》輝助《きすけ》という者が加わりましてね——」

「どんな方？」

「年齢の頃は清悦庵にいる佐伯さんとあまり変わらないが、細くて小さくて吹けば飛ぶような男でして――」

「その方のどこが気になるの？」

「元は商人《あきんど》なんですよ」

細貝は吐き出すような物言いをした。

「小沢様は同心株を買ったのですね」

「そうそう、何でも小石川にある小沢屋の一人息子だそうで。小沢屋というのは火薬を扱っているのですよ」

「一人息子なら跡取りでしょうが――何でまた、お役人になろうとしたのかしら？」

お悦は首をかしげた。

「恵まれて育つと、とかく妙な我が儘につっ走る者も出てくるものです」

「御両親はさぞかしご心配なことでしょう」

「小沢輝助に父親はおらず、小沢屋は母親が女主です。女と思われると馬鹿にされるからと頭巾を被っていて、一度もその顔を晒したことがないという話です。本来はしっかり者なのでしょうが、こと倅のこととなると、度を越した甘やかしぶりで呆れます。倅の望みを叶えようと、頭巾姿で奉行所に日参し続けて、上に手厚くばらまいて、決まっていた内役の例繰方《れいくりがた》から、定町廻りに換えさせたのですからね、まったく」

細貝は口をへの字に結んだ。

「母親なら賊と鉢合わせすることもある定町廻りのお役目より、我が子の身に危うさが迫らない例繰方同心の方が、よほど安堵できるように思えますけどね」

またしてもお悦は首をかしげた。

「ま、同心職の中でも定町廻りは花形とされていて、時に芝居にもかかりますから」

細貝はお悦が定町廻りについて褒め讃えてくれないのが少々不満だった。

「でも、小沢様だって、もう子どもではないはず。お芝居を観て、定町廻りに憧れるお年齢でもないでしょうに」

合点がいかないお悦が細貝の気持ちに気づかずにいると、

「いやはや、埒もない愚痴ばかり並べてしまいました。我ながら嫉み心が恥ずかしいです。この話はもう忘れてください。そうそう、先生に是非、報せなければならないことがあって立ち寄ったのでした。あの産婆の元締だったお兼の居所がわかったんです。お役目上、どこにいるかは知っておきませんとね。相州の田舎で娘夫婦と双子の孫二人と一緒に暮らしているとわかりました。娘夫婦と田畑を耕しつつ、頼まれれば産婆も務めているとのことでした」

告げた相手は退き時を決めた。

「何より、うれしいお報せ、ありがとうございました」

——お兼さんの罪を減じてもらえるよう、親信様から上様にお願いしていただいて本当によかった——

囲炉裏端に集まって暖をとるお兼たちの姿が目に浮かんできて、お悦は自分の胸の辺りまで温かくなるのを感じた。

三

師走に入って何日かが過ぎた。

このところ、清悦庵では〝母子共に死なない、お産の学び〟が連日行われている。案内の紙を配ると、一日だけでは座敷に入りきれないほど妊婦たちが押しかけるので、何組かに分けているのである。

――少しずつはいい方に変わっている――

お悦はうれしそうである。

細貝が忙しげな様子で戸口に立ったのは、お悦が正しい腹帯の巻き方や座椅子の害を話し終わったところであった。

「悪いが、下谷広小路の坂本屋まで往診を頼みたい。急ぐ」

細貝が早口でまくしたてた。

「坂本屋さんにご病人でも？」

お悦は坂本屋の蔵に囚われていた時、主利兵衛の声を耳にしている。大奥での治療を含む惨事はお兼への寛大な措置もあって、ごく内々に始末がつけられたので、お悦が何も語らなかったこともあり、利兵衛に罪科は及んでいなかった。けれども、お悦の心の中に、あれほどの悪党をあのままにしておいていいのだろうかという思いはあった。

――坂本屋の主治医は悪党仲間の遠藤陶益に決まっているから、遠藤が死んで頼る医者がいなくなり、それで細貝様に誰かいないかと頼んだのね。ということは病人は利兵衛――

「報せがあったのだが、利兵衛が毒で死にかけている」

すでに細貝は戸口に向かっている。

「毒というからには、誰かに盛られた疑いがあるのかしら?」

どんな理由があっても、あの利兵衛が自ら毒を呷《あお》るとは思い難かった。

「ですな」

――坂本屋にはとかくの噂がある――

居合わせていた賢作は、つい、

「巷じゃ、あの毒入りハチミツの一件で、大西屋が店仕舞いさせられたのも、実は競争相手の坂本屋が仕組んだんじゃないかって言われてますよね」

口を滑らせたが、

「あなた、わたしたちについてきたいって顔してる。いいわよ」

意外にもお悦は同道を許してくれた。

三人が坂本屋に着いた時、利兵衛は倒れていた自分の部屋から、にわか病室となった客間に移されていた。

「てまえが旦那様を見つけた時は、畳の上に吐いたものの中に突っ伏しておいででした。急ぎ、背中をさすって残りも吐かせた次第です」

利兵衛とあまり変わらない年恰好の大番頭の多吉が青ざめた顔で告げた。

お悦は枕元に座って今は眠っている利兵衛を診た。

商人には珍しい背丈も胸幅もある武芸者のような身体つきに似合わない、細面の顔は割れ顎で、眉や目が吊り上がっていて、肥えた凶暴な狐のような印象であった。

まだ多少は毒が残っているせいだろう、その顔は苦しそうに歪められているが、息遣いは規則正しく脈は強い。

――毒にも負けない強靭な身体の持ち主なのだな――

舌を巻いた賢作の頭に悪運という言葉が浮かんだ。

――いけない、いけない、今は善人悪人とは関わりなく病人なのだから――

「よい手当てをなさいました。目覚めたら、たぶん水を欲しがるでしょうから、沢山飲ませて、早く毒を出しきってしまってください」

お悦が立ち上がると、

「利兵衛の部屋を見てくれませんか？」

細貝が耳元で囁いた。

お悦が頷き、三人は多吉の案内で利兵衛の部屋の障子を開けた。

かつてのお兼の部屋と変わらない贅沢な調度品が並んでいる。畳に吐いたものを拭き取った痕が残っている。やや暑く感じたのは長火鉢によく火が熾してあるからであった。

「証が消えるゆえ、片付けなどせずともよかったのに」

細貝は露骨に咎める顔を多吉に向けた。

「あまりに見苦しいと――。不慣れなことゆえ、申しわけございませんでした」

多吉は大慌てで頭を垂れた。

「他に動かしたものは？」

細貝は追及を止めない。

「空炊きになってはいけないと、火鉢にかかっていた薬缶も厨に片付けました。あとは旦那様をここからお移ししただけでございます」

多吉は冬だというのに額に噴き出た冷や汗を手の甲で拭った。

「よし、わかった」

大番頭が退《さ》がると、

「怪しいとは思わないか？」

細貝は廊下へ向けて顎をしゃくり、

「ここはこれだけの大店だというのに、跡継ぎがいない。お内儀はとっくに亡くなっていて、妾の類もいないし、親戚も姿を現したことがないとわかっている。主の利兵衛にもしものことがあったら、あのまだまだ働き盛りの大番頭多吉が主になることができる」

お悦の賛同をもとめた。

お悦はそれには答えずに、紫檀の机の上に置かれている、菓子皿と抹茶茶碗をじっと見つめた。菓子皿には茶懐石の菓子で知られている千丸屋の抹茶饅頭の半切れと、抹茶茶碗にはやはり半分ほどの抹茶が残っている。

「千丸屋の抹茶饅頭に抹茶。ぴたりと合った組み合わせだな。ただし、どちらかに毒が入れられていたと考えられる。早急に調べよう」

細貝は抹茶饅頭の残りと抹茶茶碗を大事そうに手にして、

「それでは——」

お悦を促して部屋を出ようとした。

「何か、気になることでも？」

お悦の目は幾種類もの茶筒が並んでいる棚の上に吸い寄せられている。

「主は茶を好んだようだな」

「そのようですが——」

お悦が、湿気を防ぐために陶器でできている茶筒を、一筒、一筒、開けて確かめ、

「茶碗の中身は抹茶だというのに、抹茶の筒が見当たらないわ」

と洩らすと、

「ちょうど切れたので、その筒は捨てたのでしょう」

細貝はこともなげに言い放ち、ずっと黙って聞いていた賢作は、

——そばにいて、死ねば得をするってだけのことで下手人にされちまうのかぁ
——

道場仲間の久里兵馬が死んだ時、自分が下手人にされかかったことを思い出して、

多吉が気の毒になった。

師走はお産や急を要する怪我人等が増えてお悦はてんてこ舞いに忙しく、利兵衛の治療は賢作とおみ乃が交替で通うことになった。

「殺されかけた時のことを思い出したかな？」

毎日のように細貝が立ち寄る。

砒素と思われる毒が抜けて、利兵衛は順調に恢復するかのようだったが、微熱と軽い咳が続いて、まだ日々身体を横たえたままでいる。

食もあまり進まず、目方も減って、凶暴な狐顔がやや弱々しく見えるようになった。

利兵衛と賢作の間には決まった会話が繰り返された。

「先生、わたしは起きられるようになるんでしょうか？」

「もちろんですよ」

「このまま、死ぬなんてことは――」

「あり得ません」

「お願いです、どんなにお金がかかってもかまいません。命さえ助かるなら、この坂本屋の身代をそっくりさしあげても惜しくありません。どうか、どうか、わたしを助けてください」

四

病を治してほしいという利兵衛の執拗な懇願に、思い余った挙げ句、とうとう、賢作はこれをお悦に伝えた。

「世の中には自分の命が風前の灯火であっても、医者に念押しなぞしない人たちが多いというのに。あの人の生への執着には驚くのを通り越して、辟易しています」

するとお悦は、

「まあ、とかく我が儘なお大尽にはありがちなことよ。お金で命を買おうとしているかのようで、実は買えないとどこかでわかっているから、あなたに泣きつくのね」

感慨深い物言いをして、

——若くないこともあって、あの主は殺されかけた時の毒を、内に潜ませてしまっているのかもしれない――

賢作は利兵衛の今後を危ぶんだ。

この日、しばらく来なかった細貝が訪れた。実はしばしば来ていたのだが、お悦が留守をしていて話をする機会がなかったのである。

「まあ、いつも代わり映えもせず――」

お悦はそばがきに粒餡、抹茶を添えて出した。

「とんでもない。うちのときたら、煮炊き一つ、まだ満足にできず、小豆の灰汁で煮詰まったぜんざいしか作れないので、このところ、俺が小豆を煮ているんですよ。他人様《ひとさま》に拵えてもらう粒餡は堪えられませんな」

言葉とは裏腹に細貝の口調は嬉々としている。

賢作は隣りの部屋で薬の調合をしていた。

――悋気混じりだが、よほどいいことでもあったのだろう――

細貝の雄弁は続く。

「抹茶といえば、金魚で試して、利兵衛の部屋の抹茶には毒が入っていたとわかった。一方、千丸屋の抹茶饅頭の方は鼠に食べさせても変わりはなかった。まだ臥している利兵衛は、もとめたばかりの抹茶の茶筒が部屋にあったことと楽しみに一人で茶を点てて飲んだことも思い出した。これで、ますます大番頭が怪しくなってきた。俺は大番頭が主のいない隙に抹茶の茶筒に毒を混ぜ、倒れていた主を見つけて介抱する際、持ち去って、どこかへ埋めたと考えている。そうすれば、殺しの証はなくなると浅知恵を働かせたのだ。おそらく、庭をくまなく探せば、掘り起こした土の跡があるところから、なくなった件《くだん》の茶筒が出てくるものと思う。そうすれば、大番頭も観念して己の罪を認めるであろう。まさに一件落着。このことを気づかせてくれたのは先生なので、是非とも報せたかったのですよ」

「それはようございました」

お悦は細貝の手柄を讃えていたが、

――茶筒に毒を仕込むことができたのは、本当に大番頭だけなのだろうか？――

賢作には疑問が残った。

それから数日が過ぎて、賢作は往診からの帰り道、お悦に頼まれて大伝馬町の緑仙堂に立ち寄った。

清悦庵で師走を乗り越えるためには欠かせない抹茶をもとめるためである。お悦が細貝に振る舞ったところで、ちょうど抹茶が切れてしまっていた。抹茶は高価ではあったが、心身を活性化させてくれる働きがあり、この時季は常備を怠らない夜食用の粒餡と合わせて、寝ずのお産や看病の強い味方であった。

「こんなに忙しいっていうのに、疲れ知らずで、お肌もつるつるなんて、きっとお抹茶のおかげよ」

おみ乃は抹茶には顔貌に効き目もあると信じている。

――そういえば、坂本屋の主の部屋からなくなった抹茶の茶筒は見つかったのかな？――

賢作はしばし忘れていた、利兵衛の部屋からなくなった茶筒のことを思い出していた。

抹茶の値段はぴんきりだが、賢作がお悦に頼まれた通り、中くらいのものを選ぶと、

「抹茶は万病の薬という説もございます。一つ、こちらで抹茶贅沢をなさってはいかがです？」

勧め上手の主が上から二番目に高い場所に載せてある抹茶筒を手に取った。

「きっと風味は値段次第でしょうが、効能はどれも同じはずですよ。ああ、でも、一番いいあの抹茶を飲むのはどんな人なのかと気にはなるな」

思わず賢作は本音を洩らした。またこの時、ふと茶に凝っている利兵衛なら間違いなく一番いい抹茶を買い求めているはずだと思った。

「あれですか――」

粋な渋い深緑色の羽織姿の主は一番高い場所に載せてあって、金銀の唐草模様が焼き付けられている豪奢な茶筒をちらと見た。

「坂本屋さんがあんなことにおなりになったんで、常のようにお買い上げいただけるものと見込んで、早くに仕入れすぎたのを悔やんでるんですよ」

ふうとため息をついた主に、

「坂本屋さんが抹茶を買っていたのはここだったんですね」

賢作は思わず大声を上げ、

「茶を商っている店は市中に数々ありますが、抹茶に限っててまえどもは、どの値の抹茶を選んでいただいても、他の店の品揃えに比べて勝っていると自負しております」

相手はぐいと胸を反らした。

「あの一番いい抹茶を届けていたんですか？」

「とんでもない。坂本屋さんのご主人がご自分で足を運ばれていました。なかなかの抹茶通でいらして、〃わしの舌と鼻は品が少しでも落ちているとわかる〃というのが口癖で、こちらはぴりぴりさせられ通しでした」

「一人で来られていたのですね。供も連れずに？」

「ええ、いつもお一人でした」

——これで緑仙堂から坂本屋までの間に限っては、大番頭は毒を仕込めなかったことになる——

「一人だけで楽しみたいほど抹茶がお好きだったんですね」

賢作はなおも話を引き出そうとした。

「〃わしの唯一の道楽だ〃ともおっしゃっていましたんで」

「坂本屋さんが他のお客さんと居合わせるようなことは？」

「あのお方は特別なので、てまえどもとしては奥へ招いて、抹茶と共に菓子なぞも差し上げたいのですが、〃わしは菓子の好みもうるさいのだ〃とおっしゃって、一番抹茶をおもとめになるとさっとお帰りになられていましたので、当然、他のお客様たちとすれちがうことはあったでしょう」

「すれちがうだけ？」

「他の方と、話をされているところは見たことがございません。ああ、でも、そういえば――」

「何か思い出したことでも？」

「手代から、〝なるべく出遭いたくはないが、お上と名のつくものが居合わせたら、こっそり教えてほしい〟とおっしゃったと聞きました」

「それ、どういうことですか？」

「そりゃあ、決まってますよ」

主はうっすらと笑って、

「坂本屋さんはたいそうな遣り手ですが、とかくの噂もございましょう？　両袖を叩いたら埃がどれだけ出るか――。それで、役人と名のつく相手には、たとえ八丁堀の旦那方でも、それはそれは腰を低くなさっているそうです。往来を歩いてて坂本屋さんを見かけた手代が言ってました。頭が垂れっぱなしで、まるで人が変わったみたいだったって——」

「その奉公人に訊けば、そのお相手が誰かわかりますね？」

賢作は訊いてみたが、

「そればかりは申し上げられません、坂本屋さんだって、そのうちお元気になられて、また抹茶を飲まれるようになるかもしれませんしね。おしゃべりはほどほどにさせていただきますよ」

緑仙堂の主は気難しげな顔で口を閉じた。

五

賢作は緑仙堂から番屋へと廻った。細貝にこの話をするためである。

——あの後の調べが気になる——

「あんたか、いいところに来た。これからそっちに報せに行こうと思っていたのだ」

細貝は上機嫌で、

「これこれ、これがとうとう出てきてね。そもそもが間抜けにも浅く埋めて隠したのだろう。一昨日は雨だったから、昨日は掘って探す手間もかからず、松の木の下の柔らかな土が抉《えぐ》れて、動かぬ証でございとばかりに出てきたのさ」

焼き付けてある金銀が泥にまみれている、緑仙堂の一番抹茶の入った茶筒を見せてくれた。

「中身は毒入りの抹茶でしたか？」

賢作は訊かずにはいられなかった。

「もちろん。ぱらぱらと蟻にかけたとたん、すぐに動かなくなった」

「下手人はもう？」

「多吉は今は大番屋にいるが、明日にでも入牢証文が出されるから、そうすれば、小伝馬町の牢送りとなる。それにしても、馬には乗ってみよ人には添うてみよとはよく言ったものだ」

細貝はふーっと大きく満足そうなため息をついて、

「何、定町廻りに小沢輝助という新顔がいるんだが、商人上がりで、虫の好かない奴だと思っていたのはまこと誤りであった。罪を憎んで人を憎まず、お縄にした多吉の世話を何くれと焼いている。何でも、年老いた母親が病を得ていて、後々が心配だというので、多吉に代わって、世話ができるよう力を貸すと小沢は約束したという。また、多吉が主の利兵衛に毒を盛ったことは決して表沙汰にならぬよう、己の財力を駆使して、あちこちに手を回してもいる。まだ殺してはいないのだから、罪一等を減じて、せめて島送りぐらいにして済ましてやりたいとも言っている。母親の耳にでも入って、病を悪化させてしまったら一大事というわけだ。実家《さと》が金持ちだからできるのだと言ってしまえばそれまでだが、とかく金があると強欲で身勝手なのが常だ。あいつのやっていることは、情味のある手厚い心がなくてはできぬことだな」

小沢の心ばえを褒めた。

すると、その小沢が腰高障子を開けて、

「只今、戻りました」

小さな顔を覗かせた。

「小沢輝助です」

先に名乗られて、あわてて名乗った賢作だったが、小柄で痩せぎすの相手と向か

い合って、

——これは何だ？——

一瞬、どこかで出会っているような気がした。不思議な感じであった。それでつい、

「道場通いをなさったことは？」

訊いてしまい、

「商人の分際で同心株を買ったぐらいですから、剣の心得は多少はあります。でも、道場には通わず、師匠に家まで通ってもらいました」

小沢は照れ臭そうに口元に手を当てて笑った。

——そうだ、その笑いだ——

この時、賢作はやっと目の前の小沢輝助が、一千石取りの旗本家の嫡男で、一年ほど前に心の臓の病で早世した、久里兵馬に似ていることに気がついたのである。

——似ている。まずは弱々しい背格好が似ている、理知的な面差しも似通って見えるが、これ以上はないほど似ているのは——

賢作は悟られないように目を伏せて、伏し目使いで相手の口元を見た。

「あの時は、これほど良き働きぶりをするとは思わなかったぞ」

細貝が目を細めると、

「たまたま、坂本屋の前を通りかかっただけのことです。細貝殿のお手伝いができてうれしく思っております」

謙遜して笑いをこぼしかけた小沢はあわてて、口元に片手を当てた。

——久里さんは笑うことが少なかった。話をする声が低く小さいのは、歯を見せずに話していたからだった。この男もきっと極力笑いたくはないはずだ——

「坂本屋の前を通りかかったと言いましたね。すると、坂本屋の主が毒で殺されかけたところにあなたが居合わせ、細貝様に報せたというわけですね？」

賢作の言葉に、

「ただそれだけのことです」

小沢は真顔で答えた。唇は揺れる程度にしか開いていない。前歯は見えなかった。

「すでに鬼籍に入っていますが、あなたにとてもよく似た男を知っているんです。取り立てて親しいわけではなかったですが、病弱な身で信念を通し、最後まで心優しくもあり、よき命を全うしたと思い、今では尊敬しているのです。立派な男でした」

賢作は相手の顔を凝視している。

「それはまた、光栄です」

歯を見せて話さない小沢の声は一段と低くくぐもった。

「これは死んでからわかったことなのですが、その男は前歯を差し歯にしていました。そして、あなたが今、そうしているように、いつも歯を見せずに話をし、笑う時には口元に片手を当てたものです」

賢作は思いきってぶつけてみた。

すると小沢は、

「悟られてしまいましたかぁ」

にーっと笑って歯茎を剝き出し、一目で差し歯だとわかる象牙で作ってある前歯四本を見せつけた。

「わたしも前歯を差しています。幼い頃に木から落ちて石に歯をぶつけたんです。顔や頭だったら、ここにこうしていることはできなかったでしょう。細貝殿にもあなたにも会うことはできなかった。幸いだったと時の運に感謝しています」

柔らかな口調ながら、開き直ってもいる小沢の物言いに、賢作が呆れ返っていると、

「佐伯さん、少々無礼がすぎますよ。新入りとはいえ、小沢殿は定町廻り同心、我らが仲間――」

細貝が言葉を荒らげた。

「これは失礼いたしました」

賢作が二人の前に頭を深々と垂れると、

「困ります、困ります」

小沢は、隠す必要のなくなった差し歯を剝き出しにして、ひたすら賢作に頭を上げるよう促した。

頭を垂れたままの賢作は上目遣いに小沢の顎を見た。

――おや、この顎？――

思わず、

「利兵衛さんと同じですね。このところ利兵衛さんも痩せて、二重顎でなくなり、顎の割れ目がくっきり見えるんですよ」

洩らすと、小沢の顔がみるみる青ざめるのがわかった。

「たしかに――」

細貝はしげしげと小沢の顎を見つめて、

「あれはたしか、血縁の証じゃあなかったか？」

首をかしげた。

「まさか、わたしと坂本屋さんが血縁だなんてあり得ません。そもそも割れ顎の者なんて、この世にうんざりするほどいるのですから。偶然ですよ、偶然」

小沢はからからと笑い飛ばしたが、その目は怯えと警戒の両方を滲ませていた。

結局賢作は緑仙堂から聞いた話を細貝に告げず仕舞いとなった。

六

同じ日、お悦は往診の帰りを急いでいた。前を走っている法泉寺駕籠が不意に止まった。

「女将さん、少しの間、堪えてくださ い。今、医者を呼んできますから」

駕籠を担いでいた若者の一人が走りかけた。

「何かお困りですか？」

お悦は相手に薬籠をかざして見せた。

「女将さんが大変なんです」

「拝見しましょう」

窓の簾をあげると、頭巾を被った女が痛みに耐えかねて、うんうんと呻き続けている。お悦は若者二人の手を借り、女を近くの草地へ運び、横たえさせた。

着物を緩めて腹部を診ると大きなしこりが触れた。

――これは――

「悪い――出来物――なんでしょう？」

苦しんでいた女が訊いてきた。

「こんな――ところ――で――また、先生に――お会い――できるとは――」

相手は痛みを堪えて微笑んで、

「崩れた――ありのとわたり――をお見せすれば、おわかり――かと思います。もう、二十年――近く前のことでした。あの――時はすっかり――お世話に――なりました」

「お希代さん」

思い出したお悦に、

「今は――登美《とみ》――と申します。市中では――小沢屋お登美――で通っております」

気力が尽きたお登美は、また激痛に襲われて気を失った。

番屋を出る前に賢作はさりげなく小沢に念を押してみた。

「細貝様からあなたが主殺しを謀《はか》ろうとした多吉に、並々ならぬ温情をかけていると聞きました。あなたが取り調べをなさったのですか？」

すると細貝が、

「当初はお手並み拝見でやらせてみたのだが、頑として口を割らない多吉から、こと細かに訊き出す小沢殿の技量には感心した。先ほど、小沢殿の心の温かさと広さばかり強く言ったが、調べの力もなかなかのものだ」

と答えて、

「初めは多吉を主とも思わない極悪非道な奴だと思いました。そのうちに冷酷無比にして強欲な利兵衛の人となりが、奉公人に殺したいほど憎まれているのだとわかりました。多吉が主を亡き者にしようとしたのも、どんなに忠勤を励んでも褒め言葉一つなく、当然、給金も上がらず、母親の重い病を何とか治したい一心だとわかって、思わず涙したほどです。わたしが多吉でも同じことをしたかもわかりません」

小沢は象牙の歯を剝き出して、一言一言満身の力を込めて利兵衛への嫌悪を露わにした。

番屋を出た賢作は再び緑仙堂へと向かった。

——なにゆえ、小沢輝助は坂本屋利兵衛の急場に居合わせられたのか？　割れ顎にも増して、偶然がすぎるような気がしてならない——

主に会いたいと手代に取り次ぎを頼むと、

「申しわけありません、主は奥で来客中です」

体よく店先で追い払われそうになったが、

「実は、わたしは八丁堀の旦那の下で働いている者の一人なのです」

暗にお手先だと仄めかすと、

「わかりました。そういう事情では店先でない方がよろしいかと――」

ほどなく客間に通された。

「まだ、何かございますのか？」

主はいささかうんざりした様子である。

「誰とは言えませんが、これには人一人の命が掛かっているのです。知っていることがあったら、包み隠さず話してもらわないと困ります」

賢作は瓜実顔でやや間延びした主の顔をじっと見据えた。

「お訊きになりたいことをおっしゃってください」

主は衿を正して座り直した。

「茶筒に金銀が焼き付けてある一番抹茶のことで訊ねます。あれを坂本屋利兵衛以外の者に売ったことがあるのでは？」

――同じものが二つなければ、利兵衛がここで買ったものと、毒入りとをすり替えることなどできはしない――

「ありません」

「ほんとうですか？」

「市中に居る神様という神様に誓って嘘は言っておりません」

主は賢作に挑むような目色になった。

「それでは、一番抹茶を入れて売る茶筒に限って、是非同じものをと頼まれ、作らせている瀬戸物屋を紹介したのでは？」

「ああ、それならありました。もうこうなったら申し上げますが、ほかならないあなたの上の方ですよ。定町廻りの小沢輝助様です。何でも、金銀の唐草模様が気に入ったので花瓶に焼いてもらえるよう、頼みたいのだとか。もうかれこれ、半年ほど前のことでした。ご紹介したのは今戸の萩屋です」

「ありがとう」

礼を言って賢作はすぐに今戸の瀬戸物屋の萩屋へと向かった。

萩屋でも定町廻り同心と関わりがあると告げると、すぐに大番頭が出てきて、

「確かに小沢様より承りました。ご依頼は緑仙堂さんの一番抹茶を入れるものと、寸分違わぬものをとのことでした。緑仙堂さんもご承知の上だそうですし、お客様がお役人様とあれば断る理由はございませんでした」

すらすらと経緯《いきさつ》を話した。

――これでやっと真の下手人の尻尾を掴んだぞ――

とにかく、早くお悦に報せなければと賢作は清悦庵に向けてひた走った。

「只今帰りました。お話があります」

賢作は、いつになくお悦の顔が浮かないと思いつつ、事の次第を順序立てて話した。

「というわけなので、わたしは緑仙堂の一番抹茶のすり替えをして、利兵衛を殺そうとしたのは小沢だと思います。小沢はすり替えて以来、坂本屋を見張っていて、利兵衛が首尾良く毒入りの抹茶で死ぬのを、今か今かと待っていたのだと思います。多吉が見つけ、騒ぎが起きたので、偶然を装って坂本屋に上がり込み、死に様を見た上、毒入りの茶筒を持ち去って庭に埋めたのです。ところが利兵衛は多吉の手当てがよかったので死なず、毒入り茶筒だけが埋められて、多吉は主を殺そうとした罪を着せられてしまったんです。悪運の強い小沢は細貝様を謀って、多吉の調べをし、悪いようにはしないからと、あれこれと言い含めて罪を認めさせたのでしょう。おそらく小沢は役人と名がつけば、どんな相手に対しても腰が低いと有名な利兵衛と前からつきあいがあったのですよ。それを多吉に見られていたのかもしれない」

「なるほどね」

お悦は頷いたが、気持ちがすっかり沈み込んでいるように見える。

「何か、あったのですか？」

とうとう賢作が訊いて、

「どうせ、話さなければならないことだものね」

切り出そうとした時、

「只今ぁ」

今日は坂本屋で利兵衛の世話をしていたはずのおみ乃が帰ってきた。

「どうせ話すなら、おみ乃さんも一緒に。今、粒餡と抹茶を用意してくるから、あなたはさっきの話をおみ乃さんにもしてあげておいて」

お悦はさっさと厨に入ってしまった。

「ああ、何か、頭や顔までかっかと熱くて。怒ってんじゃないのよ。あんな話、聞かされたら、誰だって気持ちが高ぶっちゃうわよ」

おみ乃は真っ赤に火照《ほて》った顔に手で風を送り続けながら、

「話はそちらからどうぞ」

賢作に話を促した。

賢作が先ほどの話をおみ乃に話し終える頃、お悦が茶菓を盆に載せて厨から戻ってきた。

「それでおみ乃さんの話は？　坂本屋さんで何かあったんじゃない？」

お悦は気掛かりな様子でおみ乃の赤いままの頬を見た。

「旦那さん、今日はもの凄く思い詰めてたんです。いろいろな大事なことを思い出せずにいる上に、微熱や咳も手伝って、身体から力が抜けたみたいで床上げできずにいるのは、自分がやってきたことの因果応報だって言い出したんです。それらをあたしに書き留めてくれって。書き留めたのをどこでもいいから、お寺に納めて懺悔するんだっていうんですよ。仕方がないから、言う通りに書き留めました。でも、あんまりびっくりで――。だって、ここまで成り上がる前のうんと若い時は盗っ人だったなんて――その上、お宝を取り合って仲間を何人か殺してて、自分も怪我を負って、助けてくれたその相手って、それがそれが――」

興奮状態がおさまっていないおみ乃は、そこで人肌ほどに冷めた抹茶をがぶっと

飲み干したが、

「深谷宿の糸問屋、青田屋の一人娘で名は希代、今の小沢屋の女将のお登美さんなんでしょ」

お悦がぴたりと言い当て、思わずおみ乃と賢作は顔を見合わせた。

さらにお悦は話を続ける。

「そして、お希代さんと盗っ人の間には男の子が生まれた。希代さんの両親は、気に入らない相手だったけど、そんなにまで娘が好きなら仕方がないと、この不釣り合いな縁を喜ぶことにしていた。そして、それならばと次代のために商いを広げることに決めて、借金をした。けれども、その盗っ人はある夜、青田屋の蔵にあったお宝を盗んで姿を消してしまった。そんな事情だったから、青田屋の主夫婦は失意の余り、首を括るしかなかった。四代も続いた青田屋は店を畳むことになり、お希代さんと生まれてきた息子はどれだけこの世の辛酸を舐めて苦労してきたかわからない」

「どうして――」

賢作とおみ乃は同時に同じ言葉を発した。

賢作が譲って、

「どうして、先生は当人たちのほかは、あたししか知らない話を知っているのですか？」

おみ乃が首をかしげつつ訊いた。

「その話は長くなるから後にして。それより、わたしが今、気になってるのは多吉さんと、お希代さんの息子さんの小沢輝助のこと。どう見ても、これはお希代さん母子の復讐でしょう？　宿敵は生き延びてしまい、母子が手に手を携えて成し遂げようとした復讐が、まだ完全には終わっていない。小沢輝助が多吉さんの面倒をみているのは温情からではないわ」

「復讐の仕上げに使う駒」

賢作が呟いた。

——あれだけ、四方八方に惜しみなく金品を撒いていれば、大番屋の番太郎の爺さんを難なく動かせる。多吉さんを一旦自由にさせておけば、その間に自分たちが坂本屋に忍び込んで主に止めを刺して、罪をなすりつけることもできる——

「それと、話を聞いていて思ったのだけれど、あなたは今日、小沢輝助とやらを脅しすぎてるわ。あたしがその人なら怪しまれたと感じて焦るわ」

おみ乃が不安そうに眉を寄せた。

「これから坂本屋へ行きましょう」

お悦が立ち上がり、二人が続いた。

三人が坂本屋に着いた時、すでに、利兵衛の部屋は煙があふれ、店の外にもきな臭い匂いが流れてきていた。

ほとんど同時に報せを受けた細貝が駆け付けてきた。

「何でも、小沢輝助が利兵衛に会いたいと言ってやってきて、店の者は同心ゆえ、部屋に通したという。するとしばらくしてその部屋から、どかーんと爆音が響いて火柱が上がり、あわてて消し止めているということだった。部屋の縁先で、忍び込んだと思われる、頭巾を被った女が倒れていたそうだ。事情はよくわからない」

「お希代さん」

お悦は利兵衛の部屋の縁先へと走った。賢作とおみ乃も後を追う。

「お希代さん」

お悦は倒れている小沢屋の女将の前に屈み込んで首の脈に触れ、おみ乃と目が合うと無言で首を横に振った。

賢作は縁側から部屋へ上がった。

小沢輝助も煙の中に倒れている。そばに投げつけられたと思われる、火薬の燃えかすが落ちている。やはり、もう脈はなかった。

「病人は？」

お悦とおみ乃も中へ入った。

臥している利兵衛は夜着ごと焼かれたかのように黒い煤で被われている。

「ここまでになっては、たぶん、もう――」

賢作は右の人差し指を相手の首へと伸ばした。

あろうことか、

「生きています」

「診せて」

お悦は脈が打っているのを確かめると、

「店の人を呼んで、この病人を別の部屋に運んで。手当てはそこでします」

おみ乃に指示した。

それからほぼ半刻（約一時間）ほどかけて、お悦たちは三人がかりで利兵衛の火傷の手当てをした。とにかく患部を冷やして清潔に保たねばならず、店にあった新品の晒し全てと、大盥で冷たい井戸水が運ばれ続けた。

「何かご入り用な薬がありましたら」

手代の一人が聞きに来たが、お悦は首を横に振った。皮肉なことに、坂本屋は薬種問屋だというのに、火傷用とされて売られている、高価な塗り薬はどれも刺激が強すぎて、逆効果だったのである。

「悪運の強い奴よな」

細貝が利兵衛の眠る部屋の前にやってきて、

「今、番屋から俺とお悦さん宛てにこれが届いたところだ」

手にしていた小沢屋お登美からの文をお悦に渡した。

「一緒に読みましょうか」

四人は隣の部屋に移った。

その文には以下のようにあった。

坂本屋利兵衛を殺そうと謀り、止めを刺したのはわたしたち母子です。昔、利兵衛から伝染された業病の梅毒で苦しんでいたところを、川止めで宿に居合わせたお悦先生に、爛《ただ》れの治し方や一生ついてまわるこの病の養生の仕方などを聞き、並々ならぬ助けをいただきました。今でこそ、坂本屋利兵衛は江戸一の薬種問屋の主におさまっていますが、本を正せば人殺しの盗っ人で、気持ちを弄ばれ、お宝まで持ち去られて、首を括ったわたしの両親は利兵衛に殺されたようなものです。それゆえ、わたしたちは利兵衛を憎み続け、いつかは殺して仇を取ることだけを支えに今日まで生きてきたのです。

そこでお悦は読むのを止めて、

「復讐だけが生き甲斐になってたなんてたまらない――」

思わず呟いた。

文はまだ長く続いている。

お悦は気を取り直して読み進んだ。

四代続いた深谷宿の店はなくなり、わたしたち母子は夜逃げ同然に故郷《くに》から離れました。ある村で暮らし始めた時、高く売れる火薬が只で作れることを知りました。土中を掘り下げて、稗《ひえ》の茎・葉を敷き、その上に良質の畑の土、捨てられることの多い蚕糞、麻の葉、煙草の茎、ヨモギ等の山草を積み重ね、その上に人尿を散布すると、火薬のもとになる硝石が出来上がるのです。わたしは死んだ気になって働きました。おかげで、江戸市中に出てきて、名だたる大店の一つに数えられるようになりました。そのせいで、養生不足が祟って業病の克服はできず、わたしの身体は梅毒に蝕まれていきましたが、顔にまでできた梅瘡が、ついには五臓六腑に広がる今まで、何とか持ちこたえることができたのです。それでも、息子の輝助が業病に倒れるまではわたしにも多少の光はありました。我が身はどうなっても、この子だけは立派に育てようと思い続けていたのです。それが何より、あの悪党への復讐になると信じていました。ところが、医者から息子は心の臓が悪いと言われ、生まれた時のことをいろいろ訊かれて、わたしはこの子もまた、生まれながらに、わたしと人でなしの利兵衛のせいで、同じ業病にかかっていることを知ったのです。それまで息子の前歯が小さく伸びないのは、月足らずで生まれたせいだとばかり思っていました——

七

「この世に神様はいるの？　こんな酷いことってある？」

お悦の横に並んで、賢作と一緒に文を読んでいるおみ乃の声が濡れている。

十五歳になっていた息子は自分の病を知るようになりました。命がそう長くはないことも。それはわたしも同じでした。この時、わたしたちは闇に包まれたのです。死んでしまっていてほしいと願った利兵衛は、わたしたちと同じ江戸市中で商いを伸ばしていて、薬種問屋ということもあり、坂本屋は広く知られていました。そのことで一層悔しく、憎く、生かしてはおけない気がしたのです。気がつくと、わたしたちは利兵衛を葬る話ばかりするようになっていました。復讐だけが支えになっていたのです。そのうちに、息子はこれ以上はないと思われる、復讐の幕開けを考え出しました。強欲な利兵衛なら絶対乗ってくるだろう仕掛けでした。

坂本屋に売りに行くよう、新宿のお百姓にトリカブトの毒入りのハチミツを渡したのは輝助なのです。お百姓は坂本屋で断られたので大西屋さんに売ってしまい、あのような騒ぎになったんです。そして、悪運の強い坂本屋は、これを利用して商売仇の大西屋さんを店仕舞いに追い込んだんです。大西屋さんには申し訳ないことになってしまいました。

――やはり、あの毒入りハチミツの一件は仕組まれたものだったのか――

賢作は坂本屋の店先にいた小僧が、ハチミツを売りに来た百姓を追い払い、毒入りハチミツの禍から免れたという話を思い出していた。

毒入りハチミツでたまたま商売仇を葬り去った利兵衛は、我が世の春でしたが、わたしたちは今に地獄の底に突き落としてやるのだと意気込んでいました。息子に奉行所同心の株を買い与えて、強引に定町廻りにさせたのもそのためでした。市中を廻るのがお役目の定町廻りなら、市中の各店が伏せている客たちの話も、立ち寄った時の世間話にかこつけて訊き出すことができます。また、坂本屋を始め、どこの店を突然訪れても決して怪しまれません。利兵衛の道楽は抹茶だとわかりましたので、わたしたちは一番抹茶を入れる瀬戸物の茶筒と同じものを手に入れ、石見銀山鼠捕りを仕込んですり替えたのです。多吉さんに息子と利兵衛との付き合いを知られていたので、多吉さんを下手人に仕立てることに決め、口惜しくも利兵衛が九死に一生を得た騒動に紛れ、利兵衛の部屋を訪れて毒入りの茶筒を持ち去り、いずれ見つかるように庭に浅めに埋めたのです。

「さすがというしかない周到さですけれど、何の罪もない多吉さんを巻き込むのは酷いです」

賢作はぽつりと言い、

「何のために、小沢屋をあそこまで築いてきたんでしょうね？」

お悦は悲しそうにため息を洩らした。

わたしは多吉さんに罪を着せるのは反対でした。しかし、息子は多吉さんを捕縛した後、一旦自由にさせ、その間にもう一度利兵衛を襲う。そのことも多吉さんの犯したこととして再度捕縛して、牢送りにする。今度は手抜かりなくやるというのです。利兵衛に止めを刺すことにはもちろん、わたしは賛成でしたが、その罪を多吉さんになすりつけることはあくどい気がしました。そもそも、これは先のないわたしたち母子の復讐なのです。罪のない人を巻き添えになぞしない約束でした。それなのに息子は、死罪になるのは嫌だ、金に飽かして長崎にでも行けば、まだまだ助かる道はあるかもしれないと言い出す始末でした。これはもう、わたしが決断しなければならないのだと思いました。そんな矢先、立派になられたお悦先生にお会いしたのです。先生のことです、この業病が赤子にも難を及ぼすことをきっと御存じだったはずです。息子の病がわかった時、なぜ、先生はわたしが赤子の息子を抱えていたあの時、教えてはくれなかったのかと恨みに思ったこともありました。けれども、たとえ、あの時知らされていても、仕様のないことだったのです。知っていたら、わたしは絶望の余り、赤子の息子を抱いて川に飛び込んでいたかもしれませんから。

「なぜ、わたしが赤子の病を知らせなかったか、わかる？」

お悦は賢作とおみ乃に訊いた。

「生まれながらのあの業病は医術では救えないからです」

賢作は俯いて言い切り、

「この女が抱いてた赤ちゃん、その時はとっても元気そうだったんじゃないかと思うんですけど――」

おみ乃の口調は意外に明るく、二人にそれぞれ、うんうんと頷いたお悦は、人差し指で目頭を拭うと、

「医者って因果な仕事よね」

思わず洩らした。


二十年以上を経て恩人の先生にお目にかかり、やはりまた、苦しんでいるところを助けていただいたわたしは、いないと思っていた神様のお引き合わせだと思いました。この先、輝助のしたいようにさせていたら、罪のない多吉さんが首を打たれることになってしまいます。これではあの子の父親、利兵衛と変わらない人でなしになり果ててしまいます。それだけは何としてでも止めたい、あの子に救いを与えて共にあの世に行きたい――。わたしはそのために今から坂本屋へと向かいます。

わたしたちの死に花は、長く生業にしてきた硝石の火薬が綺麗に咲いて彩ってくれることと思います。それから後生です、わたしが死んだ後、頭巾だけは決して外さないでください。膿み爛れた顔もあの世とやらに行けば、乙女だった頃の昔に戻るのだと、自分に言い聞かせて、これまで耐えて生きてきたのです。

どうか、これだけはお聞き届けくださいい。伏してお願い申しあげます。

小沢屋お登美こと希代

細貝一太郎様

お悦先生

お悦たちが読み終えるのを待って、

「あの母子の骸はもう番屋へと運んだ。もちろん、女将の頭巾は取らずにそのままにしてある。外れかけていたが小沢の差し歯も差し直してやった。奴にはいっぱい食わされたが、見抜く目のなかった己の浅はかさは恥ずかしく、不思議に憎む気持ちにはなれない。ところで多吉のおっかさんの具合はどうだ？」

細貝が言うと、

「本格的な治療はこれからだけど、大丈夫。重い血の道だから時はかかるけど、必ずよくなるわよ」

お悦が答えた。

八

高熱が出て一度は命を危ぶまれた利兵衛は、熱がおさまると生き続けた。ただし、熱に代わって、火傷で弱った全身の肌に梅瘡がいっせいに噴き出してきた。爛れて痛み、利兵衛は大きな呻き声を上げた。

この症状についてお悦は次のように説明した。

「稀に、屈強な男子の中には、梅毒に罹っても局部の毛切れや少々の爛れだけでぴたりと症状が治まり、当人はほとんど自覚のないまま、病だけをばらまくように伝染し続ける輩もいるのよ。利兵衛さんもそんな一人だったのでしょう。こんなことが起きなければ、死ぬまで気づかずに幸せだったかもしれないわね」

もっとも、こうなってもまだ、利兵衛は生き抜くのを諦めなかった。

「懺悔の続きをやりたい」

おみ乃だけではなく、賢作にも聞き書きを頼んだ。

江戸に出てきてからの利兵衛はさすがに盗みからは足を洗っていたが、色欲の権化で、遊女だけではなく、見目形の整った妻女を好み、これと目星をつけた相手の後を尾行て、無理やり犯し続けていた。

——何と胸糞の悪い話だろう。しかも、これさえ懺悔に代えてお釈迦様に命乞いしようとしている——

賢作がこの聞き書きに心底嫌気がさしてきていた時、

「そういえば、三河町の医者の新造の罰が当たったのかもしれない」

利兵衛は気になる話を始めた。三河町は賢作の実家《さと》がある所である。

「その女の名は？　何という医家か？」

賢作は利兵衛に訊き糺《ただ》さずにはいられなかった。三河町の医家は佐伯のところだけである。

「覚えてなんぞいない。その頃は、薬を背負って売って歩いていたからな。身重の女に手を出すのは罰当たりだからと決めて、それまで守ってきたのだが、どうにもいい女すぎて抑えることができなかった。女は泣きながら、腹の子を守るかのように、両手をまだそう膨れていない腹の上で組んでいた。それだけは覚えている」

「いつ頃のことです？」

「十七、八年は前だろうよ」

利兵衛のこの話は賢作の心に重く残った。

――その頃、母が亡くなっている――

それでなくとも、おみ乃に代わって利兵衛の付き添いに通い始めてからというもの、賢作はたびたび亡き父のことを思い出した。こちらに背を向けて座ったまま肩を小刻みに震わせている父の手には、鉗子が握られていた。

――父様はとうとう、俺にお産と性病を教えてくれず仕舞いだった。俺が素人同然にお産や性病に疎かったのはそのせいもある。本道（内科）を専門としていた父様は、この手の病の患者は断っていたのだろうか？　兄様は苦しい時節柄か、お産も性病も診ている。兄様の代になってから、変わったのだろうか？　だとしたら、どうして鉗子を握りしめている父様ばかり思い出すのだろう――

理由《わけ》のわからぬ思い出が賢作を悩まし続けていたのである。

梅毒に罹患している女が妊娠した場合、多くは流産してしまう。そのため、女郎屋の主たちや遊女たちは梅毒に罹ることをあまり恐れない。一方、健康な女が梅毒持ちの男と床を共にすると、時期によっては死産になる。仮に生まれてきたとしても、久里や小沢輝助と同じ虚弱な体質《たち》である。

利兵衛の話を聞いた賢作には思い当たることがあった。

それは瀕死の産婦から、鉗子を用いて死んでいる赤子を取り出す父の姿だった。

〝治代《はるよ》――〟

父の口から母の名が叫ばれた。これ以上はないと思われる悲痛な叫びであった。

〝何故にございます？　何でわたくしを助けようとなどなさったのです？　嫌でございます、わたくしはもう生きてなどいられません〟

出産で力を使い果たしている母は低く呟いただけだったが、その声がことさら大きく聞こえた。

〝賢作〟

呼ぶ声に振り返ると十二、三歳の頃の兄恢作が後ろに立っていた。

――兄様も一緒に見ていたのですね――

〝もう、何も見るな、見なくていい〟

兄に手招きされたが、気になった賢作はやはりまた振り返って父母を見ようとした。

その後母は梁に扱《しご》き帯をかけて首を吊った。その前で父が泣き崩れている。もう父には母の名を呼ぶ気力さえ、残っているようには見えなかった。

——身重だった母様は梅毒持ちの男に犯され、わたしたちの弟か妹は生まれても生きられなかったのだ。父様も己の子の骸を母様の胎内から取り出すのは断腸の思いだっただろう。そして、伝染された病が不治だと知っていた医者の妻である母様は、絶望して自害なさった——

「父様が闇討ちに遭い、あえない最期を遂げられ、自棄を起こしたおまえは医者になるのを止めて、剣客になろうなどと、途方もないことを考えついたが、闇討ちは父様が何が何でも、鉗子を握ることを拒んだゆえだった。そのせいで、主治医を務めていたさる大名家の御側室が死児もろとも落命された。藩主はことのほか、その御側室を寵愛なさっていて、縁戚にある者たちにも利が多かったと聞いている。御側室が亡くなれば当然、勢力図は変わる。その者たちが逆恨みを父様に向けたのだと思う。あるいは父様を、自分たちとは異なる勢力図の中にいるものと勘違いしたのだろう。父様はその大名の好色さが、梅毒を伝染した事実を見抜き、病を治してやれずに死なせてしまった母様のことを思い出し、とても鉗子は手にできなかったのだろう」

剣客になりたいと言って、生家を出るときに兄が洩らしたことと符合した。

翌日、賢作は、おみ乃に利兵衛の付き添いを代わってもらって、久里家を訪ねた。

――はっきりと思い出してしまった以上、利兵衛に対してとても平静ではいられない。蛇蝎のような奴のために母様は死を選び、夫、父親としてではなく命を助ける医者としての信念に基づいて、苦渋の選択をなさった父様は、その後も苦しまれ、ついには命を奪われた。父様、母様を苦しめた奴を目の前にして俺は、俺は――

久里家ではすでに父方の親戚が家督を継いでいて、当主はまだ若かったが、

「叔母上は病死された兵馬殿の後を追うように亡くなられました。生きていた頃の叔父上は親戚きっての粋人で遊び上手でしたので、叔母上は何かと心労が絶えず、兵馬殿に先立たれて長年のお疲れがどっと身体に出たのだと思います。今はお二人ともただゆっくりとお眠りいただきたい――」

先祖に対して温かい思いやりの気持ちを示した。綺麗に清められている仏壇にも、切りたての山茶花《さざんか》が美しく花弁を広げている。

――気のせいか、目の辺りが久里さんに似ている――

賢作はなぜか、心が安らぐのを感じた。屋敷を辞すと、久里家の菩提寺へと足を向け、二人の眠る墓所に途中で買い求めた山茶花を手向けた。

――同じく生まれながらの病に冒されながらも、あなたのように志に添い続けて生き抜いた者もあり、小沢輝助のように復讐という名の悪事に堕する者もある。久里さん、教えてくれ、俺は小沢とその母御が命を賭けて死を願った利兵衛に対して、どのような気持ちを持てばよいのだ？――

すると、風が吹いてきて、山茶花の濃桃色と白の花弁がはらはらと散って、

〝生きている限り、わたしが久里家の嫡男であったように、あなたは医者ではないか――〟

どこからともなく久里兵馬の声が聞こえてきた。

〝そうだ、そうだったな〟

賢作は久里の姿がそこにあるかのように、空を見上げて笑顔を向けた。

この後、賢作は利兵衛に対しての心が決まった。利兵衛は日に一度は必ず、

「俺は死ぬのだろうか？」

死に対する恐れを口にしたが、

「死にません、命を救うのが役目の医者がついていますから」

賢作は口先だけではなく、心の底からそう思って答え続けた。

こうして利兵衛は全身の肌を膿み崩れさせながらも、生き存《なが》えていくように見えたが、一段と冷え込みが強かった晦日の早朝、高熱を出し、やがて呼吸が困難となり、年を越せずに息を引き取った。労咳に冒されていた肺が火傷のせいもあって弱りきり、急性の肺炎を起こしたのだとお悦は診立てた。

突然の利兵衛の死だけではなく、晦日、大晦日と待ったなしの病人続きで、清悦庵は忙しさに明け暮れた。

「父様、母様、唾棄すべき憎いあいつは死にました。俺は迷ったこともあったけど、精一杯、父様から教えていただいた医者としての信念を貫いたつもりです。父様、これでいいのですよね。医術の道はこれでいいのですよね」

賢作は空に向かって叫んだ。

九

年も明けた元日の朝、流行風邪で死にかけ、一命を取り留めた患家から一睡もしないで賢作が戻って裏庭に廻ってみると、一足早く帰っていたおみ乃が、いつも、お悦がやるように小石を並べて手を合わせていた。賢作はおみ乃に倣った。

「あなた、じきにここからいなくなるんでしょ？　だから、たぶん、ここでのお正月はこれで最後よね」

「どうして？」

「先生のところに、お兄さんから戻ってくるようにっていう文が届いてたじゃない？」

「あれか――」

兄の文には、仕送りを止めたのは剣術などという身の程知らずの夢に入れ込んで、時を無駄にしている弟の目を醒まさせるためで、清悦庵での修業で医術の腕も上がったことであろうし、戻ってくれれば、婿入り先を世話したいと書いてあった。

「ふーん、正木敬斉《まさきけいさい》先生か、当世きっての蘭方医の娘婿の話が来ていると、書いてあるわよ。いい話じゃない？」

お悦の言葉に、

「まだ、ここで学ぶことは沢山あります。開業したものの、陰で先生にヤブ医者呼ばわりされたくありませんしね。兄にはわたしがここに留まりたいと言っていると伝えてください」

賢作は本意を告げた。

「それよりも心残りがあるんだ」

賢作はじっとおみ乃を眩しそうに見つめた。

——義姉様の夢を見なくなってから久しい。思うに夢ではない大切な女がすぐ近くにいるからではないか？——

「できればおみ乃さんと一緒に生きていきたいと思ってる」

賢作の口からその言葉がすらすらと流れ出た。

「ああ、言ってしまった」

——朝、厠へ行った時にも増していい気分だ——

おみ乃は緊張のあまり全身が強ばってしまい、口だけがとりとめなく動き始めた。

「あたし、安房《あわ》の田舎育ちなのよ。旅の人といい仲になって、相手は江戸の大店の若旦那だって言ったけど、これが嘘っぱち。長屋住まいでおかみさんや子たちまでいたのよ。親兄弟とも別れて故郷を出てきたんだもん、お腹に子もできてたし今更帰れないわよね。先生に助けてもらわなかったら、今頃、岡場所あたりでどろどろになってたかも——。その時の先生の言葉、〝あら、わたしと同じようなもんね〟だって」

「先生らしいな」

賢作は笑って相づちを打った。

「お腹の子、結局、流れちゃって、一時はそうなってくれてせいせいもしたんだけど、やっぱり惜しいし悲しい。子ども、欲しかった。だから、元旦はその子だけの供養をするって決めてるのよ。えーと、生きてたら八つ。女の子だったの。だからね。昨日、買っといた髪飾り——」

おみ乃は袖から、桜の花に黄色い蝶が止まっている紙と針金でできた簪を、一つの小石に供えた。

「可愛いな」

思わず微笑んだ賢作に、

「ありがとう」

おみ乃は涙ぐんだ。

「亡くなってしまって残念だったその子のことも、おみ乃さんと一緒に大事にしたい」

「何言ってんのよ、さっき話したでしょ、あたしなんて、あたしなんて、あなたとは身分が違いすぎるし、今、話したように、簡単に男に騙されちゃうような馬鹿だし、駄目、駄目、駄目」

おみ乃は顔を真っ赤にして懸命な形相で両袖を賢作に向けて打ち付けた。

「大丈夫」

賢作はおみ乃の両手を自分の両手で摑んだ。

「お悦先生、〝あら、わたしと同じようなもんね〟って、言ったんだろう？　だったら、先生と同じなんだ。おみ乃さんもたいしたもんだよ」

賢作はさらりと言ってのけると、震えているおみ乃の身体をゆっくりと引き寄せた。

その頃、お悦は関口水道町にある薬草園の東屋で典薬頭今大路親信と向かい合っていた。ここは四季を通じて日当たりがいいものの、吹きつける冬の北風はかなり身に沁みる。

「屋敷の方に来てくれないなんて、あなたも相変わらず頑固ですね」

親信は寒さ凌ぎにとお悦に酒を勧めた。

「それではいただきます、新年を祝して」

「良き年になるよう祈るとしましょう」

二人は盃を口に運んだ。

この後、お悦はまず賢作の兄からの文の話をした。

「やっと届きましたか」

親信はにやっとした。

「どうせ、あなた様の差し金でしょう。でも驚きました、佐伯さんがあの正木敬斉先生の娘婿に選ばれたとは——」

「縁組みにはとかくむずかしい一面があるので、わたしは誓って推挙などしていませんよ。正木先生がわざわざ出向いてきて、是非にと言ったので、佐伯家に伝えただけです。正木先生はあなたのもとで一年もの間、務めているというだけで感服しているのです」

「おや、わたしが血も涙もない人間のような物言いですね」

お悦は眉をやや寄せた。

「寝る間も与えないほどの厳しい修業に近いことは認めてください。あなたは当り前のようにこなしていても、誰もが従えるものではありません」

「ええ、まあ、そうなんでしょうね」

お悦は渋々頷いて、

「とにかく、佐伯さんが正木先生ほどの方のお眼鏡に適って何よりでした。ところが、本人はまだ清悦庵に居ると言ってきききません。断っておきますが、わたしは決して引き留めてはいません」

ほうとため息をつき、

「わたしは佐伯賢作が断るだろうと思っていました。なぜなら、わたしもあの男を見込んでいたからです。いずれ、わたしも隠居する日が来ます」

親信はお悦に向かってにこにこと笑いかけた。

「もしや、佐伯さんを？」

言葉とは裏腹にお悦はあまり仰天していなかった。

「わたしには跡継ぎがいませんので、養子を取ってこの典薬頭のお役目を誰かに引き継いでもらわねばなりません。医療の改革がその時までになされているとは限りません。いえ、常に変えていかねばならぬのです。ですから、跡継ぎは血縁よりも、医術への理想や志、力量に重きを置きたいと思っています。佐伯賢作にはそれらが備わっていると見ました」

親信は言い切り、

「一本気できかぬ気のところは、たしかに若い頃のあなた様に似ていますね」

お悦はくすっと笑った。

「隠居したら、あなたのところで雇ってもらうつもりでいます」

「あらあら、何と大それたことをお考えなのでしょう」

お悦は呆れた声を出し、

「駄目ですか？」

一瞬、親信の声が緊張した。

「清悦庵は人遣いが荒いですよ」

「あなたのきらきら輝く不動明王を日々、見ていることができるなら、辛いことは何一つない気がします。それとわたしには佐伯賢作にはない特技が一つあります。これであなたも少々、楽ができますよ」

「わたしの不動明王ぐらいで働いてもらえるなら、どうぞ、いらしてください。わたしが楽になる特技？　気になりますね、何でしょう？」

お悦が思案顔になったところで、

「お待たせいたしました。親信様が手ずからお作りになられた正月料理をお持ちいたしました」

用人が晴れ着姿で、白い髭を風になびかせながら、金箔で五葉松が模されている黒塗りの重箱を掲げ持って、恭しく東屋へと入ってきた。

〈参考文献〉
『病家須知』平野重誠著、小曽戸洋監修、中村篤彦・看護史研究会訳（農山漁村文化協会）
『近世日本の医薬文化――ミイラ・アヘン・コーヒー――』山脇悌二郎著（平凡社選書）
『寄生虫病の話――身近な虫たちの脅威――』小島荘明著（中公新書）
『西洋医療器具文化史』エリザベス・ベニヨン著、児玉博英訳（東京書房社）
『江戸の料理と食生活――日本ビジュアル生活史――』原田信男編（小学館）

この作品は二〇一六年十二月から二〇一八年四月まで「しんぶん赤旗」に連載された「大江戸ウーマンドクター」を改題し、大幅に加筆修正した文庫オリジナルです。

お悦《えつ》さん

大江戸女医《おおえどじょい》なぞとき譚《たん》

和田《わだ》はつ子《こ》

平成30年6月10日　初版発行
平成30年11月25日　5版発行

発行人――石原正康
編集人――袖山満一子
発行所――株式会社幻冬舎
〒151-0051東京都渋谷区千駄ヶ谷4-9-7
電話　03(5411)6222(営業)
　　　03(5411)6211(編集)
　　振替00120-8-767643

印刷・製本―図書印刷株式会社

装丁者――高橋雅之

幻冬舎時代小説文庫

ISBN978-4-344-42756-3　C0193　わ-11-4

幻冬舎ホームページアドレス　http://www.gentosha.co.jp/
この本に関するご意見・ご感想をメールでお寄せいただく場合は、
comment@gentosha.co.jpまで。